KB122442

웃음치료학의 이론과 실제

류종훈 著

21세기사

머 리 말

우리와 함께 웃기 시작하기 전에
(Before you begin to laugh with us)

우리는 무엇을 생각해야 하는가? 웃는 사람은 웃지 않는 사람보다 장수하며 건강하게 살아간다. 웃음클럽의 창시자 카타리나 박사의 국제웃음클럽은 이제 불과 10여년 밖에 지나지 않았지만 지금 전 세계에 1,200여 개의 클럽을 둘 정도로 급성장하였다. 그는 웃는 비결에 대해서 "어린애와 같은 사랑과 순수한 마음"을 갖는 것이라고 말한다. 필자 역시 이에 공감한다. 사람은 마음이 순수하고 사랑과 친절, 그리고 정열로 가득찰 때 비로소 영혼으로부터 자유한 웃음을 경험할 수 있다.

본 서의 집필 목적은 많은 사람들에게 행복을 선물하며 웃음의 실체를 보여주고자 함에 있다. 그래서 누구나 이 웃음클럽을 자유롭게 무료로 이용하는 데에 주안점을 두고 웃음을 건강택견과 건강운동 체조를 중심으로 웃고 웃으면서 스트레칭 운동 등을 통하여 웃음을 구체화시키고자 한다. 머지않은 장래에 이 책이 웃음건강학의 교두보를 이룩하는 교과서적인 역할을 감당하게 되리라 확신한다. 그리고 가까운 장래에 웃음을 통한 평화풍년 시대가 도래하리라 기대한다.

그러나 이러한 기대에도 불구하고 약간의 미진함이 있음을 시인하면서 독자 여러분의 기대에 부응하여 연구에 박차를 가할 것을 약속한다.

끝으로 본 서가 출판 될 수 있도록 배려해 주신 이범만 사장님과 임직원 여러분들께도 진심으로 감사한 마음을 전한다.

" 웃는 사람은 웃지 않는 사람보다 장수하게 건강하게 산다."

고덕정사에서 저자 씀.

차 례

제2부 · 웃음치료의 이론과 실제

제1부

웃음치유학의 이해

제1장
웃음 건강학

1. 웃음요법의 태동

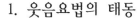

> 웃음이란 즐거움을 수반한 신체적 자극, 즐거움 즉 기쁨, 유머로 우스꽝스러움과 겸연쩍음과 쑥스러움 등으로 웃음을 유발시키는 신체적 감정의 표출과 심리상태를 형상화하는 신체의 변화 등을 말한다. 이것들이 일반적으로 쾌적한 정신활동에 수반하여 나타나는 감정의 신체적 자기표현이라고 정의할 수 있다.

미국《토요리뷰Saturday Review》라는 잡지의 편집장을 지낸 언론인 노만 커전스Norman Cousins박사는 1964년 8월 연결조직의 질환인 교원질膠原質병의 일종으로 알려진 강직성 척수염ankylosing spondylitis이라는 희귀한 관절염에 걸려 회복불능의 불치병 진단을 받았다. 이 질병은 500명 중에 한사람정도가 치유될 정도로 치명적인 질병이다. 이 질병의 증상은 마디마디의 골절에 염증이 나타나는데, 심지어는 손가락을 정상적으로 움직이지 못하는 극심한 고통이 따르는 심각한 질병이다.

대부분의 의사들은 이 질병의 원인을 중금속오염으로 규명하고 있지만 아직까지 정확한 원인인자를 밝혀내지 못하고 있다. 이 질병으로 고통 받고 있는 커전스박사는 미국을 대표하여 러시아를 방문할 때 디젤차의 연기를 많이 마셨기 때문에 발병한 것이라고 추정하고 있다.

커전스박사는 의사로부터 이런 진단을 받았음에도 불구하고 포기하지 않았다. 그는 50세 나이임에도 불구하고 스스로 젊다고 판단, 건강회복을 위하여 노력하기로 하였다.

아마도 그는 코네티컷에서 평생 동안 살아온 넓은 집과 아름다운 정원 그리고 거실을 가득 채운 수천 권의 책은 두고 갈 수 있지만, 사랑하는 아내 엘렌Ellen과 네 딸들은 차마 두고 갈 수가 없었을 것이다. 그는 의사의 진단을 긍정적으로 받아들이면서 자포자기하기보다는 적극적으로 투병하여 죽음을 물리치기로 결심했다. 이에 따라 그는 이 질병에 걸려 500명 중에 한명이 치유된다는 가능성을 바라보면서 더더욱 삶에 대한 의지를 확인시키고자 하였다. 한마디로 살아날 수 있다는 가능성의 확률이 바로 그 자신의 희망이었다.

커전스박사는 이런 극한적인 절망 속에서 살 수 있다는 희망적 삶으로 전환한 계기가 된 한가지는 그가 언젠가 읽었던 《삶의 스트레스》라는 책이다. 이책은 1954년에 캐나다 의사인 한스 셀리hans Selye박사가 저술한 건강 서적이었다. 한스 셀리박사는 부정적인 사고나 감정은 육체에 화학적 변화를 가져오고, 이것이 부신호르몬을 마르게 하기 때문에 각종 질병을 불러온다고 기술하고 있다. 따라서 스트레스가 수많은 질병의 원인이 된다고 강조하고 있다.

요즘 세살 먹은 아이들도 알 것 같은 '스트레스'라는 말이 의학용어로 자리매김한 것은 바로 이 책에서 비롯되었다는 것을 알 수 있다. 이러한 생각에서였을까? 커전스박사는 부정적 감정이 육체에 병을 일으키는 요인이라면, 긍정적 사고와 즐거운 마음은 기쁨의 감정을 촉발시켜 병을 다스릴 수 있지 않을까?하고 생각했던 것이다. 즉 마음에서 우러나오는 즐거움과 기쁨을 갖게 되면 육체에 유익한 화학적 변화를 일으켜 병을 고치는 생리적 효과를 기대할 수 있다는 것을 착안했다.

그리고 그는 구약성서 잠언에 기록된 말씀 중에서 "마음의 즐거운 양약"이라는 구절을 묵상하였다. 더불어 예로부터 웃음이 건강을 준다는 보편적인 이야기도 그의 마음속에서 떠나지 않았다. 우리 옛말에 '소문만강래素問萬康來'라는 말이 있는데, 지구상에 존재하는 동물 중 웃을 수 있는 생물은 인간밖에 없다. 커즌스박사는 몇 년전 아프리카 람바라네에서 만난 알버트 슈바이처박사가 말했던 웃음의 신비한 효력에 관하여 생각하였다. 그것은 "죽음의 그늘을 뛰어넘어 꼭 살아야 한다는 생명외경의 정신"이었다.

커즌스박사가 병원에 입원한 후, 낙심한 마음을 가지고 있었던 당시의 혈액침전율을 측정하였는데 그의 혈액침전율은 약 88정도이었지만 1주일이 채 지나지 않아 115까지 올라간 극악적인 상태였다. 이런 결과는 질병의 심각성을 말하는 지표가 된다.

즉, 독감 같은 전형적인 질병은 30~40정도의 혈액침전율을 보인다. 그러나 이 비율이 60~70을 넘어서면 심각한 증세라고 진단한다.

이에 실망한 커즌스박사는 스스로 삶에 대한 의지가 떨어지고 있다는 것을 깨달은 후, 의사의 수동적인 치료 외에 뭔가 적극적인 방법으로 투병해야겠다고 결심하게 되었다.

그의 주치의 윌리엄 힛지그Wiliam Hitzig박사도 의학외적인 요소에도 많은 관심을 가지면서 적극적으로 커즌스박사를 도왔다.

오랜 친분을 통해 서로가 마음을 나누는 관계이기도 했지만, 희망과 용기와 즐거운 마음의 정서가 질병치료에 큰 도움이 될 것이라는 긍정적인 사고와 적극성을 보였다.

그는 폭소를 자아내는 각종 코미디영화의 관람을 허용했으며 더불어 간호사에게 유머집을 읽어주라고 부탁도 하였다. 그는 당시 가장 익살스런 영화로 이름난 '몰래 카메라'와 '막스 브라더스' 등을 권하면서 스스로의 마음에 자연스런 즐거움을 가지도록 도왔다.

그러자 커즌스박사에게 웃음의 효과가 단번에 나타났다. 진통제와 수면제 없이는 잠을 이룰 수가 없었던 그가 10분 정도 배꼽잡고 웃은 뒤에는 2시간 정도를 평안히 수면을 취할 수가 있었다. 특히 그는 웃음의 진통효과가 사라지면 한밤중이라도 코미디영화를 보거나 유머집을 읽었다. 하지만 병원은 웃는 장소로는 적당하지 않았다.

그는 즉시 병원에서 퇴원하여 병원 가까운 곳에 있는 조용한 호텔에다가 병실을 마련했다. 아늑한 호텔방은 경비에서도 병원 입원비의 1/3에 불과했다.

그는 이미 웃음요법이 긴장을 완화해주고 심장마비와 같은 돌연사를 예방해준다는 놀라운 사실을 알았으며, 웃음요법 외에 비타민C를 복용하는 요법을 병행하였다. 의사는 그에게 매일 아스피린 26정과 페닐부타존 12정을 처방하였는데, 아스피린과 페닐부타존은 항염증약이다. 이 약물들은 독성을 가지고 있으며 부작용 또한 극심했다. 이것을 먹으면 온몸에 발진이 생기며, 피부에 수백만 마리의 불개미 떼가 물어뜯는 것 같은 불쾌감을 맛본다. 통증을 제거하는 약물들이 투약되면 중독현상과 함께 한 개체 내에서 좋은 화학적 약물효과를 기대하기란 어려웠다. 이런 연유에서 커즌스박사는 심각한 염증문제를 해결하기 위해 비타민 C(아스코르빈산)를 다량으로 복용했던 것이다. 비타민C는 하루 1000mg의 10알을 아침·점심·저녁으로 식후에 곧바로 먹는 것이 좋다. 위장장애가 있는 사람은 삼가 하기를 바란다.

그는 호텔로 병상을 옮기자마자 좋은 친구들을 초청하여 웃음을 자아내게 했다. 웃음은 마음의 여유를 가지게 하고 여유와 웃음은 상대방의 허물을 용서하는 힘이 있다. 폭소는 혈액순환을 도와주며 질병에 대한 저항력과 면역력을 증강시킨다. 그는 많은 친구들을 불러 함께 영화를 보면서 배꼽을 잡고 웃었다. 혼자보다는 여럿이 함께 있을 때 더 잘 웃을 수 있기 때문이다. 밝혀진 연구에 의하면 혼자보다는 여럿이 모이면 33배를 더 잘 웃을 수 있다고 한다. 이런 사실을 커전스박사가 직관적으로 미리 알고 있었는지는 모르겠지만, 아무튼 이 같은 웃음요법으로 인해 8일 후에는 엄지손가락을 통증 없이 움직일 수 있게 되었다. 혈액침전율 또한 80을 고비로 점점 내려갔다. 물론 커전스박사가 웃음요법을 통하여 하루아침에 완쾌된 것은 아니다.

그는 이러한 웃음요법을 통해 500명 중 한 명이 낫는다는 희귀하고 불치적 관절염으로부터 벗어나 회생하였다. 완쾌될 때까지는 많은 고통과 치유의 과정이 있었지만, 그는 통증 없이 테니스나 골프와 승마를 즐길 수 있었으며 손을 떨지 않고도 카메라의 셔터를 누를 수 있게 되었다.

커전스박사는 병마에서 벗어난 체험을 근거로 1968년 자신의 투병일지를《질병의 해부라는 이름으로 출판했는데, 미국에서 베스트셀러로 선풍적인 인기를 누렸다. '뉴욕타임즈'에 연 40주간 베스트셀러에 오를 정도로 큰 인기를 유지하였다. 이 책은 질병으로부터 고통당하고 있는 수많은 사람들에게 희망을 주었다. 그 당시 웃음이 많은 의사들에겐 전근대적 신체적 표현으로만 여겨던 것이 그로인해 의학계에 관심을 불러일으키게 되었다.

　이런 영향으로 스탠포드의대와 하바드대학교 등 미국 명문대학교의 몇몇 교수들을 중심으로 웃음에 대한 임상실험이 시작되었다. 이후부터 웃음이 스트레스해소와 질병치료에 도움을 준다는 논문들이 하나둘씩 발표되면서 북미를 중심으로 웃음요법이 확산되었다. 불치의 병으로 50세를 넘기지 못한다고 진단받은 커전스박사는 75세까지 건강하게 살았다. 그는 말년의 12년 동안 로스앤젤레스의 캘리포니아대학UCLA 의과대학교수로 재직하면서 웃음과 유머가 건강에 어떤 영향을 미치는가를 강의했다. 커전스박사는 죽기 1년 전인 1989년《희망의 생물학》이란 책을 발간했다. 그는 이 책을 통해 병이 완치된 후인 후반기 인생여정을 질병에 대한 임상경험과, 그가 웃음건강학의 실질적인효과를 입증한 데이터를 중심으로 웃음요법에 대해 상세하게 밝히고 있다.

　하지만 웃음이 건강과 치료에 큰 효과가 있다는 연구를 커전스박사가 처음 발견한 것으로 보기엔 어렵다. 학문적 체계화에 공헌한 바는 인정되지만 이미 3천년 전 구약성경에 '마음의 즐거움은 양약'이라고 하였고, 세계 각국에서 웃음이 병을 고친다는 구전이 속담 등으로 전해 내려오고 있었다.

　웃음은 만병통치약이다. 서기 1300년경에 프랑스의 의과대학 교수였던 앙리 드 몬더 빌레Henri De Mondeville는 다음과 같이 가르쳤다.

　"의사는 환자의 기쁨과 행복 같은 생활의 전체적인 국면을 돌보아야 한다. 환자의 친척이나 가까운 친구가 그를 흥겹게 하도록 허용해야 한다. 그리고 환자에게 우스꽝스러운 유머를 들려줄 누군가를 초청해야 한다." 17세기 영국인 의사 토마스 시던햄Thomas

Sydenham은 "마을에 웃기는 광대들이 오는 것은 당나귀 20필에 실은 약보다 건강효과에 더 좋다"고 말했다. 또 영국의 석학 프랜시스 베이컨Francis Bacon은 "마음의 즐거움은 건강에 유익하다"고 강조한 바 있다. 따라서 웃음은 성공과 장수의 지름길인 것이다. 그러한 측면에서 웃음 성공학이 등장하게 되었다. 1621년에 《우울증의 해부학》을 지은 영국의 로벗 버튼Robert Burton은 "웃음이 피를 깨끗하게 하는 청혈효과와 육체를 젊고 활기차게 하며 건강한 삶을 살 수 있도록 한다"고 하였다. 그는 또 웃는 웃음과 유머가 우울증의 벽을 허무는 중요한 수단이고, 웃음자체가 충분한 치료제라고 하였다. 웃음이란 일을 즐겁게 만들며 분위기를 밝게 만든다.

《순수이성비판》으로 유명한 임마누엘 칸트Immanuel Kant는 웃음은 활기찬 신체적 활동과정들을 촉진함으로써 건강하다는 느낌을 갖게 하며, 내장과 횡격막을 움직이는 정서상태를 유발하기에 웃음은 우리가 만족을 느낄 수 있는 아름다운 정서를 만들어준다고 했다. 웃음의 임상학적연구로 잘 알려진 로마린다 의과대학을 1902년 설립한 엘렌 화윗Ellen White여사는 정규적인 교육보다는 비정규적인 연구를 통하여 학문적 접근을 하고 인류를 사랑하는 실천가인데, 질병의 90%는 마음에서 발생하는 것이므로 마음의 즐거움과 기쁨이 건강에 매우 중요하다는 것을 강조했다.

정신분석학의 개척자 지그문트 프로이드는 1905년 《유머와 무의식과의 관계》라는 책에서 유머·위트·웃음은 걱정·공포·분노와 다른 부정적인 감정을 극복하는 방어기제가 된다고 하였다. 프로이드는 "웃음과 유머가 사회적 관계를 형성한다"고 지적한 바 있다. 또 프로이드는 "웃음과 유머가 사회적 관계를 형성하기에 서로가 웃으면서 대하면 좋은 인간관계를 형성하게 된다"고 하였다. 이런 프로이드의 연구적 업적에 따라 정신분석학을 공부한 심리학자나 정신과의사들은 환자들을 치료하는 일에 웃음을 폭넓게 활용해왔다. 캐나다 출신의 의사 윌리엄 오슬러Sir William Osler경은 웃음이 삶의 음악이고 웃음이 젊음을 유지하는 행복의 힘이라고 하였다.

웃음을 임상적으로 연구한 선구자 중 한 사람으로 먼저 미국의 베라 로빈슨Vera Robinson박사를 꼽는다. 로빈슨 박사는 캘리포니아 주립대Fullerton 간호대학 교수이며 간호사인 그녀는 의료진들에게 웃음의 사용이 왜 중요한가에 대한 논문으로 박사학위를 받았고, 이후에 최초의 웃음요법 교과서라고 할 수 있는《유머와 의료진》이라는 책을 출간하였다.

로빈슨보다 먼저 웃음에 대한 임상적 가치를 인정하고 연구한 학자는 위에서 이미 언급하였는데, 미국 서부의 명문 스탠포더 의과대학의 윌리엄 프라이William Fry박사다. 그는 미국에서 웃음치료학의 체계를 세운 의사로 인정받고 있다. 그는 일찍부터 웃음과 유머가 건강에 효과가 있음을 발견하고《치료제로서의 웃음》이라는 책을 출간 하였고, 1971년과 1986년에 웃음과 심장순환계의 임상학적인 상관관계를 연구 발표한 바 있다. 프라이교수는 특히 폭소는 건강에 대한 효과를 높인다고 호평하였다.

또한 캐나다의 심리학자 허버트 레프코트Hebert Lefecourt와 로드 마틴Rod Martin은 1986년에《유머와 라이프 스트레스humor and life stress》라는 책에서 스트레스와 정서반응에 대한 연구결과를 발표하면서 특히 웃음과 유머에 대하여 집중적으로 강조하였다. 이들 학자들의 주장에 따르면 스트레스를 해소하는 많은 방법 중에 유머와 웃음이 가장 탁월한 효과가 있다고 강조하였다.

웃음요법에 대한 의학적인 근거는 캘리포니아 주 로마린다Loma

Linda 의과대학교의 몇몇 교수들에 의해 전환기를 맞게 되었다. 리버트 교수와 스탠리 탠 교수는 웃음과 면역체에 대한 연구로 전 세계 의학계의 관심을 집중시키면서 새로운 도약을 하도록 발판을 제공케 하였다. 이들은 10명의 남자들에게 1시간정도의 배꼽 잡는 비디오를 보여주면서 비디오를 보기전과 볼 때, 그리고 보고 난 후의 혈액 속의 면역체계의 증감을 연구 분석한 결과, 예상한대로 웃을 때 체내에서 병균을 막는 항체반응인자인 인터페론 감마 호르몬이 보다 많이 분비된다는 것을 발견하였다.

캘리포니아 주 산타모니카에서 개최된 '심리신경면역학연구학회'의 연례모임에서 버크교수는 이러한 발견을 보고하였으며, 그의 학술논문은 미국의 주요 TV를 통해 전국으로 보도되었다. 버크교수는 "웃음이야말로 대체의학이 아니라 진짜의학"이라고 주장하기도 하였다. 이것은 바로 웃음에 대한 장기간의 생리학적 연구를 거친 그가 웃음에 대한 치유적 효과를 한마디로 표현한 것이라고 할 수 있다. 그는 특히 웃음과 몸의 항체에 대한 연구에 몰두하면서 많은 임상학적 논문을 발표하였고, 지금까지 웃음요법에 관해서는 의학계의 권위자로 손꼽히고 있다.

또 다른 권위자로 인도 뭄바이의 마단 카타리나박사를 언급하고 싶다. 1995년에 그가 설립한 웃음클럽인터내셔널이 있는데, 이 클럽은 시작된 1년 만에 뭄바이를 비롯해 50여 곳에서 자발적으로 조직, 확산되었다.

처음 웃음클럽인터내셔널의 시작할 때의 인원은 마단박사와 4명의 회원을 포함해 5명 뿐이었다. 신문이나 방송들이 이 클럽을 혹평하였지만 1주일도 되지 않아 100명의 회원으로 증가하였고, 1개월이 지났을 때는 수천 명으로 늘어났다. 그리고 이 클럽은 뭄바이를 중심으로 전 인도로 확산되었다.

재미있는 것은 이 클럽 내에서 농담하는 것이 금지되어 있다는 사실이다. 스마일을 금지하지만 작은 웃음으로 시작하여 큰 웃음으로 확산 시키는데, 머리로 웃으면 이것 또한 스트레스를 주기 때문에 유머로 시작하여 또 다른 유머를 만들어간다. 웃는 웃음과 유머와 위트를 자주 들으면 웃지 않게 되기 때문에 다른 유머를 창출해야 하는 부담이 있다. 하지만 그냥 아무런 이유 없이 웃는 웃음은 우리를 무의미 속에서 의미를 찾게 하고 새로운 도전을 하게 만든다. 처음에는 이 클럽도 농담을 나누었다. 하지만 곧 바로 문제가 발생했는데, 상당수의 농담이 다른 사람들에게 마음의 상처를 주면서 상한 감정이 되어 사람을 해치는 것이었고 품위를 상하게 하기도 했다. 또한 매일아침 농담을 나누기에는 그렇게 웃기는 얘기가 많지 않았다는 것이다. 그래서 이 클럽은 인조웃음을 웃기 시작했다. 즉 억지로 웃는 거짓웃음을 말한다. 이렇게 시작하면 곧이어 자연적인 웃음이 가슴 속에서 저절로 나와서 온통 배꼽을 잡는 웃음으로 연결된다.

이 클럽을 창설한 카타리나박사는 부부가 함께 공동으로 설립하여 언제나 부부공동으로 프로그램을 운영한다. 이들은 한국에서도 전통문화 속에 있었던 웃음 즉 "수세기 동안 익히 잘 알려진 것을 웃음생활로 실천한다. 웃음은 사람을 기분 좋게 하고, 그래서 긴장을 풀어주고 수줍음을 없애주고 우울증을 막아준다. 하지만 그 유익은 여기서 끝나지 않는다. 과학적인 연구에 의하면 하루에 한두 차례 배꼽을 잡고 박장대소하며 웃으면 몸과 마음의 건강이 지대한 효과가 있다고 했다"고 한다.

웃음의 건강학연구는 일본에서도 활발히 움직이고 있는데, 암과 협심증환자 4명이 포함된 20~60세 사이의 19명을 조사했다. 이들은 3시간 동안 코미디와 희극을 보면서 역학적 관계를 관찰했는데, 이중 14명에게서 항암면역체계의 효과를 입증하였다는 의사들의 임상보고가 있다. 영국에서는 "웃음의 효능"을 알기 위해 분노부터 연구하였는데 화를 내는 분노가 얼마나 나쁜가를 실험한 보고다. 이때 화, 즉 분노를 가진 사람이 내쉬는 날숨을 액체질소로 급냉시켜 데이터를 조사하고 분석한 결과 노란색의 독소 액체가 나타났고, 이러한 나쁜 날숨의 독소반응을 약 1시간동안의 분량으로 모았을 때 약 80명의 사람을 죽일 수 있다고 한다.

구 소련의 베린이 조사한 바에 의하면 89세 이상의 노인들 중 약 90%가 항상 웃기를 좋아하는 사람들이었다고 한다. 웃음은 이처럼 장수의 비결이며 웃는 사람이 웃지 않는 사람보다 실제적으로 더 오래 산다. 한 번에 15초 이상 크게 박장대소하면 한 번의 웃음으로 2일을 더 오래 살 수가 있다는 확신이 있다. 성인은 하루에 15번 웃지만 어린이들은 400번 정도 웃는데 결론적으로 어린이들이 훨씬 행복하다고 할 수가 있다. 웃음은 심리학자들이 180여 가지로 분류할 정도로 종류가 다양하지만 그냥 웃는 그 웃음도 의미가 있고 효과가 있다. 우리의 얼굴 근육은 80여개가 있는데 얼굴을 찡그리는데 필요한 근육이 64개인 반면 웃는데 필요한 근육은 13개 정도만 있으면 충분하다고 한다. 웃는다는 것은 가장 편하고 자연스러운 표정이다. 사람은 선천적으로 잘 웃을 수 있도록 창조되었다는 증거이다.

미국에서 가장 활발한 웃음의 치유적 능력에 대하여 홍보하고 있는 사람을 꼽으라면 캘리포니아 중부 데이비스에 살고 있는 패티 우턴Paty Wooten이라고 말하는데 주저하는 사람이 없을 것이다. 그녀는 간호사들을 위한 웃음교본을 두 권이나 저술하였고, 1996년도에는 세계웃음요법학회회장을 맡기도 하였다. 그녀는 자신의 책에서 전통적인 의과대학에서 웃음치료를 정규과목으로 가르치지는 않지만 다양한 방법으로 웃음치료를 접근하고 있다고 하면서, 현재보다 더 많은 대학 즉 간호대와 의대에서 웃음요법이 정규과목으로 채택될 것이라고 전망하고 있다. 우턴씨의 가장 큰 업적은 병원에 웃음을 선사하는 간호사 웃음부대를 조직한 일이다.

현재 미국의 약 570여개의 병원에서 질병치료로 이용되고 있는데, 이 간호사 웃음부대는 간호사들이 광대(clown)차림으로 병실을 돌면서 환자들의 기분을 전환하여 주고, 웃음을 환자들의 치료적 효과가 있는 치유제로 사용하고 있는 프로그램이다. 특히 정신과 생리의 상관관계를 연구하는 심리신경면역학$_{Psychoenuroimmunolgy}$은 가장 활발하게 연구되고 있다.

따라서 병원에서 기존의 치료법에 의해 치료를 받고 있더라도 웃음요법을 병행하면 효과가 증진되며 더 빠른 회복을 기대할 수 있을 것이다.

2. 웃음의 정의와 원인

(1) 웃음의 정의

웃음이란 '기쁨의 표현으로 즐거움을 수반한 신체적 자극·기쁨·우스꽝스런 현상으로 웃음유발요인에 대한 신체적 감정의 자발적인 감정표현으로써, 자신의 심리상태를 신체적으로 나타내는 유쾌한 정신활동의 작용으로 나타나는 감정적 산물'이라고 정의할 수 있다.

(2) 웃음의 원인

H.베르그송은 "자유로워야 할 인간이 부자유한 기계와 같은 운동을 하였을 때 정신이 물질화되었다면 이것을 우리는 물아개념이라고 하는데 이때 웃음이 나온다"고 하였다. "자스틴은 놀람과 기대의 어그러짐, 우수한 사람의 좌절과 실패, 보조화와 대조, 사교적 미소, 긴장의 해소 등 유희적 발상에서 웃음이 발생된다"고 하였다. 웃음은 웃음을 유발하는 여러 가지 심리적인 요인에 의해서 작용하는데 횡격막의 단선적인 경련의 수축현상으로 깊은 흡기吸氣를 자극하는 가운데 나타난다.

3. 웃음의 상태와 성공학

(1) 웃음의 상태

도대체 웃음이 무엇이기에 우리는 웃음을 연구해야 하는가?

일반적으로 웃음은 배를 움켜잡고 웃을 때에 흔들리고 있는 상태를 지칭하는데, 머리를 앞뒤로 끄덕이면서 아래턱은 상하로 흔들거린다. 그리고 입을 크게 벌려 온몸에 있는 근육들이 이완되어 근육은 물론 모든 내장이 운동하도록 돕는 자율신경운동으로 모든 면에서 건강의 시너지효과를 이룩하는 전인건강의 상승효과가 있다.

(2) 웃음 성공학

웃음이 많은 그룹은 웃지 않는 그룹보다 여러 측면에서 성공적인 요인이 훨씬 높다는 연구보고가 있다. 즉 '웃음 성공학' 웃음이 많은 그룹일수록 업무에 대한 열정이 많아 적응력과 성과 면에서 탁월하다. 또 업무를 부드럽게 하면서 인간관계에서 웃음이 일을 즐겁게 하고 교제를 명랑하게 해준다.

필자 또한 여러 기관의 특강을 통해 웃음건강학을 강조하면서 실습해보면 웃음이 신바람과 즐거움을 만들어 인간관계를 좋게 만들면서 분위기를 고조시켜주는 좋은 시간이 된다. 웃음이 신바람이라는 경험적 사실은 인터넷쇼핑몰 (주)보배로운 나라를 예로 들 수 있다. 이 회사는 매일아침 웃음과 음악·춤으로 하루일과를 시작하는데 경영에 웃음마인드를 도입, 친절과 봉사를 모토로 성장하고 있는 즐거운 회사라는 것을 알수 있다.

이전에는 인터넷 의류쇼핑몰 분야에서 4위 안팎의 회사였지만 경영에 웃음마인드를 도입하고 1년 만에 압도적인 1위를 달리고 있다. 따라서 웃음건강학이 곧 성공학의 비결이라고 할 수 있다. 직원 한 사람 한 사람이 가족처럼 서로가 신바람을 일으켜 상부상조하는 인화단결이라는 근무조건 속에서 이와 같은 결과를 기대하게 되었다.

매년〈포천지〉특집에 일하기 좋은 기업이 발표되고 있는데 여기에서 기업의 공통적인 사항은 바로 재미있고 즐거운 회사생활이다. 기업체가 신나고 재미있도록 직장분위기를 만들어 즐거운 회사생활이 되도록 하는 것이 매우 중요하다. 사우스웨스트 항공사는 좌석과 함께 웃음과 유머를 함께 판매하는 전략을 세웠는데 이 컨셉이 효과를 본 성공적인 사례로 볼 수 있다. 비행시간 내내 기내에서 펼쳐지는 승무원들의 코미디 같은 분장과 이색 쇼, 코미디 같은 안내방송의 특이점 때문에 사우스웨스트 조크라는 말까지 생겨났다. 9.11테러 이후 여타 항공사들이 적자로 고심할 때도 이 항공사는 흑자를 기록한 배경에는 바로 유머 즉 웃음바다가 있었다. 직원을 채용할 때에도 웃음과 유머감각을 매우 중요한 조건으로 내세워 심사한다.

웃음과 유머와 재미와 즐거움 없이는 진정한 만족과 고객을 감동시키지 못한다. 따라서 '고객만족-고객감동-고객흥분'을 시키지 못하면 무한 경쟁사회의 파트너십을 발휘하지 못하게 될 지도 모른다. 한국경제를 살리기 위해서 까꿍 운동으로 국민의식개혁을 하여 웃음성공학과 웃음건강학을 자리매김할 때라고 강조해본다.

4. 웃음에 대한 종류와 구분

(1) 웃음의 종류

① 미소微笑 : 소리 없이 입가에 웃음 짓는 알 듯 모를 듯한 웃음.
② 고소苦笑 : 기분을 표현하지 아니하며 감추는 듯한 쓴웃음.
③ 홍소哄笑 : 입을 크게 벌리고 떠들썩하게 웃는 웃음.
④ 냉소冷笑 : 상대방을 무시하고 경멸하는 비웃는 웃음.
⑤ 조소嘲笑 : 상대를 불신하면서 가벼운 비판과 비웃음.
⑥ 실소失笑 : 어처구니없음의 상태에서 자신의 무의식적 웃음.

　분노와 반항과 오기 그리고 복수심으로 불탈지라도 나의 인생을 웃음으로 전환시킬 자를 만남이 행복의 계기인데 과연 이런 동반자는 누구일까? 그것은 다름 아닌 바로 나 자신이고 내 인생의 주인공인 나를 세우며, 목표와 이상과 꿈을 실현하기 위해서 한 단계 한 단계 올라가다 보면 어느 순간에 엘리베이터를 만나는 행운을 잡기도 한다. 이때 저절로 웃을 수 있을 때 웃음을 짓게 된다. 내가 가지고 있는 것을 최대한 활용하는 길이 나를 웃음 짓도록 만든다.
　따라서 이와 같은 웃음 성공학에서는 3가지가 필요다. 그 일을 성공시키기 위하여 준비할 것이 무엇이며, 내가 가지고 있는 것이 무엇이며, 내가 할 수 있는 일이 무엇인가를 생각하면서 실천하는 것이 매우 중요하다. 그리고 자신이 맡은 일에 최선을 다하는 것 역시 중요하다. 또 성실한 삶이 절대필요조건임을 직시하면서 이것을 통해 성공하는 웃음건강학이 나를 바로세울 수 있도록 패러다임을 갖자.

(2) 웃음에 대한 인생 단계적 구분

인간은 출생의 기쁨을 선택의 여지없이 본인과는 아무 상관없이 출생하며, 언젠가 죽는다는 사실 앞에서 죽음을 겸허히 받아들여야 한다. 죽음도 단 한 번의 기회이다. 이 기회는 또 다시 오지 않는다. 이것 역시 나의 선택권이 아니기 때문에 진정 내 삶에 대한 주인공이 되기 위한 선택은 어떻게 해야 하는가? 그러나 나는 이 땅에서 한 번 살고 가는데 이 인생을 어떻게 살아가느냐의 문제는 다른 사람이 아닌 내 자신이 결정하는 것이다. 따라서 행·불행을 내가 결정하게 된다는 사실 앞에서 어떠한 선택을 할 것인가? 이것이 매우 중요하며 나의 책임인 것이다.

1) 유아기

유아나 어린이의 웃음은 신체적 감정의 웃음인 간지러울 때나 배설물이 나올 경우에 흔히 웃는다. 어린이의 특권적인 웃음 '까꿍', 까꿍하면 모든 사람들이 웃기에 여기에서 까꿍 운동을 주창해 본다. 어린이 웃음은 표정 그 자체가 복잡다단하지 않고 단순하게 웃음 짓는다.

2) 아동기(청소년기)

아동기 이후는 정신적, 사회적인 웃음을 여유로운 미소로 표현하는 자연스러움의 스마일을 한다. 즉 그냥 웃고 웃기는 경우가 많다.

3) 청년기

청년기 이후가 되면 체면과 가식적인 웃음과 계면쩍은 웃음을 한다. 억지로 웃는 가공적인 웃음, 즉 계산적인 웃음으로 인해 점점 유머스러운 유머로 발달한다.

4) 장년기

수많은 사회적인 경험으로 여러 번의 좌절과 성공을 반복경험하면서 실패하면 쓴 웃음을, 성공하게 되면 성취감으로 박장대소하는 웃음을 하게 된다.

자아를 성찰하고 인생을 관조하는 넉넉한 웃음을 선사한다.

5) 노년기

정신적 완숙기의 삶속에서 주름을 디딤돌 삼아 노련미와 함께 자기 완성적인 소리 없는 미소와 고독의 웃음을 하게 된다.

※ 웃음은 명사화되어 있지 않고 동사 웃다의 명사형이다. 여기에 접두어로 웃음의 특수형태를 분별하는데 사용한다. 예를 들어 눈으로만 웃는 웃음은 눈웃음, 코로 소리를 내는 웃음은 코웃음, 소리를 좀 과하게 웃는 웃음은 너털웃음, 표정의 변화 없이 입으로 소리치는 웃음은 헛웃음, 비꼬는 웃음은 비웃음이라고 하는데 비웃음은 '비웃다'라는 동사의 명사형이다.

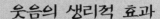

제2장
웃음의 생리적 효과

웃음은 감기는 물론 각종 질병과 계절 알레르기 예방에도 효과가 있다. 또한 웃음은 혈액내의 코티졸양을 감소시키고, 피를 맑게 해주는 청혈효과도 있다. 뿐만 아니라 웃음은 웃는 순간부터 인체근육 650개 중에서 231개를 움직여 안면 운동효과를 증대시킨다.

1. 스트레스의 정의

스트레스는 캐나다의 내분비계 의사 H.셀리가 여러 가지 동물 실험 결과를 근거로 1944년에 연구 발표한 "범 적응 증후군汎適應症候群; general adaptation syndrome"이라는 학설을 처음으로 주창하면서 정식적인 명칭이 되었다.

원래 스트레스라는 단어는 라틴어인데 풀이해보면 '압박 혹은 조이다tighten'에서 유래되었다. 17세기에는 이 단어가 '고생'이나 '고난'을 묘사하는 말로 사용되었고, 18세기 후반에는 건축이나 물리학에서 힘이나 하중 등을 표현하는 의미로 사용되었다. 다리를 건설하는 교각에 상판을 올리고 측정하는 하중을 스트레스라고 하는데, 이처럼 객관적인 사물을 설명하는 단어가 개인의 정신적인 문제를 묘사하는 단어로 이용된 것은 최근의 일이다. 20세기에 의학자들은 인간이 외부에서 받는 심리적 압박감과 긴장감을 스트레스라고 명명하였다. 이 단어를 현대 의학적용어로 사용되도록 공헌한 사람이 앞에서도 언급한 캐나다 의사 한스 셀리Hans Selye박사와 생리심리학자 월터 캐논walter Cannon박사다.

캐논 박사는 스트레스를 대항 또는 도피의 반응으로 정의하였다. 즉 몸이 스트레스를 받으면 몸은 자율신경계의 교감신경에 의해 생체적 비상사태를 발동한다. 그리고 이 스트레스요인에 대응하기 위해서 부신으로부터 혈관을 통하여 아드레날린과 같은 호르몬이 분비된다. 즉 이것은 적군이 쳐들어올 때 아군이 공격자세를 갖추는 것과 같은 비상조치라는 캐논 박사의 설명이다. 옛날부터 인간은 외적에 대항하여 공격을 하거나 도망을 가는데, 예를 들면 노루한테는 공격하고 호랑이나 곰에게는 싸울 힘이 부족하면 도망을 친다. 현대사회에서는 노루나 호랑이를 만나지는 않지만, 일상의 삶에서 직면하는 문제들을 대처하는 방법은 아직도 이런 대항과 도피의 방식을 선택하여 삶의 문화양식으로 적응해간다. 이러한 과정에서 스트레스가 쌓이고 이것을 해소하지 못하면 질병으로 나타난다.

현대사회는 수많은 스트레스로 구성되어 있다. 스트레스가 없이는 아무것도 할 수 없다는 말은 결국 스트레스가 만병의 근원이라는 의미다. 스트레스에 대한 의학계와 심리학계의 연구 성과를 종합해 보면, 현재 인간이 겪는 질병의 대부분은 스트레스에서 기인하거나 스트레스가 상황을 악화시킨다는 사실은 반론이 없는 의학계의 정설이다.

스트레스를 극복하는 데 꼭 필요한 중요한 4가지 사항은 다음과 같다.

첫째, 사고의 변화다. 생각을 바꾸고 수직적 사고에서 수평적 사고인 새로운 패러다임으로의 전환이 요구된다.

둘째, 행동의 변화다. 자신의 행동을 책임질 줄 아는 사람이 되어 성실한 삶속에서 행동하는 양심으로 건전한 삶의 태도를 습관화한다.

셋째, 생활패턴 변화다. 자신의 생활양식과 문화에 대한 선택변화를 꾀하기 위해 자료를 수집하고, 고전적이면서 개혁된 현대감각이 넘치는 생활이 되도록 한다.

넷째, 환경의 변화다. 자기가 처한 환경을 변화시키면서 잘못된 생활환경과 생활태도를 개선한다. 변화하고자 하는 욕구에 순응하며 스스로 환경적 변화에 대해 주역이 된다.

1) 스트레스가 생기는 요인

스트레스는 외부로부터 유입되기도 하고 내부로부터 생기기도 한다. 외부적 요인은 환경을 들 수 있는데, 개인적 생활태도를 중심으로 확산되는 가정과 직장이 외부환경의 주된 요인이다. 그런데 이와는 상관없이 실제로 우리가 느끼는 스트레스 중에서 가장 대처하기 어려운 스트레스는 외부적 요인보다 내부로부터 표출되는 심리적 스트레스이다.

- 결혼생활의 부조화와 갈등
- 암이나 당뇨병 같은 만성병
- 가난
- 좁은 생활공간
- 복잡한 일터
- 너무 많은 작업업무
- 도시의 매연과 공해와 소음
- 시한적 스트레스요인
- 사랑하는 사람의 사망

- 암 같은 치명적인 질병
- 직장을 잃음
- 이혼
- 홍수나 폭풍 같은 천재지변
- 원자로 누출이나 전쟁 같은 인재
- 생활 속에서의 순간적 스트레스요인
- 식료품 가게 장보기
- 불친절한 점원
- 여름철 무더위
- 열쇠분실
- 폭설과 장마
- 안경의 부서짐이나 분실
- 줄서기
- 출퇴근길의 교통체증

이러한 요인을 극복하여 스트레스를 해소하는 방법은 다양하
지만 개인을 중심으로 한 해소방안은 다음과 같다.
- 긴장완화를 위한 방법을 터득하라.
  예)스트레칭 등
- 자신의 장점과 칭찬을 스스로 한다.
  예)나는 사나이 중 사나이, 가장 아름다운 산소 같은 여인
- 사랑하라 그리고 용서하라.
  예)용서는 나를 용서하라, 부모를 용서하라, 이웃을 사랑하라.
- 기존의 가치관을 깨고 새로운 패러다임으로 전환을 하라.
  예) 가능한 단순하게 살아라.
- 과욕을 버리고 목표를 재설정하여 현실에 알맞게 재구성

한다.

예) 현실을 파악하라.

• 유머와 감정을 지니고 살자.

예)미소 짓고 까꿍을 통하여 웃자. 억지라도 웃고 살자.

• 내 몸에 알맞은 음식을 먹고 즐겨라.

예) 식성보다 체질에 알맞은 음식을 섭생하라.

• 내 몸에 알맞은 운동을 하고 즐겨라.

예) 1주에 4~5일 그리고 1회 50~60분 땀 흘리며 운동을 하라.

• 충분한 수면을 즐겨라.

예) 하루 6~7시간은 잔다. 다만 밤 11시 전에 숙면을 취한다.

• 즐거운 사색과 명상을 하라.

예) 마음을 쉬게 하라, 명상을 통해 마음의 여유를 가져라.

• 서로 좋은 산소 같은 만남을 가져라.

예) 1주에 1~2번 마음의 친구를 만나고 회포를 풀어라.

• 일을 즐겨라. 하고 싶은 일을 하고 그것을 할 수 있는 능력을 가져라.

예) 실력을 겸비하라.

스트레스를 어떻게 대처할 것인가?

스트레스를 해소하기 위해 많은 사람들이 술이나 마약에 의존하고 커피나 담배를 애용한다. 그러나 이러한 스트레스 해소용 기호품들이 더 큰 스트레스를 줄 수도 있다. 캐나다의 토론토대학에서 학생들과 교직원들을 위하여 발행한 건강지침서에는 스트레스촉진제stress enhancers로 담배·커피·설탕·약물·술·안정제를 설명하고 있다. "흡연시 심장박동과 혈압과 호르몬이 증가한다. 담배는 또 몸의 비타민과 미네랄을 파괴한다.

감소된 이것들은 다시 공급되어야 하는 필수적인 물질이다"라고 하면서 카페인 역시 체내에서 20시간까지 머무르면서 작용한다고 했다. 또 비록 어떤 사람에게는 카페인이 두통을 없애주는 역할을 하겠지만 다른 기관에는 악영향을 준다. 그것은 위장장애를 일으키기도 하는데 카페인은 마약의 일종이다. 이것은 우리를 유혹하며 중독 시킨다. 두통·신경쇠약·우울증·심장계통의 질환을 일으킬 수 있기 때문에 많은 양의 커피를 먹어서는 안 된다고 경고하고 있다. 이밖에 이 건강지침서에는 설탕을 많이 먹어도 체내에서 다양한 질환을 일으키는 스트레스 요인이 된다고 강조하고 있다.

2) 스트레스의 증상

미국 심리학회(APA)에서는 스트레스의 증상들을 다음과 같이 열거하고 있다.

육체적 증상(몸)

- 긴장감이 고조됨
- 소화불량과 설사 등으로 속이 메스꺼움
- 위장병이 있음
- 힘이 빠지고 움직임이 쉽지 않음
- 손바닥에 땀이 남
- 목과 어깨가 뻐근함
- 몸 흔들리고 균형유지 곤란함
- 목이 메인다
- 가슴이 답답하고 두근거림

- 침착하지 못하고 안절부절
- 허리고통back pain
- 어지러움이나 가벼운 두통
- 입이 마르고 속이 탐
- 깜짝 놀람
- 열이 나거나 한기를 느낌
- 숨이 가쁨
- 이명耳鳴
- 불면증
- 소변이 자주 마려우며 누가 있으면 소변이 어려움

행동적 증상(행위)

- 분노와 반항
- 싫증, 매사에 의미를 잃음
- 소리 내어 울음
- 압도감과 중압감
- 무기력증, 모든게 싫다.
- 분주하고 필요이상으로 민감함
- 군림하려하고 인내력이 부족함
- 계속하여 껌을 씹음
- 지나치게 신경질적이고 남을 비난함
- 밤에 이를 감
- 마음이 텅 빈 것처럼 행동
- 포식
- 과음
- 흡연

- 감정적 증상(느낌)
- 긴장·근심·지나친 고민
- 곧 터질듯이 신경이 극도로 예민함
- 별 이유 없이 짜증스러움

지적 증상(생각)

- 자신감 부족
- 추진력 부족
- 창의력 부족
- 자기주장 부족
- 결정력이 약하다.
- 도피하고픈 생각
- 계속적인 걱정과 복수심
- 혼란스런 생각으로 논리성 부족
- 집중력의 어려움과 일관성이 없음
- 망각과 무기력증
- 유머감각이 거의 없거나 아예 없음

위의 상황을 예를 들어보면, 우리가 만약 자신의 자녀와 갈등관계에서 심하게 다투게 되었다고 가정할 때, 그 다툼의 원인이 자녀의 행동이라기보다 자신의 비현실적 또는 비합리적 사고로 인하여 일어난 불화인 경우가 많다. 이때 나 자신이 사고의 전환을 하여야 한다. 캐나다 맥길대학교의 마이클 미이니 Michael Meaney 박사는 스트레스를 받으면 두뇌가 신체에 대하여 부적절한 반응을 일으킨다는 놀라운 사실을 발표하였다. 우리의 두뇌는 비행장으로 말하면 비행관제탑과 같은 역할이다. 관제탑은 착륙을 원하는 비행기에 언제 착륙하며 어떤 활주로를 이용하도록 지시한다. 만약 비행기가 착륙을 위해 신호를 보냈는데도 활주로도 없는 들판에 내리라고 하였거나, 두 대의 비행기에게 동시에 같은 활주로에 내리라고 통보하면 문제가 유발된다. 이와 같이 두뇌도 몸의 각 부위로부터 시시각각으로 신호를 받아 적절하게 명령을 해야 하는데, 그 명령이 부적절하다면 문제가 발생한다. 손을 올려야할 때 발을 들라고 한다든지, 눈을 감아야 할 때 말을 하라고 명령한다든지 하면 두뇌가 혼란스러워하며 신체의 기능은 뒤죽박죽이 될 것이다. 이처럼 우리 신체내부에서도 이러한 것들이 발생되는데, 스트레스에 짓눌린 우리 몸은 우리 자신도 모르는 사이에 일어나고 있다. 즉 손등에 병균이 침입했는데 발에 방어면역체계를 발동한다면 어떻게 되겠는가? 생각만 해도 심각한 일이 아닐 수 없다.

메사추세츠대학의 진 킹Jean King교수는 스트레스가 위장궤양·만성적 두통·무기력증을 일으키고 병균을 막는 항체의 능력을 저하시킨다고 연구 발표를 하였다. 이 연구는 진 킹 교수 외에도 여러 학자들이 임상을 진행하면서 얻어낸 결론이다. 진 킹 교수는 만성적 스트레스는 속도가 느린 독약slow poison과 같다고 밝힌 바 있다. 매일의 스트레스에 대한 반응으로 분비되는 생화학적 물질은 몸 전체를 서서히 죽이는Slowly Killing itself 결과로 후유증을 동반한다. 이 화학물질은 특히 우리 몸의 방어체제를 구축하는 면역체를 약화시킨다. 이러한 결과는 암이나 각종 질병의 발병요인이 되는 것이라고 진 킹 교수는 주장했다. 스트레스로 분비되는 호르몬은 소화기관과 폐를 갉아먹고 위궤양과 천식을 일으킨다. 그리고 심장기능을 약화시켜 동맥경화나 뇌졸증 및 각종 심장질환을 일으킨다.

스트레스가 인체에 미치는 영향은 사람이 외부로부터 스트레스를 유발하는 요인인 적을 만났을 경우처럼 스트레스를 받으면 우리 인체는 싸우거나 반항적 태도로 필요한 심장 기능을 강화시키는 비상사태에 돌입한다.

그 결과 심장박동이 빨라지고 가슴이 두근거리면서 두 눈이 동그라미를 그리고 이마에 땀이 나며 피가 두뇌로 집중하는 생리적 현상이 일어난다. 반면 전투에 소용없는 소화기관 등도 협력하는데, 이때 소화기능은 일시적으로 중단되기 때문에 만약 이 경우 식사를 한다면 침과 소화액의 분비가 억제되며, 위장운동의 저하 등으로 인하여 소화가 원활하지 못하게 된다. 또 최근에는 유 · 무형의 새로운 패러다임의 등장으로 스트레스의 양상도 다양화되면서 스트레스가 무차별적으로 가해지고 반복되면서 신체의 불균형문제가 대두되고 있다.

스트레스를 통제하는 중앙관제탑이 있다면 그것은 시상하부 hypothan lums이다. 이것은 두개골로 연결된 척추 가까운 뇌에 위치하고, 뇌하수체腦下垂體와 멀리 콩팥 위에서 그 웃머리를 덮고 있는 한 쌍의 내분비선인 부신副腎과 긴밀한 연결선상에서 관계하고 있다. 이들 기관들은 혈압 · 심장 · 박동 · 체온 · 수면패턴 · 허기갈증 · 생식기능 등을 조절한다. 부신은 스트레스 호르몬인 도파민, 에피네프린, 노어에피네프린, 코티졸 같은 호르몬을 생성하고 분비한다. 스트레스가 지속적으로 가해지면 교감신경이 흥분하기 시작하여 아드레날린과 부신피질 호르몬의 분비가 촉진 형성된다. 따라서 혈압이 올라가면서 동맥경화가 발생하여 협심증 · 심근경색 · 뇌졸증이 나타나며, 임파구수를 감소시키는 등 면역기능의 약화를 가져와 질병을 일으키는 중요원인자로 작용해 인체에 질병을 유발시킨다. 또 부신 호르몬은 혈액의 흐름이나 호흡에 대한 신체의 기능을 맡고 있기 때문에 이 호르몬의 양이 조금만 변화되어도 건강에 치명타를 입힐 수가 있다.

이때 도파민이 약간만 많이 분비되어도 혈관이 수축되고 혈압이 올라간다. 그리고 에피네프린의 변화도 당뇨병이나 천식을 일으킬 수 있다. 만일 부신이 코티졸 생산에 관여치 아니하면 비만과 심장병 또는 골다공증을 일으킬 수도 있다. 그러나 코티졸이 너무 많이 분비되면 여성들에게 남자처럼 근육이 발달하고 수염이 날 수 있으며, 머리가 많이 빠지고 기억력과 관계있는 뇌세포를 죽이는 결과를 낳을 수 있다.

부신수질에서 생산되는 에프네프린은 보통강심제로 이용된다. 또 수술 시에 순환의 허탈상태가 있을 때에 혈압을 끌어올리는데 이용된다. 그 효과는 상당히 복잡한 과정을 거치지만 모두 교감 신경자극에서 기인되는 반응이다. 즉 에피네프린에 의해 심장박동수가 늘어난다. 이때 혈관이 수축되어 혈압이 올라간다. 그리고 간에서 포도당이 분배되고 피로에 대한 내성이 강화되며 기모근이 수축, 동공이 확대되기도 한다. 또 장운동이 억제되는 경우도 있는데 이것은 모두 교감신경 흥분효과이다. 또한 스트레스는 우울증·불면증·노이로제와 같은 정신질환·간장병·당뇨병·암 같은 성인질환을 비롯해 생리불순이나 발기부전 같은 생식기질환을 일으키기도 한다.

심지어 감기까지도 스트레스를 받은 사람은 받지 않은 사람보다 2.5배 이상 감기에 걸리기 쉽고, 외부로부터 들어오는 병균을 막는 항체가 약화된다.

오하이오 주립대의 로날드 글래셔Ronald glaser박사는 스트레스와 왁진에 대한 상관관계를 연구하였다. 그는 시험기간에 B형 간염 예방주사를 의과대학생들에게 실험 연구를 위하여 주사했다. 그 결과 스트레스가 적은 학생들과 생활이 안정적인 학생들은 그렇지 못한 학생들보다 더 좋은 반응을 나타내는 것을 발견했다.

하지만 최근에 학자들은 스트레스에 반응하여 부신에서 생산되는 에피네프린이 혈액세포에서 잠재적으로 유해한 변화를 유발하는 것을 발견했다. 에피네프린은 혈관보수에 책임을 진 세포인 혈소판을 자극하여 ATP라는 다량의 물질을 분비한다. 다량의 ATP는 혈관을 급격히 좁게 하고 피의 흐름을 막아 심장마비나 뇌졸증을 야기시킨다고 뉴욕 코넬 메디칼센터의 심장전문의 토마스 픽커링Thomas Pickering박사가 연구, 발표했다.

카네기 멜론대학교의 셸돈 코헨박사는 코티졸도 이와 비슷하게 면역체에 손상을 준다고 발표했다. 그는 400명을 대상으로 스트레스정도를 측정하고 코에 감기바이러스를 주입, 실험 결과 그들 중 90%가 감기에 걸렸고, 감기에 걸린 사람들이 코티코토트로핀 분비요인CRY이 높아졌던 것이다. CRY는 면역체에 장애를 일으키는 것으로 이미 판명되었기 때문에 이러한 관찰결과는 스트레스를 받는 사람들이 감기에 더욱 잘 걸린다는 사실을 설명해준다고 주장했다.

이탈리아의 한 의학자는 군인들이 처음 비행공수 훈련을 할 때 비행기에서 떨어지기 직전에 낙하지 않은 병사들보다 84% 이상의 신경성장요인NGF을 나타냈고, 그들이 무사히 낙하산을 타고 내려와 땅에 닿을 때 조사했더니 NGF양이 참가하지 않은 군인들보다 107% 이상 높다는 것을 발견했다. 우리는 종종 자신이 처해 있는 상황 속에서 어떤 변화를 시도하고자 할 때에 스트레스가 일어난다. 따라서 NGF는 자석처럼 병균과 싸우는 세포를 끌어들여 감염을 막는 능력을 제대로 발휘하지 못하게 하기 때문에 면역체가 장애를 받아 감기 등에 쉽게 걸릴 수 있는 확률이 더 높아진다고 했다.

그러나 우리에게 이러한 변화요인이 없다면 인생의 삶 자체가 무미건조하고 생명력을 가지고 있다고 보기가 어렵다. 이러한 의미에서 스트레스는 자신에의 정체성 고양과 발전을 도모하기도 하지만 자신의 정체성을 붕괴하고 우리를 파괴하는 힘을 동시에 가지고 있다. 따라서 스트레스는 생명력을 부여하고 우리의 삶을 윤택하게 하며, 행복한 세상을 만들어 가게 하는 원동력을 깨우는 계기가 되어 행복한 세상을 만들어가게 한다. 분노와 반항 그리고 오기와 복수심 등도 같은 맥락에서 이해할 수가 있다.

스트레스 호르몬은 류머티즘을 일으키는 것으로 알려져 있다. 부신에서 생성되는 프로락틴 호르몬은 뼈마디를 붓게 하는 세포를 유발시킨다. 애리조나 주립대의 캐트린 매트Kathleen S.Matt박사는 류머티즘을 앓는 100명을 대상으로 연구한 결과 이들이 류머티즘을 앓지 않는 사람들보다 스트레스를 더 많이 받는 사람이라는 것을 발견했다. 스트레스는 류머티즘의 원인이 되는 프로락틴 호르몬이 분비를 촉진한다. 미국 예일대학교 로렌스 브라스Lawrence Brass교수는 제2차대전 중 전쟁포로였던 노인들을 대상으로 뇌졸증에 관해 연구한 결과, 그들이 포로가 아니었던 노인들보다 8배 이상 뇌졸증에 걸릴 확률이 높다는 것을 발견했다. 브라스교수는 이와 같은 연구결과에 상당한 의문을 가졌다. 왜냐하면 뇌졸증을 일으키는 스트레스 호르몬은 그 수명이 몇 시간 되지 않기 때문이다. 제2차 대전이 끝난 지도 이미 50년이 지났는데, 이들에게 그 당시 초기의 스트레스 호르몬이 영향을 미친다는 것을 이해할 수가 없었다. 이 연구를 통하여 브라스 박사는 아주 극심한 스트레스를 당하면 그것은 일시적인 자극이 아니라 평생 동안에 치명적인 상처로 남아서 체내에서 영향을 미친다는 것을 알게 되었다. 이 연구는 어린시절 성폭행 당했던 여성에서도 비슷한 결과를 나타낸 것으로 알려졌다. 이런 결과를 분석한 캘리포니아대학 머레이 스테인 Murray Stein교수는 어린시절에 성폭행당한 여성의 경우 시상하부가 정상보다 작다는 것을 발견하고, 인생의 초기에 겪은 스트레스는 두뇌의 성질the brain's makeup을 변화시킨다고 보고 있다.

위에서 예를 든 몇 가지 연구보고 외에도 수많은 스트레스관련 연구논문들이 계속적으로 발표되고 있다. 이런 연구들 중 어느 것 하나도 스트레스가 질병을 유발한다는 결론에 도달하지 않은 것은 없다. 현재 병원을 찾는 환자의 75~90%가 스트레스로 인한 질병에 시달린다는 사실은 결코 과장이 아니라는 것이 분명하다. 만일 사람들이 겪는 현실적인 스트레스를 해소할 수만 있다면 질병은 훨씬 더 줄어들 것이고, 사람들은 더욱 건강하고 활기차게 생활할 수가 있을 것이다.

2. 스트레스와 웃음

웃음은 혈액순환의 개선작용은 물론 면역체계와 소화기관을 안정시키는 치료 작용을 하는데, 혈압을 떨어뜨리고 스트레스를 진정시키는 효과가 있음이 증명되고 있다.

로마린다 의대 리 버크교수가 발표한 〈웃음과 면역체의 관계〉란 논문에서 웃음이 스트레스해소에 상당한 영향을 미친다는 보고서를 앞에서 언급한바 있다. 그는 육체적 정신적 스트레스는 행동적 심리적 표현으로 전이되는 내분비선을 변화시킨다는 결론을 도출하였다. 즉 부정적 스트레스는 코티졸, 코티 코드라펀과 카테콜라민, 베타엔도르핀, 성장호르몬 프로락틴 등의 스트레스 호르몬을 증가시킨다.

버크교수는 동료 교수인 스탠리 텐박사와 함께 웃음이 인체의 면역체에 미치는 영향에 대해서도 연구한 바 있다. 이들은 미리 선발한 60명의 성인에게 금식을 하도록 하고 아주 배꼽 잡는 비디오를 1시간 동안 보여준 후 그들의 혈액을 뽑아 체내의 항체인 인터페론 감마IFN의 변화를 비교 분석하였다. 비디오를 보여주기 10분 전에 혈액을 뽑고 그 비디오를 본지 30분 후에 다시 샘플 조사를 하였다. 그리고 그 우스운 비디오를 1시간 동안 보고 난 직후부터 30분이 지난 후에 또 그들을 검사하였다. 그리고 12시간이 지난 후에 다시 샘플을 조사 분석하였다. 최첨단 실험기구를 통해 이 실험을 분석한 결과 혈장(플라스마)의 양과 전체 혈청의 단백질은 변화가 없었지만 인터페론 감마의 양이 200배 증가한 것을 볼 수 있었다. 인터페론 감마는 T세포의 성장과 세포 독소의 구분 그리고 백혈구의 활성과 B세포 성장요인으로 작용한다. B세포는 면역 글로불린을 생성하는 기능을 가지고 있다.

버크교수팀은 이러한 몇 차례의 임상실험을 통해 다음과 같이 발표하였다.

- 웃음은 에피네프린과 도파민 같은 스트레스 호르몬의 감소를 가져온다.
- 웃음은 다른 세포의 도움 없이 종양과 바이러스를 공격하는 백혈구Natural Killer cells를 증가시킨다.
- 웃음은 면역체의 반응을 조직하는데 도움을 주는 T세포를 증가시키고 T세포에게 어떤 일을 하도록 활성화시킨다.
- 웃음은 호흡기관에서 염증을 막아주는 항체 면역글로빈 A를 증가시킨다.
- 웃음은 면역체를 가동시켜 바이러스를 공격하고 세포의 성장을 조정하는 호르몬인 감마인터페론을 증가시킨다.
- 웃음은 해로운 미생물체를 대항하는 항체를 생성하는 B세포를 증가시킨다.
- 웃음은 항체가 감염되었거나 제기능을 발휘하지 못하는 세포를 물리치도록 돕는 보조세포 등을 증가시킨다.

우리나라의 M교수는 스트레스질환은 선진국에서 많이 유행하고 있는 제3세대의 선진국형 질병이지만, 문명이 발전함에 따라 급격히 증가하는 병으로 우리가 새롭게 주목하고, 경계해야 할 질병 중 하나임에는 틀림없다고 하였다. 1996년에 《유머와 치유력》을 지은 캐나다의 캐트린 펜윅박사 역시 작업장에서의 웃음이 얼마나 생산능률증대에 효과가 있음을 다음과 같이 강조하고 있다.

- 스트레스 레벨을 줄여준다. 웃음은 직원들의 무기력증을 예방해준다.

- 사기를 높여준다. 15%의 사기진작은 40%의 생산력을 증대시킨다.
- 변화에 대한 적응력을 향상시킨다.
- 의사소통능력을 개발시킨다. 직장에서는 문제해결을 위한 의사소통능력이 매우 중요하다. 대화가 단절되거나 대화가 매끄럽지 못하면 당면문제를 해결하지도 못할뿐더러 스트레스의 원인이 된다. 그러나 웃음은 인간대화에 매우 효과적이다.
- 싫증을 없애주고 창의력을 증가시킨다. 우리가 웃을 때 웃음은 우리의 두뇌를 자극하여 창의력을 발휘할 수 있는 화학물질을 생성한다.
- 자신감을 세워준다. 일터에서의 자신감은 추진력과 성취도를 높여준다.

미국 보스톤시 디코니스병원의 정신과 육체관계의학연구소의 회원이며 하버드 의대부설 행동의학연구소의 연구원이기도 한 로레타 라로쉬 Loretta LaRoche씨는 지난 15년간 전국을 돌면서 웃음이 스트레스 해소에 최고의 수단이라고 가르쳐왔다. 그녀의 세미나에 참석한 사람들은 120만 명이 넘었으며, 그녀를 초청하는 단체나 회사는 각양각색의 단체들로 미국굴지의 회사들이 포함되어 있다. IBM같은 세계적인 회사가 직원들의 옷차림을 보다 편하고 자유롭게 하라고 권장한 것도 바로 스트레스를 해소하기 위한 회사의 배려였다. 목을 조이는 와이셔츠에 넥타이를 착용하고 일하는 직원은 그 복장자체로부터 강압적인 스트레스의 요인이 된다.

따라서 회사의 위계질서 · 명령계통 · 작업의 효율 · 외부거래처와의 관계 등을 고려하여 신사복장 즉 넥타이는 거의 의무화되었다. 하지만 외부활동을 하는 직원이나 손님을 맞이하는 부서가 아

니면 얼마든지 융통성을 발휘하여 편안한 복장으로 일할 수 있게
하는 것이 좋을 것이다.

　라로쉬씨는 스트레스 받음stressed을 거꾸로 쓰면 맛있다는 디저
트desserts가 된다고 말하고, 스트레스는 우리의 태도에 따라 모든
질병의 원인이 될 수도 있으며, 듣기만 해도 군침이 도는 맛있는
디저트가 될 수도 있다고 하였다. 이처럼 스트레스는 위장병·동
맥경화·불면증·우울증 등을 가져오기도 하고, 디저트처럼 맛있
는 음식이 되어 삶의 윤활유가 되기도 한다.
　학자들은 이것을 따로 좋은 스트레스eutress, 즉 긍정적 스트레
스라고 부르기도 한다. 웃음의 전도자로 자처하는 라로쉬씨는 그
녀 자신이 다른 사람보다 더 행복한 삶을 살고 있지는 못하였지
만 행복하였다고 한다. 그녀는 뉴욕 브루클린에서 이탈리아계 이
민자의 가정에서 태어났고 그녀가 7살 때 부모가 이혼하였다. 어
머니의 재혼으로 무서운 계부 밑에서 아주 슬픈 어린시절을 보낸
후 뉴욕의 호프스트라 대학에서 언어교정학을 전공하였고 곧 결
혼하였다. 그리고 평범한 가정주부로 딸 셋을 낳고 자신도 이혼하
는 등 순탄치 못한 인생의 삶을 살았던 여성이다. 그녀가 웃음을
접하게 된 것은 바로 이런 불행한 삶을 유지해 나가기 위한 방편
으로 끊임없이 웃기 시작하였고, 웃음으로 이러한 불행을 딛고 일
어서는 윤활유적 역할을 기대했던 것이다. 즉 웃음이 자신의 어두
운 과거의 삶을 밝혀주는 빛이라는 것을 체험하면서 또 다른 삶
을 시작하였다. 특히 불치의 병에 걸렸다가 웃음으로 생을 다시
찾은 노만 커즌스박사의 책과 강연에서 깊은 감동을 받은 것도
그가 웃음을 찾게 된 요인 중의 하나이다.
　그녀는 초기에 건강클럽을 개설하여 회원들에게 웃음이 스트레

스를 해소하는 최상의 방법이라고 가르쳤다. 그녀의 강의가 점점 인기를 얻게 되었고, 이곳저곳으로부터 초청받게 되면서 성공을 거두었다. 결국 유머잠재력회사The Humor Potential Inc를 세워 전국을 대상으로 웃음을 전하고 있다. 그를 초청하는 사람들 중에는 치과의사, 이비인후과 의사, 항문학을 전공한 전문의사, 국세청 직원, 장의사를 비롯해 고급 공무원과 근로자, 정치인들까지 종류가 다양하였다. 그녀는 자신을 웃음사(jolluyolo gist) 또는 웃음의사(M.D-aMirth Doctor)라고 주장하고 있다.

캐나다의 존 체슬리(John Chesley)박사는 웃음이 혈액순환을 자극하고 활성화시켜주기 때문에 피가 탁해지는 기회를 줄여준다고 주장하였다. 또한 혈액에 산소를 공급하고 박테리아의 발생 요인이 되는 잔여공기를 폐 밖으로 몰아낸다고 하였다. 더욱이 웃음엔 엔도르핀을 생성하는 카테콜아민의 분비를 증가시킨다. 면역기능을 활성화시키고 면역을 극대화하여 우리 몸에서 스트레스에 관련된 화학물질인 플라스마 코티졸, 에피네프린 등을 감소시키는 효과가 있음을 강조하였다. 웃음은 정신적 유연성을 불러일으키고 정신적 육체적 건강을 도모하여 사회성을 개발하여 다른 사람들과 잘 어울리고 직장에서 협동심을 높여준다고까지 했다.

미국 합킨스 베이뷰병원은 지역사회정신건강 홍보책자에 병원에서의 웃음치료는 내적조깅internal jogging과 같다는 것을 지적하고 다음과 같이 그 효과를 열거했다.

웃음은 순환기관을 청소하는 역할을 한다. 심장박동수와 혈액순환을 촉진시킨다. 혈압을 내려주고 근육의 긴장을 완화시킨다. 엔도르핀 분비의 증가를 가져온다. 스트레스와 긴장 그리고 근심을 해소해준다.

이 파트의 프로그램책임자 웬디 세퍼드Wendy Shepard임상간호사는 불행하게도 많은 사람들이 매일의 스트레스를 웃음으로 해소할 생각을 하지 않는다는 것이 문제라고 하였다. 그리고 많은 사람들이 웃음을 만들기보다는 웃음이 생기기를 마냥 기다린다고 지적했다. 그녀는 유머가 그냥 웃어넘기는 우스개수준, 즉 웃기는 정도를 넘어 일상의 관점과 태도를 변화시켜주는 강력한 생활기술이어야 한다고 강조했다.

그래서 필자는 그냥 웃으라고 강조하고 있다. 언제 어디서나 혼자가 아닌 함께 웃을 수 있는 사람이 2~3명만 모여 있다면 그냥 웃으라고 말하고 있다. 또한 웃음은 자신의 건강을 도와줄 뿐만 아니라 다른 사람에게도 전이되어 행복의 전령사로써 웃찾사를 하게 되는 도우미역할을 맡을 것이다. 억지로라도 웃자. 웃음은 치유의 기능을 가지고 있으며 우리에게 가장 아름다운 정서적 표현이다. 웃음은 만병의 근원이라는 스트레스를 단방에 날려 보내기도 하며, 때로는 면역기능을 증강하고 활성화시켜 암의 예방과 치료를 비롯해 통증을 완화 시키는 탁월한 능력을 보여주기도 한다. 그리고 웃음은 서로에게 상부상조하는 원조 역할을 하게 된다고 볼 수 있다. 왜냐하면 웃음은 전염되기 때문이다.

• 게으름으로 인해 전혀 운동을 하지 않는다.

• 입맛대로 마구 먹고 싶은 것을 먹어라.

• 넉넉함을 좋아하며 복부비만자가 되어라.

• 각종 흥분제 성향의 음료수를 마셔라.
   예) 커피의 카페인, 담배의 니코틴, 음료수나 설탕, 시원한 콜라

• 명상과 쉼이 없어 그냥 멋대로 살아라.

• 교우관계, 친밀한 이웃관계를 모두 단절하라.

• 유머와 위트 감각을 없애 버려라.

• 영웅심 등으로 도움이 필요해도 스스로 모든 것을 한다.

• 일벌레가 되라. 밤늦도록 일을 한다.

• 불규칙적인 생활을 한다.

• 매사에 늦장을 부리고 늘 바쁜 척 한다.

• 자신이 어찌할 수 없는 일에 대해 고민하라.

• 완벽주의자가 되는 것뿐 아니라 가능한 한 목표를 높게 잡아라.

3. 웃음과 엔도르핀

   뇌 속에 마약과 같은 유사성 물질이 생성되고 있다는 사실이
입증된 것은 1969년 영국에서였다. 당시 돼지와 양의 뇌에서 각
성제 비슷한 마약이 발견된 것을 계기로 연구에 연구를 거듭한
결과 1975년에 영국에서 아미노산으로 구성된 마약물질을 발견
하게 된 것이었다. 이것을 '엔케팔린enkephalins'이라고 명명하게 되
었고, 1년 뒤인 1976년에 환각효과가 있는 모르핀 비슷한 물체
가 추출되어 '엔도르핀endorphin'이라고 부르게 되었다. 엔도르핀을
풀이해보면 몸속의 아편이라는 뜻의 합성어다. 즉 몸속에서 생기
는 내인성이란 뜻의 엔더지너스endogenous와 아편을 뜻하는 모르핀
morphine의 단어에서 앞과 뒤를 합성한 단어이다.
   미국이나 캐나다에서 거리를 걷는 사람들에게 엔도르핀이 무엇
이냐고 물으면 100명 중 3~4명 정도만 알아듣고 나머지는 그것
이 무엇인지를 재차 물어올 것이다. 좀더 정확하게 복수형으로 엔
도오핀스endorphins라고 말해도 그것이 무언인가를 되물어올 것이
다. 한국에서는 엔도르핀을 모르면 아마 문화와 단절하고 사는 사
람 아니면 깊은 산골에 사는 문명과 동떨어진 사람이 분명할 것
이다. 이제 한국에서는 그 정도로 엔도르핀이라는 용어가 일상적
단어가 되어 있다. 그러나 대부분의 사람들은 엔도르핀이 몸에 좋
고 기분이 좋으면 나온다는 정도만 알고 있다. 이에 좀더 구체적
인 내용을 살펴보고자 한다.
   1975년 영국의 에버딘학교 생화학자 한스 코스터리츠Hnas W.
Kosterlitz박사는 뇌에서 생성되는 엔케팔린enkephalins을 발견했다.
이후 지속적인 연구를 거듭한 끝에 아편과 같은 기능이지만 그것
보다 200배나 더 강한 모르핀morphines을 발견하였다. 이것을 체

내의 모르핀morphine within이라는 의미로 엔도르핀이라고 명명하였던 것이다. 영국에서 코스터리츠박사와 그의 제자 존 휴즈스John Hughes박사가 이 신경호르몬을 발견하였던 비슷한 시기에 미국의 존스 홉킨스대학교의 솔로몬 스나이더Solomon Snyder교수도 동물의 뇌에서 아편과 같은 효과를 내는 물질을 발견하게 되었다. 그렇다고 엔도르핀의 발견이 이들의 독창적인 연구결과라고 보기는 매우 어렵다. 이미 몇 년 전 아킬메이어Akil H.Mayer 등이 동물의 뇌에 모르핀과 같은 진통효과를 주는 물질이 있다는 것을 발표한 바 있고, 이후부터 엔도르핀에 대한 연구는 여러 각도에서 많은 학자들이 활기를 띠면서 연구에 박차를 가하고 있었다. 베타 엔도르핀, 감마 엔도르핀, 알파 네오 엔도르핀, 다니놀핀 프로엔케팔린 등의 다양한 엔도르핀들이 계속적으로 연구 보고 되었다. 특히 고드스타인박사가 발견한 다니놀핀은 엔도르핀의 700배 이상의 진통효과가 있는 강력한 호르몬이다. 하지만 곧이어 다니놀핀보다 더 큰 효과를 가진 펩타이드 엔케팔린ECPS이 발견되면서 의학계에 큰 역할과 변화를 가져왔다.

아편을 모르핀으로 부르게 된 것은 그리스신화에서 비롯되었는데, 양귀비풀즙의 이름을 꿈의 신 모르페우스의 이름을 인용해 모르피네로 명명하였던 것이다. 아편은 양귀비opium poppy의 오피움을 한자로 표기한 것이다. 아편은 꿈의 신이란 뜻을 가지고 있는데 꿈꾸듯 몽롱하고 즐겁게 하는 물질이 바로 아편이다. 아편은 대뇌의 감각을 둔화시켜 신경통·복통·창상 및 기타 각종 고통을 경감시키며 수면을 촉진케 하는 모르핀, 기침을 멈추게 하는 진해제로서의 코데인, 그리고 환각작용을 하는 헤로인 등 3가지 성분을 모두 함유하고 있다. 몸속의 쾌락물질이라고 부르는 이 엔도르핀은 지금까지 알려졌던 중독성이 있는 진통제가 아닌 중독이 되지 않는 천연진통제다. 몸에 통증이 발생하면 신경호르몬인 엔도르핀이 생성되어 즉시 그 고통을 감소시켜준다. 지금까지 알려진 엔도르핀의 기능으로는 신경활동을 통제하여 근심과 걱정들을 덜어주고 뇌의 기능을 활성화시키면서 몸의 통증을 막아주는 역할을 한다. 그리고 혈액 속에 순환하면서 호르몬의 기능을 촉진하고 긴장을 조절한다. 또한 심장활동을 도와주며 암 환자들에게 예방과 치료의 효과를 제공한다. 특히 엔도르핀은 스트레스에 가장 좋은 치료제로 알려지고 있다. 이밖에 인생의 마지막 순간에 엔도르핀이 왕성하게 분비되어 뇌의 마지막 잔치the brain′slast festival 또는 아름다운 죽음의 황홀감the euphoria of a beautiful death을 최후의 잔치처럼 체득한다는 것도 보고되었다. 이 엔도르핀을 발견한 공로로 코스터리츠박사와 휴즈스박사를 비롯해 미국의 스나이터박사는 의학계에서 가장 권위 있는 상인 앨버트래스커상Albert Lasker Prize을 수상했다.

위에서 언급한 여러 가지 효과가 있는 엔도르핀의 문제는 엔도르핀이 체내에서 자동적으로 생성되는 것이 아니라 마음의 감정과 관계가 깊다는 것이다. 마음이 기쁘고 즐거우면 엔도르핀은 많이 생성되지만, 우울하고 속상하면 엔도르핀과 정반대의 효과를 내는 아드레날린이 생성된다. 아드레날린의 과다 분비는 심장병·고혈압·노화촉진·노이로제·관절염·편두통 등의 원인이 된다는 연구논문들이 발표되고 있다.

엔도르핀은 인간에게 행복감을 주는 뇌에서 자연발생적으로 생성된다고 하였다. 그렇다면 인위적이고 의식적으로 뇌파를 알파파로 만드는 방법은 없을까? 그리고 한번 분비된 엔도르핀의 절반 가량은 대개 그 효과가 5분 정도라고 한다. 그러므로 계속하여 체내에서 엔도르핀의 효과를 얻기 위해서는 기도하는 마음과 요가, 참선, 자율훈련 등으로 즐겁고 유쾌한 상태를 유지해야 한다. 웃음은 엔도르핀을 생성시키는 가장 효과적인 촉진제이다. 상황이 어떠하든지 우리의 몸이 얼마나 아프든지 간에 상관없이 우리가 웃을 수만 있으면 우리의 체내에서 모르핀보다 수백 배 강한 엔도르핀이 생성되어 고통 속에서 우리를 보호해준다.

그렇다면 엔도르핀은 언제 생성되는가?

첫째, 즐거움이 넘치고 평안 할 때

둘째, 자기가 하고 싶은 일을 할 때

셋째, 희망과 꿈을 가지고 살아갈 때

넷째, 누군가를 사랑할 때

웃음이란 복합적인 여러 요인이 작용하여 만들어 낸 인체현상이다. 우리가 약 20분 동안 박장대소로 웃는다면 5분 동안에 심장박동을 두 배 가량 빠르게 하여 혈액순환을 촉진시켜 심장을 튼튼하게 만들어 준다.

1. 웃으면 산다?

웃음의 효과를 생각하면서 다음의 사례를 살펴보고자 한다. 1997년 1월27일 이스라엘 무역장관은 90명의 통상사절단을 이끌고 러시아를 방문하였다. 그는 4일 동안 모스크바에 체류하면서 러시아와 이스라엘 양국간의 무역통상외교를 진행하였다. 전 세계의 언론들은 이를 주목하면서 이스라엘 장관의 러시아 방문에 열을 올려 취재경쟁을 벌였다. 이스라엘과 러시아간의 무역에 관한 사항보다 이상하게 바로 그 무역장관 한사람에게 취재가 집중되었다. 그 사람이 도대체 누구이기에 세계의 언론들이 그토록 관심을 표명하고 있는 것일까? 그는 구(舊)소련의 대표적 반체제인사로 유명한 나탄 아나톨리 샤란스킨Natan Anatoly Sharnsky이었다. 9년 동안을 악명 높은 소련의 감옥에서 보냈고 사형선고를 받았던 그가 구사일생으로 이스라엘로 추방되었다가 11년 만에 이스라엘 장관이 되어 러시아를 방문하게 된것은 금의환향錦衣還鄉 임에는 틀림없을 것이다.

샤란스키는 우크라이나 도네츠크에서 태어난 유태인계로 당시 유명했던 반체제 물리학자였던 고 안드레이 사하로프박사의 동지였다. 그는 반체제운동을 하다가 1977년 미국의 간첩이란 누명을 쓰고 악명 높은 레포르토브형무소에 수감되었던 것이다. 하지만 그는 그의 아내 아비탈의 헌신적인 구명운동과 미국을 위시한 서방국가들의 적극적인 인권운동에 힘입어 1986년 2월11일 동서독 간 죄수교환조건으로 베를린을 통하여 석방되었다. 그는 꿈에 그리던 이스라엘에 정착하면서 구소련이 무너질 때 이스라엘로 이주한 60만 명의 러시아출신 유태인들을 결합하여 그들의 대표자가 되었고, 몇 해 전 5월에 실시된 총선에서 정당을 만들고 여기에서 7석을 차지하였다. 그의 정당은 여당에 연합하여 연립내각을 출범하였고 이 과정에서 그는 공로를 인정받아 무역부장관에 발탁되었던 것이다. 그런데 그는 그 무서운 소련의 감옥에서 9년 동안 어떻게 살아 있었을까?

소련의 감옥이 얼마나 참혹한 생활이었는지는 냉전시대 서방으로 탈출한 사람들의 생생한 증언을 통해 우리에게 잘 알려져 있다. 노벨문학상을 받은 솔제니친의 《이반테니소비츠의 하루》에서도 잘 기술되어 있다. 샤란스키는 소련당국의 미움을 받아 정치범으로 감옥에 수감되어 그는 16개월 동안은 사형선고를 받은 상태로 독방 생활을 하기도 하였다. 그가 감옥에 갇혀있는 동안 소련 비밀경찰은 끊임없이 그에게 총살당할 것이라고 그를 괴롭히고 협박하였다. 샤란스키가 직면한 가장 큰 고통은 협박과 공포감이었다. 계속해서 그를 불안의 심리전을 펼치는 비밀경찰의 계산된 전략은 견디기 어려운 극한상황이었다. 이처럼 인생의 가장 어두운 골방에서 그가 발견한 유일한 삶의 의지를 키운 방법은 바로 웃음이었다. 협박과 공포로부터 그를 이기게 한 것은 어떤 이념이나 사상이 아니고 바로 유머감과 웃음이라는 삶의 자연적인 치료 수단이었다. 그는 총살당할 것이라는 어두운 먹구름 같은 마음의 상태에서 두려움을 견딜 수 없었다. 하지만 자신을 두렵게 하는 사형장의 모습을 유머러스하게 변화시킨 사고의 전환대상으로 스스로 웃음을 만들어 웃기 시작한 것이다.

샤란스키는 후일 지옥 같은 처참한 감옥에서 서방세계로 나온 후에 그때의 일을 회고하면서 "나는 사형장의 모습에 대해 종종 유머와 농담의 소재를 만들었다. 즉 아무리 두려운 상황일지라도 약 15~20번쯤 되풀이하여 그것에 대하여 말하면 그 말이 더 이상 위협의 대상이 되지 않는다. 귀는 그 말에 익숙해지고 그 말은 더 이상 위협을 주지 못하게 된다"라며 심리적 반감효과를 강조하였다. 처절한 인간이하의 삶의 고통을 당하면서 이러한 상황 속에서 사람이 가지기 어려운 웃음, 즉 그의 얼굴에는 언제나 웃음이 넘친다. 찡그린 양미간의 주름이 없는 천진난만한 웃음의 얼굴로 신문을 장식하고 있다. 웃음이 어떤 힘을 주는가는 바로 샤란스키가 대변해주고 있다. 그는 웃으면 산다는 인생의 진리를 체험으로 보여주는 산증인이 되었다.

1994년《생존의 심리학Survival Psy chlogy》이란 책을 저술한 영국 랭케스터대학의 존 리치John Leach 교수는 책에서 인간의 극한 상황 즉 포로감옥 생활, 표류, 조난, 질병 등 인생의 무서운 위기를 만난 사람들이 어떻게 생존하였는가를 집중적으로 분석하였다. 그는 위기의 순간에 웃음이 어떤 역할을 하고 있는지를 다음과 같이 설명하고 있다.

유머감각이나 웃음은 생존조건에 더할 수 없는 도움을 준다. 언뜻 보기에는 위기적 상황 아래서 어떻게 있을 수 있는가? 이러한 위협 아래 있는 사람이 사치스런 유머를 갖는 것은 모순점이 아닐 수 없다. 그렇지만 유머는 사치가 아니다. 그것은 생존을 위한 역동적인 수단이다. 위기상황에서 긴장감이 고조되면서 유머를 가장 먼저 잃어버리는 것이고, 가장 나중에 다시 찾는 것이 바로 웃음일 것이다. 하지만 이것은 자신의 어려움을 극복하면서 곤궁과 불운에서 뛰어넘고자 하는 삶의 의지에서 찾아 볼 수가 있다. 웃음 짓는 재미있는 모습을 지닌 능력이 남다른 사람들이 실패로부터 성공을 10년 앞당기고자 하는 기적의 웃음을 위한 유머를 가지게 할 수가 있다. 유머는 현실에 대하여 무관한 것이고 상황의 심각성을 고의적으로 모른 체하며, 모든 것이 정상적이라고 생각하고 어려움에 직면하였을 때 이것을 절반은 무시하면서 장난으로 치부하는 것이 바로 유머다.

　　1986년 태평양에서 파선하여 76일간을 바다를 표류했던 스티븐 갤러한steven Gallahan이 어떻게 망망대해에서 죽음의 공포를 벗어나 살아남을 수 있었는가를 보자. 갤러한이 파선하여 뗏목에 의지하고 망망대해를 표류한지 11일째 되는 날부터 그는 배고픔과 목마름 그리고 고독과 절망감을 이기기 위한 자구책으로 유머감각 웃음을 찾았다. 즉 그는 그의 뗏목을 따라오는 항새치 Dorados라는 고기떼를 상대로 혼자서 이야기하였다. 심지어는 물고기에게 결혼하고 싶다며 고백하였고, 이때 고기는 못생겨서 엄마가 반대한다고 말을 하면서 웃음 짓는 이야기를 만들어 독백으로 대화하였다. 그리고 그는 바다 위에서 배꼽을 잡고 웃었다. 이러한 웃음을 통해 그는 죽음의 두려움을 극복하고 배고픔과 고독을 잠시나마 잊을 수가 있었다. 무엇인가 비전과 삶의 대한 의욕 그리고 희망감이 다시 살아나는 듯한 기분을 가졌다고 갤러한은 자신의 책《76일간의 바다에서 표류》라는 책에 기록하고 있다.

한국전쟁 당시 유엔군으로 파병되었다가 중공군 포로가 되어 포로수용소에 갇혔던 진램 소령Gene Lam은 1981년에 발간한《원시의학-전쟁터의 생존》이란 책에서 자신이 그토록 무섭던 포로수용소에서 어떻게 유머감각을 잃지 않고 위기상황을 견뎌냈는지를 잘 기록하고 있다. 그는 일명 죽음의 계곡수용소Camp Dealth Valley라는 곳에서 포로로 지내면서 동료 군인들과 함께 그들을 압박하는 수용소 경비원들의 눈을 피해 여러 형태의 웃음을 만들고, 실천적 의지로 웃음 짓는 행동을 하였다. 이들은 중공군이 국기를 달기 위해 준비한 국기게양대를 몰래 훔쳐서 여러 마디로 잘라서 폐기시켜버리자 포로들은 배꼽을 잡고 웃었고, 또 수용소의 각종 기물들을 몰래 빼돌려 없애는 일을 통하여 웃게 되었다. 물론 어떤 때는 발각되어 몇 명의 포로들이 실컷 두들겨 맞았고 단체기합을 받았지만 그들은 아랑곳하지 않고 함께 웃었다. 이렇게 유머감각을 빼앗기지 않기 위해 애쓰고 협력하여 노력하였던 것이다. 그 결과 이들에게서 웃음을 빼앗아가지는 못하였다.

영국의 석학 버트란드 러셀은 1918년 반전운동을 하다가 감옥에 갇힌 적이 있었는데, 그는 사람의 기척이 없는 독방에서 밀려오는 정신적 고통을 잊기 위하여 유머책을 읽었다. 그리고 너무 웃기는 이야기에 배꼽을 쥐고 웃었다. 이때 간수가 찾아와 감옥은 기뻐하며 웃는 곳이 아니라 반성하며 벌을 받는 참회의 장소라고 면박을 주면서 웃음을 금지시켰지만 그에게서 웃음을 빼앗지는 못하였다. 그가 웃고 있는 한 어떠한 처벌도 아무런 효과가 없어 힘을 발휘하지 못하였다. 그는 후일 웃음은 가장 값있고 가장 효과 있는 만병통치약이라고 했다. '웃음은 우주적인 약이다Laughter is the most inexpensive and most effective wodner drug Laughter is a universal mdeicine'라고 존리치교수는 강조하고 있다.

1998년 스위스 바젤에서 웃음요법에 관한 국제학술대회를 개최하였다. 여기에서 독일의 정신과 의사인 미하엘 티체박사는 "웃음 특히 배꼽을 잡고 웃는 폭소의 웃음은 신경내분비계와 면역반응을 통하여 스트레스를 진정시키고, 긴장을 완화시켜주며 또 혈압을 낮추고, 혈액순환을 촉진시켜 질병치유 및 만병통치약으로 질병에 대한 저항력을 키우는 면역체계인 동시에 소화력을 증진시켜 건강한 삶을 유지하게 된다고 발표하였다.
유머는 사면초가의 암담한 위기상황이 장기적일 때 특히 효과가 있다. 유머감각은 사기를 잃지 않고 어떤 극한상황의 문제가 해결되었다는 기분으로 행동하게 하여 성공으로 이끌어준다.

아우슈비츠 포로수용소에 갇혔다가 기적적으로 살아나온 저명한 정신과의사 빅터 프랭클wiktor Frankl이 저술한《생의 의미를 찾아서》에서 강조한 점은 웃음이 어떻게 생존의 수단이 되었는가를 잘 설명하고 있다. 매일 수많은 유태인들이 죽음의 독가스 방으로 끌려가는 죽음의 문턱에서 프랭클박사는 어떻게 이곳에서 수용자들이 생존할 수 있는지를 정신분석적으로 분석 관찰하였다. 프랭클박사 자신도 건축공사판에서 동료포로와 함께 중노동을 하면서도 항상 웃을 수 있도록 우스갯소리를 만들어 웃기 시작하였다. 유머러스한 이야기를 나누면서 그 칠흑같이 어두운 절망의 위기를 웃음으로 극복할 수 있었던 것이다. 프랭클박사는 후일 그의 경험을 회고하면서 유머는 생존을 위한 투쟁에서 정신의 건강을 유지하고 증진케 하는 무기라고 하면서, 유머는 그 상황에서 초연성을 갖게 하고 위협하는 환경에서 그 상황이 잠시잠깐이라고 생각하도록 하는 우울성을 치유하는 최상의 수단이라고 강조하였다.

　모제스 멘델손Moses Mendelssohn은 18세기의 프러시아의 철학자였다. 그는 베를린에서 길을 걷다가 프러시아의 거만한 장교와 우연히 만났다. 이때 부딪치게 되면서 그 장교는 돼지라고 소리쳤다. 그의 말에 반발하는 말을 하면 안 된다는 사실이 머리를 스쳐갔다. 이에 그는 오히려 "멘델손입니다"라며 허리를 굽혀 절을 하였다. 즉 멘델손은 자신을 멘델손이라고 소개한 것이고 그 장교는 자신을 돼지라고 소개한 꼴이 되었던 것이다. 역경을 만나 난감한 순간에도 유머러스한 기지를 발휘한 이런 인지능력은 유머감각으로 발휘되어 사람을 살려주는 힘이 된다. 상대방이 화를 내며 날카롭게 달려드는 위기상황에서 당황하지 않고 도리어 유머로 대응하면서 웃음을 만들어가는 기지를 발휘하는 것은 멘델손의 경우에만 국한되지 않고, 우리의 실생활에서 위기를 극복하여 오히려 전화위복의 계기를 만들어가는 유머의 지혜가 필요하다.

나치 독일치하의 유태인 대학살 당시 어떻게 유머가 사용되었는지를 서술형으로 기록을 심층적으로 표현한 스티브 리프맨의 《지옥에서의 웃음》이란 책에는 극한상황에 처했던 사람들의 처참한 모습이 잘 묘사되었다. 600만 명의 유태인들이 무참하게 죽은 이 역사적 사실은 세계사에서 가장 어둡고 아팠던 사건이라고 생각된다. 물론 테러로 인한 미국의 비극을 말하는 경우도 있지만 이러한 죽음 앞에서의 웃음은 감히 상상도 할 수 없는 정서적 감정이다.

　당장 죽음의 문제가 발등에 떨어졌는데 감히 누가 웃음의 여유를 누릴 수 있겠는가? 하지만 놀랍게도 이러한 상황에서 웃고 사는 유태인들, 이들이 처한 상황을 극복케 하는 웃음의 전성기였다고 강조하고 싶다. 2차 세계대전이 끝나고 그 아픈 마음의 상처를 뒤로하고 포로수용소를 나와 다시 삶의 거리로 자유를 가지고 돌아간 그 이후의 삶, 이러한 자유로운 삶 자체가 유태인들에게 웃음의 황금기가 끝났다고 말하게 되는 역기능적 삶을 바라보게 된다. 이들에게 웃음은 일종의 정신적 저항이었다. 그들을 억누르는 악마적 정치권력에 대한 보이지 않는 저항 심리적 기제이고, 그들의 실존을 흔드는 죽음의 손짓으로부터의 살고자 하는 삶의 의지적 표현임을 우리는 알아야 한다. 이 무언의 저항이 그러한 극한상황에서 무너지려는 그들의 나약한 마음을 붙잡아 매는 견인차적 의지의 표명이며 의지에 대한 저항이었다.

　리프맨은 회상하면서 그의 책에서 기술하기를 유태인 대학살기간 중에 종교와 유머는 비록 똑같은 것은 아니지만 같은 목적으로 활용되고 효과가 있었음을 고백하였다. 종교가 내세의 더 나은 삶을 꿈꾸게 했다면 후자는 현실에서의 정서적 구원을 가지게 한 효과가 있음이 입증되었다. 유명한 신학자 라인 홀드 니버는 '유머는 신앙의 전주곡이고 웃음은 기도의 시작이다'는 의미심장한 말을 남기면서 교회는 사회복지의 어머니이며 또한 사회복지를 키웠다고 하였는데, 이 말 역시 인간의 행복은 종교에서 기인된다는 말로 필자에게는 들려온다. 행복과 웃음은 상관관계에 있고 웃음은 행복을 낳는다고 확신한다.

또 그 광란의 수용소에서 살아나온 폴란드 출신의 사회학자 안나 파벨친스카박사는 유머야말로 아무도 빼앗아갈 수 없었던 내면의 저항이었다고 말했다. 웃음은 이것을 유발시키는 여러 가지 요인에 의하여 나타나지만 그냥 이렇게 웃을 수 없는 상황에서의 웃음도 대단한 효과가 있다. 이처럼 여러 가지 상황 속에서 포기하지 않으려는 다양한방법과 수단을 웃음이라고 표현하면서 웃음을 잃지 말자고 강조하고 싶다. 이처럼 웃음은 이들에게 더할 나위 없이 중요한 방패였으며 방어기제였을 것으로 생각해본다.

헝가리출신 작가로 나치독일을 피해 영국으로 탈출했던 조지 마이크스씨는 "지옥세계에서 농담은 농담자체로 가치가 있으며 일상의 양념이다"라고 하면서 저녁을 먹은 후에 커피와 술을 마시면서 즐기는 여흥이며 정담을 나누는 여담이다. 헝가리에서는 어쩌면 농담은 사실 극적인 입장에서 하나의 사치일지도 모르지만 효과가 있다. 그러나 농담은 상대방을 격멸하거나 유치하게 만들지만 남을 비방하여 마음의 상처를 주지 말아야한다. 그래서 농담은 약간의 사리분별이 필요하다. 농담을 농담으로 받아들일 수 있는 사람에게만 필요하며, 농담이 모든 사람에게 꼭 필요한 것은 아니다. 이것은 하나의 비평으로 다양한 비평방법 중의 하나일 뿐이다. 여기에서 새로운 강조점을 보면 농담은 삶의 윤활유로 필요하고 비평을 통한 마음의 통로이며 유일한 수단이다. 또 다른 수단이 또 하나 있다면 그것은 정치적 암살일 것이다. 그 중간은 아무 것도 생각할 수가 없다고 조지 마이크씨가 강조했다.

이러한 유머와 농담과 웃음의 능력을 알고 있던 독일의 나치들은 유태인 가정을 습격하여 유머집을 불태우기 일쑤였고, 유태인들 중에 누구를 막론하고 유머집을 가지고 있거나 정부를 비평하는 농담을 나누는 것을 보면 즉시 감옥으로 보냈다고 한다. 심지어 웃었다는 죄로 사형을 시키기도 하였다. 그들은 어처구니없이 1933년에 유머금지령을 성문화하였다. 하지만 인간의 가슴속에 있는 마음의 욕구와 삶에 대한 절규를 유머와 웃음 섞인 생의 표현 속에서 코믹하게 웃어 넘기는 그들의 정서를 독재자들이 아주 없앨 수는 없었다.

미국의 역대 대통령 중에서 가장 존경받고 훌륭한 대통령으로 평가받는 아브라함 링컨의 경우, 그는 가난한 통나무집에서 태어나 어려운 가정환경을 극복하며 성장하였다. 그는 직장을 잃었고 사업에 실패한 경험, 지방의회선거에서 낙선한바 있으며, 하원의원 선거에서도 쓴 고배를 경험하였다. 또한 두 번이나 상원의원 선거에서 낙선하였다. 설상가상으로 부통령지명전에서도 낙선하였다. 하지만 이러한 삶속에서도 그를 성공하게 만들고 살아갈 수 있도록 한 인생의 윤활유가 바로 유머와 웃음이었다. 웃음으로 그는 좌절과 실패를 뛰어넘어 역사속의 우뚝 선 위인이 되었던 것이다. 키스 제닝슨이 쓴 링컨의 전기에는 다음과 같은 일화가 있다.

남북전쟁 당시 가장 심각한 위기를 직면하고 백악관에서 각료회의를 주재하였다. 시시각각 보고되는 전쟁 상황은 걷잡을 수 없는 위기자체였다. 모든 각료들이 침묵하며 넋을 잃고 있었지만 이런 상항 속에서도 링컨대통령은 유머 책을 꺼내어 각료들에게 크게 읽어주었다. 그것을 다 읽은 후에 그는 각료들에게 말하기를 '여러분들 왜 웃지 않습니까? 내가 만약 이러한 절박한 상황이 연속되는 삶의 여정에서 웃지 않았다면 난 아마 죽었을 것이요. 여러분들도 나처럼 이 웃음약이 필요 합니다'

우리는 웃음이나 유머가 문제 그 자체를 해결해주지는 못한다고 해도 우리가 웃는 동안에 최소한 그 문제를 해결할 길을 모색하는 아이디어가 창출되는 기회를 찾게 된다. 그 문제가 크고 작음을 논하기 전에 우리가 웃을 수 있다면 그 문제는 해결의 길을 찾았다고 볼 수 있다. 우리가 당면한 그 문제로 웃을 수 있다면 더 이상 그것은 해결할 수 없는 문제가 아니다. 그 문제에 대하여 웃을 수 있을 때, 우리는 그 문제에서 우리 자신의 근심의 정서, 걱정과 두려움의 감정을 단절하는 경험을 하게 될 것이며, 웃음은 관점을 바꿔놓는 역할을 하게 될 것이다.

폴 러스킨Paul Ruskin박사는 우리의 관점이 얼마나 상대적인 견해인가를 다음과 같은 사례로 미국의학협회지JAMA에 기고하였다. 그는 의대생들에게 자신이 담당하고 있는 환자의 상태를 알려주었다. 이 여자 환자는 말도 못하고 알아듣지도 못하지만 그녀는 상대방에게 지루하지 않게 가끔 입가에 물방울을 만든다. 그녀는 사람과 장소와 시간에 대한 개념이 전혀 없다. 하지만 이름은 기억하고 있다. 폴 러스킨 박사는 이 환자를 6개월 동안 돌보고 있던 중이었다. 이 환자는 여전히 외모에도 관심이 없고 자신을 돌보지도 못한다. 케어care의 대상으로 다른 사람의 도움으로 밥을 먹고 목욕하고 옷을 갈아입는다. 그녀는 치아가 하나도 없고 음식은 묽은 죽과 같은 것을 먹어야 한다. 그녀의 옷은 항상 엉망이며, 혼자서 걷지도 못한다. 잠버릇이 고약해 규칙적으로 잠을 이루지 못하고, 가끔 한밤중에 일어나 다른 사람의 잠을 방해하며 슬프게 울어댄다. 하지만 그 외 대부분의 시간에는 다정하고 즐겁게 시간을 보낸다. 그녀는 때로 하루에도 여러 차례 원인도 없이 신경질을 부리기도 한다. 누가 그에게 와서 돌보아줄 때까지 소리치며 울기도 한다.

이러한 환자의 일상에 대해서 자세하게 설명한 러스킨 교수는 의대생들에게 이 환자를 어떻게 돌봐야 하는가를 질문하였다. 대부분의 학생들은 이러한 환자는 아예 담당하지 않는 게 상책이라고 하였다. 이에 러스킨 교수는 그 환자를 기쁨으로 돌볼 것이고 여러분도 그렇게 할 것이라고 말하자 학생들은 무슨 말인지를 이해하지 못했다. 한참이 지난 후 러스킨 교수는 자신의 주머니에서 사진 한 장을 꺼내어 학생들에게 돌려가며 보라고 하였다. 그 사진은 교수의 6개월 된 딸이었다. 똑같은 사물도 보는 관점에 따라 전혀 다르다는 것을 보여주는 좋은 예라고 할 수 있다.

검정색 선글라스를 끼고 세상을 바라보면 세상은 모두 어둡게 보인다. 노란색 선글라스를 끼고 보면 세상은 모두 노랗게 보인다. 파란색 선글라스를 끼고 보면 세상이 모두 파랗게 보인다. 이처럼 우리의 관점에 따라 세상만사는 다른 각도로 보이게 된다.

어느 날 미국의 모 자연보호잡지에서 텅 빈 들녘에 외로이 서 있는 폐허가 된 농가사진 한 장을 싣고 "토양침식으로 인한 재난 등의 효과"에 대해 100자 이내의 에세이를 현상 공모하였다. 많은 사람들이 똑같은 사진을 보았지만 모두 다른 각도로 글을 써서 보내왔다. 이 공모에서 최우수상은 오클라호마 주에 사는 작은 원주민(인디언) 소년이었다. 그 소년은 다음과 같이 기술하고 있다.

"이 사진은 백인들이 왜 미쳤는지를 보여주고 있다. 나무를 자르고 너무 큰 나무(원주민 텐트)를 만들었다. 바람이 흙을 날려보냈고 풀들은 사라졌으며 문도 없다. 창문도 없다. 여자도 없다. 그곳의 모든 것이 지옥으로 갔기 때문에 모든 것이 없다. 때문에 돼지도 없다. 옥수수도 없다. 말도 없다. 따라서 인디언은 땅을 갈지 않는다. 풀을 그냥 키운다. 버펄로가 풀을 먹고 인디언은 버펄로를 먹는다. 가죽으로는 가죽신을 만든다. 항상 먹을 것이 있다. 인디언은 직장을 구하러 다니지 않아도 된다. 구호물자를 요청하지 않아도 된다. 댐을 만들 필요도 없다. 욕설을 하지 않아도 된다. 따라서 백인은 미친 게 틀림없다"

이 소년은 토양의 침식에 대한 그 현상을 보기보다는 근원적 원인을 이야기하고 있다. 시각의 차이로 인하여 바라보는 관점이 다른 것이다. 백인들이 개발이라는 이름으로 생태계를 파괴하였다고 호소하는 냉소적인 글이었다. 즉 울창한 숲과 풀이 파란들녘을 파헤치고 건물을 짓고 땅을 개간해 곡식을 뿌리는 농토로 바꾸었다. 하지만 토양은 산성화되고 침식되고 황폐하게 된 원인을 직설적으로 표현한 글이다. 여기에서 자연그대로를 보존하면서 살려고 하지 않고 자연을 거슬러 인위적인 일을 하다가 모두 천혜의 자연환경을 잃게 된다는 경고의 메시지이기도 하다.

멕시코 사람이 당나귀와 함께 국경을 넘어 미국 국경선에 들어왔다. 이때 국경선을 지키고 있던 세관원이 판단하길 이 사람이 뭔가를 밀수할 것이라고 생각했다. 그래서 그를 체포함과 동시에 짐들을 샅샅이 뒤졌지만 혐의를 잡지 못했다. 그 멕시코인은 다음 날도 비슷한 시간에 당나귀를 데리고 미국으로 입국하고자 하였다. 이때도 세관원은 또다시 조사했지만 아무것도 발견하지 못했다. 이런 방법으로 이 멕시코 남자는 2년 동안 국경선을 넘나들었다. 그런데 어느 날부터인가 그는 모습을 드러내지 않았다. 몇 년 뒤 국경선에 근무한 세관원 중의 한 사람이 은퇴를 한 후에 시장에서 우연히 그 남자를 만났다. 세관원은 그가 사라진 까닭이 궁금하여 "우리는 당신이 뭔가 밀수를 하고 있다고 확신하고 있었지만 물증을 잡지 못하였소. 당신이 밀수한 것이 분명한데 그게 도대체 무엇이요?"라고 물었다. 그러자 그 남자가 대답하기를 "이제 당신은 은퇴했기 때문에 나를 체포할 권리가 없고 더구나 시효가 만료되어 고백하겠는데"라고 말을 꺼내면서 "그것은 바로 당나귀였소"라고 했다. 다시 말해 그 삼엄한 국경선 세관원의 관심은 자동차나 말보다는 그것에 실려 있는 짐에만 관심이 있었다. 결론적으로 세관원들이 자동차나 말에 대해서는 전혀 신경을 쓰지 않는다는 고정관념에 허를 찌른 멕시코인의 재미있는 지혜라고 할 수 있다.

2. 웃음이 우리에게 주는 선물

웃음이 우리에게 주는 선물은 다양하다. 박장대소한 웃음은 내장의 모든 기관을 마치 마라톤선수가 달음질하는 것처럼 효과가 있다. 웃음은 심층적인 내장의 마사지라고 할 수 있다. 박장대소하는 웃음은 폐활량을 늘려주고 혈중산소량을 증가시켜주면서 심장과 혈관전체를 완만하게 조율해주기 때문에 체내의 내장운동이라고 하며 내장이 조깅하는 효과를 기대해볼 수 있다.

또 웃음은 해로운 감정이 스며드는 것을 예방하며 막아주는 방탄조끼라고 노먼 커즌스박사는 강조 하고 있다. 배꼽을 움켜잡는 웃음, 유쾌한 마음의 평정, 긍정적인 수용태도, 적극적인 행동의 의지표명을 신비의 치유법이라고 강조하면서 이러한 경험을 바탕으로 웃음의 효과를 알리고 스탠포드대학과 하버드대학에서 공동으로 웃음에 대한 연구논문을 발표하였다. 웃을 때에 통증완화효과와 동시에 심신의 이완감으로 기분이 호전된다. 얼굴근육이 이완되고 특히 뇌로 가는 혈류량이 증가되면서 엔도르핀이 증가하여 자연 살상세포가 활성화 된다. 이에 억지로 웃는 웃음도 확실한 효과가 있다. 그러나 혼자 웃는 것보다 여러 명이 적어도 3~4명 이상이 모여 함께 웃는 것이 더 효과적이다. 이러한 연구결과로 노먼 커즌스박사는 L대 교수가 되었으며, 웃음학의 창시자로써 웃음요법을 통한 질병치유를 학문적으로 체계화시켰다. 웃음은 순환기를 깨끗이 하고 소화기관을 자극, 장 기관을 마사지하는 효과와 함께 위궤양까지 치유해주며 혈압을 조절해준다.

그리스 철학자 플라톤은 그의 저서 《이상국가》에서 청년들을 훈련시키는 일에 음악 외에는 어떤 예술 활동도 허락하지 않았다.

즉 플라톤은 웃음이 품성을 흔들어 경망케 하며 마음을 혼란스럽게 한다고 생각하였던 것이다. 비극은 오히려 정신을 맑게 하는 카타르시스의 효과가 있지만 웃음은 도리어 해가된다고 잘못 판단했던 것이다. 그러나 플라톤의 제자 아리스토텔레스는 스승의 이런 가르침에도 불구하고 웃음의 효과를 긍정적으로 인정하면서 새로운 평가를 하였다. 그는 사람을 치료할 때 신체뿐만 아니라 마음 즉 정신도 치료해야 한다고 주장하였다. 플라톤이 몸과 마음이 분리되어 있다는 이원론적 시각을 가진 것에 반하여, 아리스토텔레스는 몸과 마음이 상호 유기적인 관계가 있다는 병리학적 이론을 밝히면서 일원론적 입장을 가지고 연구하였다. 그러므로 마음의 즐거움은 몸에 명약이 되어 건강을 증진시켜 준다.

구소련도 웃음을 통제한 것으로 유명하다. 정부의 시책에 반항하는 어떤 예술 활동도 금지하였다. 그러나 《크로코딜Krokodil》이라는 정부간행물로 웃음잡지를 발간했다. 이 잡지의 목적은 풍자라는 기법을 동원하여 공공재산에 대한 도둑질, 사기꾼, 관료적인 자세, 허풍쟁이, 아첨꾼 등을 찾아내어 서방의 문화를 비평하면서 이데올로기의 가벼움과 붕괴를 보여주기 위해서였다. 즉 독재국가로서 소련에서 웃음은 전체주의 국가에서 사치스럽고 위험한 것이라고 경고하였다. 그러나 이 잡지의 편집자들이 정부의 발간취지와는 다르게 웃음 그 자체에 대하여 긍정적인 견해를 주창하고 있었기 때문에 정부는 전체 편집자들을 해고한 적도 있었다. 아돌프 히틀러는 웃음의 위협을 지적하고 특별웃음법정을 열기도 하였다. 이곳에서의 재판은 대개 유태인들이 개나 말을 아돌프라고 이름 짓지 못하도록 하기 위하여 재판하는 곳이었다. 헤르만 괴링은 농담을 나누는 것 자체도 히틀러총통과 정부와 전체 나치제국에 대항하는 행위이기 때문에 처벌해야 한다고 독일 법원에 지시하였다.

　유머는 정치적 압박의 현실뿐만 아니라 사회적 관습에서도 해방시켜준다. 언뜻 생각하기에 지속적인 위협아래서 위기를 만난 사람들이 유머를 한다는 자체가 사치스러움이라고 할 수도 있지만 그렇지가 않다. 유머는 사치가 아니며 삶의 윤활유다. 이것은 생존을 위한 역동적 삶의 의지적 표현이고 수단적 방법인 것이다. 유머는 종종 현실에 대하여 무관심하게 만들고 상황의 심각성을 고의적으로 모른 체 하며, 더구나 모든 것을 정상적이라고 생각하지만 장난스럽게 가벼운 행동으로 치부하기도 한다. 그러나 역설적이지만 유머는 위기를 극복케 하는 최고의 명약임에는 틀림이 없다. 유머생활을 살펴보면 유머가 도덕적 계율을 뛰어넘는 철학적 의미가 담겨있다. 즉 사회의 윤리나 도덕을 뛰어넘는다는 말은 우리의 상상세계에서 존재하는 또 다른 영역이 있다는 것 자체를 필자는 가상의 공간이라고 표현하고 싶다. 머지않아 가상의 공간, 가상의 땅을 매매하는 희한한 세상이 도래할 것이다.

　보편적으로 정신질환을 앓는 사람들은 유머감각이 부족하다. 정신질환을 가진 사람은 현실을 인지하고 판단하는 능력이 부족하고 더구나 자신의 처지를 깨닫지 못하기 때문에 현실적인 거리를 유지하는 정신적 능력이 떨어져있다. 정신질환을 가진 사람들은 거의가 주변의 사물이나 상황을 자신과 결부하여 생각하기도 한다. 정신분열증을 앓는 사람에게 "당신에게 날개가 달린다면 어떻게 하겠는가?"라고 질문하면 "나는 날개가 없다. 왜 그런 것을 묻는가?"라며 질문의 요지를 왜곡하면서 있는 그대로 현실적으로 대답한다. 이런 사람에게는 사물이나 상황을 자신과 떼어놓고 생각하는 능력이 결여되어 있다. 더구나 상상력의 자유가 없기 때문에 유머감이나 미적 감각의 능력이 부족해 유머감각을 가지도록 기대한다는 것은 어렵다. 그렇다고 실망하지 말자. 이처럼 상실된 유머감각도 반복된 훈련으로 회복이 가능하다.

필자가 청량리정신병원에 재직하면서 환자들에게 매일 아침에 일어날 때와 저녁에 잠자기 전에 자신의 머리를 쓰다듬으면서 "나는 잘났으며 멋있는 사람"이라고 말하면서 웃음 짓도록 했다. 그 결과 이렇게 하지 않은 사람보다 이것을 실천한 사람이 훨씬 일찍 퇴원하는 것을 볼 수 있었다. 물론 청량리정신병원에서의 치료에 대한 효과를 입증하기는 다소 무리가 있다. 그 이유는 분명한 퇴원 일정이 정해지지 않은 상황에서 임상사례의 효과입증에는 한계가 있기 때문이다. 그렇지만 입원당시 혈액검사를 하고 웃음치유를 실시한 이후의 혈액에 대한 여러 변화를 정기적으로 체크하여 비교·검토한다면 충분히 과학적으로 입증이 가능할 것이다.

류종훈교수의 웃음 건강학

- 웃음은 스트레스 해소와 분위기전환의 촉진제다.
- 웃음으로 시작하면 상호간에 한결 부드러운 관계가 된다.
- 웃음이 있는 곳에 행복이 있고 많은 사람들이 모이게 된다.
- 웃는 사람은 우울한 사람을 기분전환 시키는 힘을 가지고 있다.
- 인상이 좋은 웃음에는 상대방을 이끄는 매력이 있다.
- 언제나 웃는 사람은 부드러움과 건강미가 넘치는 신비의 힘을 소유하게 되며 성공하는 사람이 되게 한다.
- 웃음은 마음의 여유를 가지게 하며 용서할 줄 아는 사람이 되게 한다.

3. 웃음과 눈물의 정서적 관계

웃음과 눈물은 매우 비슷한 정서이다. 그 소리도 비슷하다. 종종 우리는 웃고 있는지 울고 있는지에 대해 잘 구별하지를 못한다. 이렇게 우는지 저렇게 웃는지조차도 말이다. 심지어는 배꼽을 잡고 웃을 때 눈에서 눈물이 나온다. 배꼽 잡는 웃음은 배꼽이 빠져나갈 것 같은 생리적 효과로 인하여 실컷 울다가 갑자기 껄껄껄 웃는 극한적 정서로 표현할 수 있다. 이것은 잘못된 정서가 아니라 조절의 기능이 발휘된 자연치유적개념으로 이해하여야만 한다. 여기에서 웃음과 울음의 가장 큰 차이점은 웃음은 웃는 사람을 힘차게 하지만 울음은 우는 사람을 더 약하게 만든다는 정서적 힘의 관계인데, 우스갯소리로 이것들의 차이는 웃자와 울자의 우에서 "ㅅ"과 "ㄹ"의 차이다. 웃음과 눈물은 최고조에 다다른 극과 극의 관계이지만 아주 기뻐도 울고 웃으며, 아주 슬퍼도 울고 웃는다. 이 관계를 잘 승화하여 조절하지 못하면 죽음에 이를 수도 있다. 정신건강영역에서 인간행동을 규명하면서 행복한 삶을 위하여 기여할 수 있는 부분은 심리사회적요인에 관한 부분이다. 즉 웃음과 눈물의 인간 행동적 정서를 이해하기 위해서는 개인으로 하여금 어떤 목표를 추구하고 행동을 이끌어가는 내적충동상태인 동기motivation와 또 다른 동기로 표현되는 정서emotion를 살펴볼 필요가 있으며 적응과 불안이라는 개념도 살펴봐야한다.

동기란 개인으로 하여금 어떤 목표를 추구하도록 행동을 이끌어가는 내적충동상태로서 행동의 선택·방향·강도 등을 결정한다. 본능을 최초의 심리학적으로 규정한 학자는 자메스W. James로서 그는 "사전에 학습한 일도 없고 결과에 대한 통찰도 없이 어떤 목적을 달성하는 것"과 같은 행동을 본능적 행동이라고 하였으며,

정신분석학자 프로이드S. Freud 역시 행동은 생득적인 힘에서 나온다고 하였다. 본능은 무의식적인 것이지만 강력한 동기적인 힘이 이끈다는 것이다.

정서란 내외적으로 자극에 의해 유발된 주관적인 심리상태로서 일종의 동기로 보는 견해도 있다. 하지만 동기와는 전혀 다른 생리심리학적과정이라고 보기도 한다. 정서는 자극이 없어지면 그에 따른 정서는 없어지고 새로운 자극에 따라 새 정서가 유발되는 상태정서state emotion와 자극이 없더라도 개인이 항상 지니고 있는 특정정서trait emotion로 구분할 수 있다. 상태정서는 일시적인 심리과정으로 보고 특정정서는 개인의 정서적 특징으로 본다. 정서와 관련된 연구는 뇌와 자율신경의 기능 및 내분비선의 활동 등에 관한 연구와 정서적 경험에 대한 분석과 정서의 발달에 따른 분화 등에 관한 것이 있다. 정서의 의식적인 느낌과 신체변화는 인과적인 관계에 있는 것이 아니라, 동반자적인 성분이 있다는 견해Cannon-Bard설과 정서경험은 신체적 경험과 인지의 두 성분으로 형성되었다고 설명하는 견해가 있다.schachter

적응이란 자기내부의 욕구나 사회로부터의 요청에 순응하여 정신적으로 살아남는다는 것을 의미한다. 일반적으로 적응하는 상태의 인간이란 심리적인 만족감, 하는 일에서의 능률적인 활동, 사회에 대한 공헌 등을 가지고 있다고 볼 수 있으며 달성하고자하는 목표를 설정하고 있는 경우가 많다. 사람은 목표가 달성되면 만족과 자신감을 느끼지만 좌절되었을 때는 상당한 불안과 스트레스를 경험하게 되는데, 그 상황을 어떻게 대처해나가는가 하는 것이 적응과 관련된 중요한 문제이다.

개인을 이해하고 개인에 관한 문제를 접근해 들어갈 때 불안이라는 개념은 매우 중요하다. 불안이라는 감정은 다양한 분야의 문화를 창조하는 원동력이 되기도 하지만 개인적 사회적으로 상당히 큰 장애가 되기도 한다. 불안에는 정상적인 불안과 병적인 불안이 있지만 앞서 기술한 전자가 정상적인 불안이요, 후자가 병적인 불안이다.

정상적인 불안은 본인이 스스로 그것을 인식하며 인생의 각 발달시기에서 어느 정도 극복이 가능하고, 인격형성에 적극적인 의미를 제공하지만 병적인 불안은 대다수의 사람들이 불안을 느끼지 않는 일상적인 상황에서 불안을 느끼는 것을 말한다.

미국의 미네소타의 생화학자 윌리엄 프레이William Frey박사는 《눈물의 신비》라는 책에서 감정의 분출로 솟는 눈물은 양파 등으로 우는 눈물보다 단백질의 집중력이 더 크다고 설명한다. 또한 감정의 눈물은 스트레스를 받아 생성된 해로운 물질을 배출하는 중요한 면이 있다고 하였다. 그는 기쁨의 눈물도 슬픔의 눈물처럼 체내의 해로운 물질을 배출하는 기능을 가지고 있기 때문에 울음을 참는다거나 웃음의 눈물을 참는 것은 질병의 원인이 되기도 한다고 했다. 이와 비슷한 점도 있겠지만 생리적인 면에서의 눈물과 웃음은 결정적 차이가 있다. 거듭 강조하지만 웃음은 우리를 고통에서 벗어나게 하고 눈물은 우리를 고통 속으로 침잠시키기도 한다. 슬픔의 눈물은 우리를 내면으로 향하게 하여 우리 자신에 대하여 조용한 침묵의 반응을 보인다. 그러나 웃음은 우리를 외부로 향하게 하여 바깥으로 표출코자하는 활달함을 동반한다.

웃음은 우리에게 우리의 시야를 넓혀주면서 도약을 바라고 우리의 상황에 대해서 새롭게 볼 수 있는 관점까지 제시한다. 작가 헬뭇 플레스너은 웃는 사람은 세상을 향해 열린 마음이고 우는 사람은 자신의 좁은 세계와 자신의 고통만 생각하게 하는 고립의 상태로 본다고 말하면서, 진정으로 목 놓아 울 수 있는 사람만이 큰 웃음을 웃을 수 있다고 설명하고 있다. 진정으로 도약하며 행복한 삶을 원하는 사람은 마음껏 웃어라.

　슬픔의 눈물은 우리 자신의 상실감에서 오는 좌절 등으로 고통 상태의 심각성에 초점을 맞추어 우리를 고통과 하나로 묶어둔다. 그러나 웃음 자체만으로는 이러한 문제를 곧바로 해결해주지 못한다. 하지만 웃음은 문제에 대한 심각성을 완화시키면서 점점 충격을 줄여준다. 그러나 울음은 운신의 폭을 좁혀주고 마음을 조여주는 강박성으로 상실감을 경험케 한다.

　점점 사면의 벽이 좁혀오는 듯한 강박감, 작은 공간에 갇힌 동물들의 반항과 분노와 절망적 몸짓을 슬픔에 잠겨있는 우울한 사람들에게서도 볼 수가 있다. 이와 같이 사람이 자신의 문제에 너무 푹 빠져 있으면 그 문제에서 벗어나지 못하고 몰락을 경험케 하는 심한 좌절감에 빠지고 만다. 웃음이나 울음은 입의 소리라는 의미에서 같은 언어에 뿌리를 두고 있다. 하지만 웃음은 건강한 삶에 도움을 주듯이 유익한 반면, 울음은 건강에는 도움을 주지만 오히려 우울한 마음의 정서를 가질 수 있기에 위험성 또한 있다. 즉, 스트레스와 부정적 스트레스가 있는 것처럼 건강한 웃음과 해로운 웃음이 있다. 그리고 건강한 울음과 해로운 울음이 또한 있다. 그러나 역시 웃음이 울음보다는 더 좋다. 그 이유 중 한 가지를 설명하자면 웃고 나서는 처리할게 없이 그냥 좋지만, 울고 나서는 눈물을 닦아 내리고 콧물도 훔쳐 내야한다. 호호 하하하, 호호 하하하….

4. 약이 되는 웃음, 독이 되는 웃음

위에서 살펴본 것처럼 웃음은 인간의 질병을 예방하고 또한 질병을 치료하는데 상당한 효과가 있음은 분명하다. 그러나 반대로 비웃음이 있기 때문에 조심해야 하며 슬픔으로 울어야 할 사람이 웃고 있다면 오해를 불러일으킬 수도 있다. 따라서 무조건 웃기보다 상황을 가리되 3~4명이 모여 웃으면 효과가 더 크다. 이러한 웃음을 잘만 사용하면 스트레스로 가득 찬 복잡한 사회에서 정신적으로나 사회적으로 많은 도움이 된다. 하지만 맛있는 버섯에도 독버섯이 있는 것처럼 모든 웃음이 다 보약이고 명약은 아니다.

어떤 웃음은 독이 되기 때문에 웃음요법 전문가들은 여기에 주의하고 있다. 건강을 해치는 웃음의 종류는 첫째 냉소적 유머gallows humor, 둘째 유해한 유머Harmful humor, 셋째 신랄한 유머caustic humor, 넷째 모욕적 유머offensive humor 등이 있다. 이러한 웃음은 인간 사이의 담을 쌓게 만들며 분노와 스트레스를 증가시키게 된다. 또 방어적인 공격성을 갖게 하며 부정적인 생각에 빠져 결국 몸에 병을 유발시킨다. 이와 반대로 건강한 웃음은 사람과 사람사이에서 원만한 인간관계를 좋게 만들고 긴장감을 해소시키며 불안감을 없애주고 희망을 불어넣어주며, 우리에게 건강을 주는 귀한 역할을 하게 된다. 그러므로 유머를 하면서 다른 사람을 조소하고 비꼬면서 잘난 척 하지 말아야 한다. 그리고 상대방의 신체적 장애에 대한 것을 거론하지 말아야 한다. 또한 상대의 감정에 상처를 줄지 모르는 학벌과 고향 그리고 성性과 집안 이야기를 소재로 한 대화는 가급적 피해야 한다. 간호사 등 의료진들의 재교육을 전문으로 하는 미국의 런웰LearnWell의 교육시스템을 계발한 루돌프 클라임스Rudolf E.Klimes박사는 웃음이 건강을 주는 매우 효과적인 치료제이지만 몸에 해로운 웃음이 있기 때문에 다른 사람들과 함께 웃는 것Laugh with이 매우 바람직하다고 하였다. 그러나 다른 사람을 조소하는 것laugh at은 그것을 말하는 자신이나 그런 유머를 듣는 상대에게 마음의 상처를 주기 때문에 분명하게 삼가야 한다. 아니 근절되어야 한다. 이에 쿨라임스박사는 웃음이 야말로 과거의 상처를 깨끗하게 치료해 줄뿐만 아니라 그 즉시 큰 효과를 볼 수 있으며, 희망을 높여주는 건강제로 비싼 돈이 필요 없이 값없는 투자로 가능하다고 했다.

호쾌한 웃음은 운동 10분 효과가 있다. 주변에서도 '호쾌한 웃음'을 짓는 사람을 보기가 쉽지 않다. 상황을 판단하지 못하고 큰소리도 웃었다간 '이상한 사람' 취급받기 쉽다. 이것은 오늘날의 어수선한 사회현상 때문일 것이다. 인생은 눈물의 골짜기라 했던가. 하지만 골짜기에도 무지개가 뜰 때가 있는데 그것이 바로 '웃음'이다. 웃음은 고통에 대한 '해독제'이며 동시에 인간이 짓는 표정 중 가장 아름답다. "내가 웃으면 주변이 웃고, 주변이 웃음소리로 가득하면 그제야 세상도 따라 웃는다"라고 말한 어느 작가처럼, 웃음은 과거와 현재뿐만이 아니라 동서고금을 통틀어 언제나 좋은 일의 한가운데 있다.

"큰 웃음은 면역력을 높이고 병의 치유력을 증강 시킨다"는 연구 결과도 있다. 이것이 바로 웃음의 힘이다. 웃음은 면역력을 높여준다고 연구결과를 발표하는 사람들이 많아지고 있으며 연구모임을 통하여 학문적 발전을 꾀하고 있기도 하다. 한 실례로 미국 로마린다의대 리버크교수와 웨스틴 잉글랜드대 캐슬린박사 등은 사람들이 코미디프로그램을 보고나면 우리 몸의 저항균인 백혈구와 면역 글리불린이 증강되면서, 면역을 억제하는 코티졸과 에프네피린이 줄어드는 현상을 보인다고 밝혀내었다. 쉽게 말하자면 웃음이 백혈구의 힘을 강하게 만들어준다는 얘기다. 호쾌하게 웃는 사람의 피를 뽑아서 분석하면 암 종양세포를 공격하는 '킬러세포'의 활동성이 눈에 띄게 촉진되어 있다는 것도 실험을 통해 발표되었다.

웃음은 순환기를 깨끗하게 해주고 소화기관을 자극하며 혈압을 내려준다. 또한 병균을 막는 항체인 '인터페론 감마'의 분비를 증가시켜 바이러스에 대한 저항력을 키워주며 세포조직증식에 도움을 준다고 한다. 예를들어보면 100년 전 외국에서는 새의 깃털로 환자에게 간질이는 치료법이 있었는데, 이것이 전통으로 내려와 환자들에게 웃음을 주는 '크라운닥터 치료법'으로 지금도 존재하고 있다.

앞에서 말한 것처럼 호쾌한 웃음은 운동 10분의 효과가 있다. 웃음요법 전문가들은 사람이 한번 웃을 때의 운동효과는 에어로빅 5~10분의 운동량과 같다고 주장한다. 영국의 심리학자 로버트 홀덴의 연구에 따르면 1분 동안 호탕하게 웃으면 몸속의 650개 근육 중 231개가 움직여 10분 동안 에어로빅이나 조깅 혹은 자전거를 타는 것만큼 근육이 이완되고 피가 잘 순환된다고 한다. 웃음의 횟수는 학자마다 약간씩 다르겠지만 어린이는 하루에 356번 정도 웃고, 성인은 보통 16번 내외로 웃는다고 하는데, 하루에 5번 정도만 웃는 사람도 많다고 한다.

또 산소공급을 평소보다 2배나 증가시켜 머리를 맑게 하고 심장박동수를 높여 혈액순환을 돕는다. 건강과 다이어트를 위해 우선 크게 한바탕 웃어볼 일이다. 웃음은 곧 심장을 튼튼하게 한다. 최근 미국에선 많이 웃는 사람일수록 심장병발병확률이 적다는 연구결과가 나왔다. 우리 몸에는 내장을 지배하는 교감신경과 부교감신경 등 두 가지 자율신경이 있다. 놀람·불안·초조·짜증

등은 교감신경을 예민하게 만들어 심장을 상하게 한다. 이와 반대로 웃음은 부교감신경을 자극해 심장을 천천히 뛰게 하며 몸 상태를 편안하게 해준다. 이것이 심장병발병확률이 낮은 이유다. 웃음은 스트레스와 분노 그리고 긴장을 완화해 심장마비 같은 돌연사도 예방해준다는 것이다.

미소는 상대의 마음을 사로잡는다.

미인의 미소는 시와 같아 거친 남자를 길들이고 주위사람들에게 온유함과 희망을 심어준다. 영화 '바람과 함께 사라지다'의 여주인공 비비안리가 오만한 스칼렛 오하라역을 따낼 때도 미소가 있었기 때문이다. 오드리 햅번 등 당시 내로라하는 세기의 여배우들 틈바구니 속에서 신출내기에 불과했던 그녀가 번번이 캐스팅에 낙방하면서 실망과 아쉬움이 가득담긴 미소를 제작진에게 보냈는데, 그것이 누군가에게 발견되면서 "바로 저 여자야!"라는 탄성이 터져 나왔고, 이후 그녀 인생은 '백만 불짜리 미소'에 걸맞은 대우를 받는 당대 최고의 스타로 우뚝 섰다. "미인 대칭"이란 말이 있는데 이것은 미소지으면서 웃고 인사하고, 대화하면서 칭찬하면 원만한 대인관계로 멋있는 삶을 살아가게 된다는 것이다.

웃음은 신神이 내린 축복.

박장대소拍掌大笑와 파안대소破顔大笑하는 웃음은 신神이 우리 인간에게만 내린 축복이라고 해도 과언이 아니다. '웃으면 복이 와요' '웃는 얼굴에 침 못 뱉는다' 등처럼 웃음에 관한 명제가 있는 것으로 봐도 분명히 웃음은 우리 인간들이 삶을 살아가는데 윤활유역할을 함에 틀림없다. 마음이 즐겁고 편안하면 웃음이 저절로 나온다. 하지만 반대가 되면 얼굴이 붉으락푸르락해진다. 이처럼 즐거우면 얼굴에 그대로 옮겨지는 웃음 그 자체는 분명히 나와 주변의 모든 사람들에게 생활의 활력소가 되고 있다. "20분 동안 웃는 것은 3분 동안 격렬하게 노를 젓는 운동량과 같다"는 영국 스탠퍼드대학의 연구결과처럼 웃음은 현대인들에게 만병통치약인 셈이다.

우리의 건강을 증진시켜주는 웃음.

웃음을 뜻하는 한자 소(笑)앞에다 다른 글자를 조합하여 만들어지는 웃음에 대한 단어들이 많다. 소리 없이 웃는 미소, 크게 웃는 대소, 크지만 갑작스럽게 웃으면 폭소, 떠들썩한 홍소, 표정변화가 무쌍하며 크게 소리 내어 유쾌하게 웃으면 파안대소, 불만을 나타내는 불평이 함께 하는 웃음은 조소, 코웃음 치는 비소, 쌀쌀한 태도로 비웃는 냉소, 미소를 띠다. 폭소를 터뜨리다 등이다.

냉소를 머금다가 우리에게 보여주고 있듯이 순우리말 동사를 적절하게 바꾸어 사용하면서 의미를 되찾고 어감을 만들어 낸다. 웃음이나 소리는 말을 이용하지 아니하고서도 웃음의 어떠한 종류나 쓰임새를 일컫는 용어가 많다. "익살"은 웃기려고 하는 행동인데, 점잖지 못하다는 경우를 놓고 익살을 떤다고 말하기도 한다. 웃기는 말만 따로 가르치는 것은 "농담"이라고도 한다. "재담(才談)"이라는 말도 있는데, 구분해보면 농담은 우스개와 거의 같지만 듣는 사람을 희롱하는 점이 약간 있지만, 재담은 듣는 사람의 호응을 의식하면서 재주를 부리는 우스개라고 말할 수 있다. "해학"과 "풍자"라는 말 역시 해학은 스스로 웃자는 부드러운 웃음이고, 풍자는 상대방을 공격하는 다분히 전투적인 다툼을 보이는 사나운 웃음이다.

다음에서 구체적으로 한자를 이용한 웃음을 생각해 보고자 한다.

- **폭소**爆笑 : 갑자기 터져 나오는 웃음.
- **홍소**哄笑 : 크게 벌린 떠들썩한 웃음.
- **희소**喜笑 : 기쁜 웃음.
- **희소**嬉笑 : 실없는 웃음 또는 예쁜 웃음.
- **교소**巧簫 : ① 귀염성스럽게 웃음 ② 아양 떠는 웃음, 요염한 웃음.
- **대소**大笑 : 소리 내어 크게 웃음.
- **미소**微笑 : 소리 내지 않고 빙긋이 웃는 웃음.
- **미소**媚笑 : 아양 부리는 웃음.
- **방소**放笑 : 큰소리로 웃음.
- **치소**癡笑 : 바보 같은 웃음.
- **가소**假蘇 : 거짓 웃음.
- **가소**可笑 : 같잖아서 웃는 웃음.
- **간소**奸訴 : 간교한 웃음.
- **경소**輕笑 : 남을 업신여겨 웃음.
- **검소**儉素 : 칼같이 날카로운.
- **고소**苦笑 : 쓴 웃음.
- **기소**欺笑 : 업신여겨서 비웃음.
- **기소**譏笑 : 비방하여 비웃음.
- **냉소**冷笑 : 쌀쌀한 태도로 비웃음.
- **비소**卑小 : 코웃음.
- **조소**嘲笑 : 비웃음.
- **치소**嗤笑 : 빈정거리며 웃음.

계속해서 영어의 알파벳순서에 따른 웃음의 종류를 생각해 보고자 한다.

A. 용기와 긍정(Accepting & Affirming).

B. 사기를 북돋움(Boosting).

C. 용기 있는 삶(Courage).

D. 낙담의 원인 밝힘(Debunking discouragement).

E. 용기를 나누는 삶(Encouraging).

F. 피드백의 응답(Feedback).

G. 목표를 향한 열성적 추구(Going for it).

H. 유머러스한 삶(Humor).

I. 대등한 입장에서 참여(Involvement as equals).

J. 기쁨과 즐거움(Joy).

K. 친근감의 관계(Kinship).

L. 웃음보따리(Laughter).

M. 사색의 명상(Meditation).

N. 현재 삶의 중요성(Living in the now).

O. 개방성과 열린 마음(Openness).

P. 긍정적인 감정(Postive emotions).

Q. 논쟁을 금함(Qit quarreling).

R. 반응과 민감성(Responsiveness).

S. 사회적 관심 속에서의 자긍심(Self-esteem & inetrest social).

T. 진실과 신뢰(Trust).

U. 이해와 믿음(Understanding).

V. 가치관의 중요성(Value).

W. 건강한 삶(Health).

X. 탁월성과 위대함(Excellence).

Y. 양보의 미덕(Yielding).

Z. 열정과 열심(Zest).

제4장

웃음의 치유력

1. 웃음 치료의 효과성

우리 가족 모두가 삶의 터전을 이루면서 공동의 공간에서 함께 박장대소를 하며 웃음 짓는 시간은 얼마나 되는가? 어떤 공동체이든 함께 웃을 수 있는 시간이 많으면 많을수록 그 공동체는 행복이 넘치는 공동체라고 할 수 있다. 웃음은 사람의 감정을 주고받는 아름다운 관계를 유지하고 증진시키면서 불쾌한 감정을 행복한 감정으로 바꾸어 놓는다.

발칸반도의 세르비아에는 웃음에 대한 아주 독특한 전설이 있다. 사랑하는 외아들이 죽었는데 어머니가 그 시체 앞에서 계속 웃고 있었기에 신이 죽은 자식을 살려주었다는 민담이다. 이런 옛 이야기는 그냥 전설뿐이지만 그 상징성은 오늘날 과학이라는 테마로 현실화되고 있다. 곧 웃음이 병을 고치고 몸을 건강하게 하고 삶의 스트레스를 해소시키는 훌륭한 치료제로 이용된다는 것이다. 분명한 사실은 웃음은 행복의 씨앗이라는 것이다. 그렇기 때문에 우리는 끊임없이 웃음을 만들고 아무 뜻 없이 웃으면서 만들어진 웃음을 통해 그냥 아무 뜻 없이 웃어야 한다.

이 세상 어느 민족이든지 생활문화 속엔 웃음이 내재되어 있다. 인류학자들의 말에 의하면 어느 민족이고 웃음 없는 민족은 없다는 것이다. 심지어 귀머거리도 가끔 배꼽이 빠지도록 웃는다고 한다. 19세기 영국의 인류학자 하츠혼B.F. Hartshorne은 1876년 3월, 실론(현재의 스리랑카)의 한 해변에 사는 웨다스 부족이 잘 웃지 않는 유일한 민족이라고 잡지에 소개했다.

하츠혼이 이 섬에 머물면서 관찰했는데, 정말 웃는 사람이 별로 없어 그들에게 "왜 웃지 않느냐"고 물었다. 그러자 "우리는 그런 웃음 같은 것을 알지 못한다"며 딱 잡아떼더라는 것이었다. 하츠혼은 이들이 진짜 웃음이 없는 웃을 줄 모르는 민족이라고 처음으로 서구사회에 소개하였다. 그러나 후일에 알게 된 사실이었지만, 이 부족은 모르는 사람에겐 절대로 웃음을 보이지 않는 것이 전통이었던 것이다. 웃음자체가 없었던 민족은 아니었고 그들 나름대로는 아주 발달된 웃음의 감정이 있었다.

이와 같이 이 세상에 사는 어느 민족, 어느 인종이건 간에 웃음이 없는 민족은 없다. 잘 웃는 민족인가 그렇지 아니한가의 문화적 차이는 있을지 모르겠지만 웃음이 없다는 말은 어떤 논리로도 증명하기 어렵다.

페르시아에서 일어난 조로아스터교의 창시자 조로아스터는 출생 즉시 웃었다고 한다. 후일 니체가 이야기한 "자라투스트라"는 바로 "조로아스터"를 지칭하는 말이었다고 한다. 조로아스터의 웃음은 탄생자체가 어둠을 밝히는 광명의 출발이라는 상징성을 지니고 있다. 인도 등지에서 아직도 명맥을 유지하고 있는 배화교는 바로 조로아스터를 신봉하는 종교다. 조로아스터가 어둠을 벗어난 광명의 출발인 탄생을 축복하는 마음의 정서적 발로로 웃음을 지었다. 그러나 우리는 우리 스스로의 어두운 마음에서 벗어나지 못하고 그저 살기가 힘들고 어렵다고만 한다.

2004년 어떤 기관에서 실시한 우리의 국민의식조사에서 약 76%가 희망 없이 산다고 응답하였고, 약 37%가 이민가기를 원한다고 대답했다. 따라서 이러한 정신적 고뇌에서 벗어나 웃음을 되찾고 까꿍운동을 벌여 전 국민이 웃고 즐겁게 살 수 있도록 새로운 광명을 주는 운동을 실천코자 필자는 끝없는 노력을 다짐해 본다.

스탠포드 의대의 윌리엄 프라이박사는 40년 동안 웃음과 건강에 대하여 연구를 실천한 학자로 『약으로서의 웃음』이라는 책에서 웃음의 생리적 효과를 다음과 같이 요약했다.

- 뇌하수체pituitary glands에서 엔도르핀endorphines이나 엔케팔린 enkephalins같은 자연 진통제natural pain killers가 만들어 진다.
- 부신에서 통증과 신경통 등의 염증을 치유하는 신비의 화학 물질이 나온다.
- 동맥이 이완되어 혈액순환이 좋아지고 혈압이 낮아진다.
- 웃음은 신체의 모든 기관에 긴장완화를 시켜준다.
- 웃음은 혈액내의 코티졸cortisol의 양을 감소시킨다.
- 스트레스와 분노 그리고 긴장의 완화로 심장마비를 예방한다.
- 웃음은 심장박동수를 활성화시키고 혈액순환을 돕고 몸의 근육에 영향을 미친다.
- 뇌졸증의 원인이 되는 순환계의 질환을 예방하고 치유한다.
- 암 환자의 통증을 경감시키고 호전시켜 건강케 만든다.
- 3~4분의 웃음은 맥박을 배로 증가시키고 혈액에 더 많은 산소를 공급한다.

• 가슴과 위장과 어깨주위의 상체근육의 운동을 한 것과 동일
한 효과를 준다.

  미국 윌리엄 앤드메리대학교College of William and Mary의 심리학교
수 피터 데크스Peter Derks박사는 유머가 뇌의 전자파에 미치는 영
향에 대한 연구를 했다. 그는 우스운 유머를 읽을 때 웃음이 나오
기 직전 1초의 4/10동안 전류가 대뇌피질의 전체에 흐르는 것을
발견하였다. 피터 데크스박사의 연구결과에 의하면 이 전류가 대
뇌의 한부분에만 작용하는 것이 아니고 두뇌의 전체에 영향을 준
다는 사실을 발견했던 것이다. 뇌의 일부분이 손상되었지만 그 부
위가 손상되지 않았다면 감정은 여전히 작용한다. 하지만 웃음은
두뇌의 한 부분만 손상 받아도 치명적인 결과를 가져온다. 이것은
웃음이 뇌의 특정한 부분에만 영향을 미치는게 아니라 전체에 걸
쳐 작용한다는 것을 의미한다. 즉 왼쪽 뇌는 웃음의 언어적 내용
에 관한 것이라면 오른쪽 뇌는 많은 유머의 특성인 부조화와 모
순을 분석하는 작용을 하는 것이다.
  낙천주의 연구로 세계적 권위자가 된 미국 펜실베니아 대학교
마틴 셀리즈맨MartinSeligman교수는 그의 저서《학습된 낙천주의
자》란 책에서 다음과 같은 연구결과를 주창하였다. 1980년에 심
장마비를 당했던 96명을 조사 분석했는데, 8년 내에 두 번째 심
장마비가 재발되었을 때 가장 비관적인 사람으로 분류된 16사람
중 15명이 사망하였다. 하지만 가장 낙천적인 16사람 중에는 단
5명만 사망했다고 한다. 셀리즈맨박사는 웃음이 많은 낙천주의자
는 학생의 경우 학업성적이 더 높았으며, 스포츠분야에서 역시 두
각을 나타냈으며, 생명보험회사의 생활설계사의 경우도 낙천주의
자가 훨씬 더 높은 성적을 올렸다고 하였다.

학습활동에서의 유머를 연구한 엘 앤더슨L.W Anderson씨는 다음과 같이 밝히고 있다.

- 웃음은 학습이해와 기억을 돕는다.
- 학급에서 긍정적인 학습 분위기를 만들어준다.
- 학생들의 학습참여도가 좋아진다.
- 학생들의 주의력이 집중되어 성적이 향상된다.
- 인지적 발달을 돕는다.
- 바람직하지 못한 행동이 감소된다.
- 학생들의 자긍심을 계발시킨다.
- 학생과 교사에 대한 삶의 질을 높여준다.
- 고민이 감소되고 자신감이 증대된다.

펜실베니아 주 웨스트 체스터대학교의 연구진은 유머감각이 뛰어난 학생들은 학업생활이 건전하고 각종 스트레스를 긍정적인 태도로 대처하며 극복하고 있음을 발견하였다. 또한 학습과정에서 웃음은 학생들에게 즐거운 학교생활이 되도록 흥미를 유발시키고, 지식과 정보에 대한 기억력을 증진케 하여 성적을 향상시키며, 교사와 학생간의 학습을 가로막는 감정적장애가 되는 긴장을 완화시켜주는 효과가 있었다고 한다.

뉴욕의 알버트 아인슈타인 메디컬센터의 정신전문의 조셉 리치맨Joseph Richman박사는 자살을 기도하는 노인들 중에서 유머감각이 있는 환자들이 유머러스하지 못한 사람들보다 훨씬 더 빨리 회복되는 것을 발견하였다고 발표하였다. 그는 웃음이 소속감과 사회적 응집력을 높여주는 효과가 있다고 말하면서, 자살과 우울증의 원인이 되는 소외감을 웃음으로 극복할 수 있다고 하였다. 웃음은 가정이나 사회생활의 현장에서 윤활유가 되어 우리의 삶을 부드럽게 해주고 생기가 넘치게 만들어 준다.

허버트 레프코트Herbert Lefcourt박사의 연구에 의하면 자동차운전 면허증에 장기를 기증하겠다고 수락 받은 경우를 보더라도 유머 감각이 있는 사람일수록 더 쉬웠다는 결론을 얻었다고 한다. 유머 감각이 없는 사람은 죽음에 대해 순간적으로도 생각하기를 원치 않는다.

미 뉴욕주립대학 심리신경면역학과 아더스톤Arthur Stone교수는 무작위로 뽑은 72명을 대상으로 웃음과 면역체의 상관관계를 연 구하였다. 스톤박사는 그들에게 하루 동안 웃고 즐겁게 지낸 회수 를 기록하게 하였는데, 그들의 점액을 분석한 결과 많이 웃는 사 람의 점액에는 항체인 면역 글로브린 A의 양이 많다는 것을 발견 했다.

캘리포니아대학UCLA 통증치료소의 책임자였던 데이빗 브레슬러 David Bresler박사는 극심한 통증을 호소하는 환자들에게 한 시간에 두 차례씩 거울을 보면서 웃게 했다. 더구나 가짜웃음 즉 거짓으 로 웃는 사람에게도 상당한 효과를 보게 된 사실을 발견하였다. 샤론 벨Sharon Bell간호사도 의학 잡지에 실린 웃음치료효과에 대한 기사를 읽고 그녀가 근무하고 있는 미국 파킨스병협회안내센터 지 정병원 메도디스트병원에서 환자들에게 웃음요법을 적용해보았다. 그녀는 깨끗한 간호원 유니폼을 벗어버리고 아주 우스꽝스러운 유 니폼에 풍선을 불어서 묶은 복장과 유머러스한 익살로 환자들의 방을 방문하였다. 이런 병문안을 마친 후에 환자들의 혈액을 검사 하였더니 면역글로불린 A형이 증가하였고 엔도르핀의 생산이 증가 한 사실을 발견하였다. 이러한 단순한 웃음요법을 통하여 그녀는 환자들의 상태가 현저히 좋아지자 웃음요법을 이 병원의 주요치료 수단으로 채택하게 된 쾌거를 얻어냈다.

미국의 경우 4월은 '전국 유머강조의 달'로 제정하여 여러 각지에서 행사를 한다. 매년 행사를 거듭 할수록 국민들은 더 많은 호응과 점차 참여를 하고 있다. 4월은 잔인한 달이라고 노래한 시인 앨리옷T.S Eliot의 고향에서도 4월은 많이 웃는 달로 지키는데, 한국 사람들은 4월은 잔인한 달이라는 고정관념에서 벗어나지 못한 채 우울한 생각을 떨쳐버리지 못한다. 다만 매년 4월에 정신건강의 날이 제정되어 있지만, 이것은 웃음과는 직접적인 관련은 없는 정신건강에 대한 각종 심포지엄만 개최하고 있다. 물론 이것 역시 바람직한 현상이다. 의학연구원 케일 허쉬버그씨는 10년 동안 의학 잡지와 논문 및 각종 보고서에서 기적적으로 병이 완쾌된 경우를 조사하였다. 자연치유 등을 통하여 기적적으로 완치된 또는 질병이 호전된 경우의 기적적이라는 말은 의사의 진단과는 달리 신기하게 병이 완쾌된 경우를 말한다. 매년 미국에서 50만 명이 암으로 죽어가고 있지만 간혹 기적적으로 치유되는 경우가 보고되고 있다.

허쉬버그씨는 1846~1996년까지 약 150년 동안 900명 이상이 의학적으로 규명하기 어렵게 기적적으로 병이 완치되었다는 기록과 함께 약 3천900명의 사례가 정상으로 회복되었다는 기록을 조사하였다. 이 연구에 몰두한 허쉬버그씨는 이렇게 보고된 것 외에도 훨씬 더 많은 사례가 있었을 것이라고 추정하고 있다. 또 1992년에 행한 노르웨이의 한 연구에 의하면 10년 전에 223명이 전립선암으로 죽음의 선고를 받았던 환자들 중에서 204명이 생존하고 있는 것을 발견하였다. 지난 10년 동안 사망한 사람이 단 19명에 불과하였다고 한다. 의학자들은 이런 기적 같은 현상은 심리신경면역학PNI으로 이해하여야 할 것이라고 본다. 즉 아무리 육체적으로 죽을병에 걸렸더라도 우리의 마음이 기쁘고 즐거우면 정신적 건강함이 우리를 돕는다고 확신한다. 즉 우리가 정상적인 감정과 생각을 갖게 되면 체내에서 질병은 더 이상 세력을 확장하지 못하고 점차적으로 쇠진해지고 만다는 것이다.

이런 연구를 근거로 볼 때 웃음은 매우 강력한 질병치유의 수단임을 강조할 수밖에 없다. 웃음과 건강을 연구하는 학자들이 대부분 심리신경면역학에 몰두하는 의사들이지만 여러 분야에서도 다각적인 연구가 진행 중이다. 즉 심리학·체육학·교육학·노년학·건강학·사회복지학 분야 등에서도 활발하게 웃음치유를 연구하고 있다. 아무리 무서운 병에 걸렸다고 할지라도 우리가 새로운 시각으로 접근하여 긍정적인 사고로서 질병을 유발하는 모든 유해한 생활습관을 개선하고 치병활동을 한다면, 건강이 회복되고 생명적 소생이 가능하다. 즉 즐겁게 산다면 모든 질병을 예방할 수 있다는 말이다. 만약 간첩들이 날뛰면 안보와 경계를 더욱 삼엄하게 하면서 만반의 준비를 취하는 것처럼 우리의 몸 역시 병약해지면 면역체계를 비상상태에 돌입하도록 준비를 한다. 현대는 간첩처럼 온갖 질병이 우리의 건강을 호시탐탐 엿보고 있다. 틈만 있으면 가슴 깊숙이 숨어들어와 내부를 교란하고 파멸과 파괴를 자행하려고 한다. 이럴 때 일수록 면역체계를 구축하여 최대한 가동한다면 쳐들어오는 병균을 막아내고 질병을 치유하여 병균을 물리쳐 나아간다. 웃음은 바로 이 면역체계를 강하게 해주는 최첨단 병기인 것이다.

지금까지 열거한 것 외에도 웃음과 건강관계를 연구한 여러 논문들이 있는데, 이것들은 다음과 같은 웃음 생리적 효과를 지적하고 있다. 몇 해 전 가을에 플로리다 주 올랜도시에 500여 명의 의사와 간호사들이 모였다. 이들은 미국웃음요법협회 회원들로써 연례회의에 참석했던 것이다. 이때 웃음은 심리학단계를 넘는 확실한 과학적 증거를 가지고 있다고 배리 비트맨 정신과 의사는 밝히고, 또한 웃음이 인체의 항체를 높이는데 큰 효과가 있다고 연구된 내용을 발표하였다. 비트맨은 웃음요법이 기존의 질병치료법을 대체하는 것은 아니지만 보완하는 것이라고 강조하면서, 환자가 기존의 방법대로 치료를 받으면서 웃음요법을 병행하면 탁월한 질병치유효과를 볼 수 있다고 하였다. 비트맨은 웃게 만드는 비디오를 환자들에게 보여준 후 그들의 혈액을 검사해본 결과 현저하게 엔도르핀의 증가가 있었다는 연구결과를 발표하였다. 이 연구결과를 토대로 하여 다음과 같은 효과를 기대해 본다.

- 몸의 면역체를 강하게 만든다.
- 육체적 고통을 완화시켜준다.
- 몸의 체온을 정상수준으로 유지시켜준다.
- 비만해결 즉 살 빼기운동을 돕는다.
- 불면증을 해소시키며 편안한 잠을 잔다.
- 감기에 덜 걸리는 건강체질화가 된다.
- 혈압을 내려주며 기분전환을 시켜준다.
- 심장혈관기능을 강화시켜 혈액순환을 돕는다.
- 위산을 줄여주고 소화력을 증강시킨다.
- 암의 확산을 막아주며 면역체계를 증진시킨다.
- 산소소비를 줄여주며 건강을 유지한다.
- 관절염증상을 완화해주며 통증을 감소시킨다.
- 천식증상을 완화하여 호흡기 기능을 강화시킨다.
- 수명을 연장해주고 평화의 마음이 자리 잡는다.

2. 결혼과 전인건강 그리고 유머

결혼, 이것은 우리의 장수를 꿈꾸게 하며 전인적 건강을 실현함으로써 행복을 가능케 한다. 그리고 여기엔 유머와 웃음이 필요하다. 오늘날은 의학의 발전과 식생활의 향상으로 말미암아 인간의 장수에 대한 꿈은 점점 현실화되고 있다.(여기에서 배제될 수 없는 절대적인 것이 바로 유머와 웃음이다) 그러나 이런 장수를 누리기 위해서 인간들은 건강에 대한 무거운 부담을 안고 있는 것은 사실이다. 즉 신체적 건강뿐만 아니라 정신건강문제 또한 그에 못지않게 중요하다. 이에 따라 우리는 최근에 핫이슈가 되고 있는 웰빙well-being과 웃음 그리고 결혼에 대한 이해를 토대로 정신건강과 전인건강에 대하여 생각해보고자 한다.

"정신精神, mental이란 사고·정서·언어 및 행동과 관련된 현상들로서 사고나 감정의 작용을 다스리는 인간의 마음mind"이라는 사전적 의미를 가지고 있다. 또한 "건강이란 단순히 질병이 없거나 허약하지 않은 상태만이 아니라 신체적·정신적·사회적·영적으로 만족한 안녕의 상태가 유지되는 것이다"라는 세계보건기구의 정의를 볼 때 결국 정신건강이란 "정신적으로 병적증세가 없을 뿐만 아니라 자기능력을 최대한 발휘하고 환경에 대한 적응력이 있으며 자주적이고 건설적으로 자기생활을 처리해 나갈 수 있는 성숙한 인격체를 갖춘 안녕한well-being상태"를 의미한다.

웰빙Well-being 이란?

문자적으로 설명한다면 건강한 인생을 의미하는 것으로 외형적인 건강한 삶·복지·자연조건 이외의 안녕상태·평안한 생활·정신적인 가치 등의 영적건강을 포함한 인생전반에 걸친 질적 건강을 추구하는 생활방식을 의미한다. 즉 몸과 마음을 유기적으로 결합시켜 풍요로우면서 아름답고 즐거운 인생의 여정이 되도록 인간다운 삶을 영위함을 의미한다. 또 행복한 삶 속에서 인간의 욕구를 충족하며 자족하도록 하는 새로운 삶의 형태나 문화코드로 해석할 수 있다. 이에 따라 어떻게 사느냐?에 대한 관심이 최고조에 오른 현대는 삶의 질을 추구하는 시대라고 할 수 있다. 국내에 웰빙개념이 언급되기 시작한 것은 약 2002년 말부터로 파악된다. '웰빙'은 말 그대로 건강한(well; 안락한, 만족한), 삶 being을 살자는 의미다. 즉 삶의 질을 강조하는 용어다. 즉 웰빙이란 물질적 가치보다는 신체와 정신이 건강한 삶을 더 중시하는 생활을 의미하는 말로써 인간 삶의 질적 향상을 추구하는 현대사회의 방향과도 직결된다고 볼 수 있다.

전인건강의 개념을 생각해 볼 때는 다음의 개념을 인용하지 아니할 수 없다. 세계보건기구WHO에서 건강은 질병이 없는 상태를 넘어서 육체적·정신적·사회적 그리고 영적으로 안녕한 상태라고 정의하고 있다. 따라서 치유역시 질병을 치료하는 개념에서 개인의 다양한 욕구를 충족시켜주는 쪽으로 발전되고 있다. 인간이 갖고 있는 생리적 욕구·정신적 욕구·사회적 욕구·나아가 영적인 욕구까지도 만족시키는 것이 온전한 치유인 것이다. 왜냐하면 인간은 단지 육체적인 존재일 뿐 아니라 정신적이고도 영적인 존재이며, 이러한 각 부분이 분리되지 않고 긴밀히 연결되어 상호작용하는 한 개체이기 때문이다. 따라서 온전한 건강을 위하여 영적·육체적·정신적·사회적으로 균형 잡힌 건강생활을 추구해야 할 것이다.

우리는 과거를 거울삼아 현재의 사고의 틀 속에서 우리의 생각이 미래에 현실로 나타난다. 우리의 현재의 건강함이 미래를 좌우

하게 된다. 오늘 현재의 전인건강 웰빙이 미래사회의 건강의 지표가 될 것이다.

※ 전인건강 향상을 위한 실용적인 방법들

(1) 사랑중심의 삶

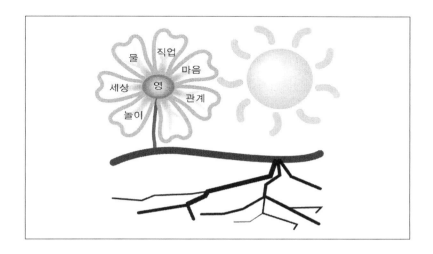

이 그림을 간단히 설명하면 한 송이 꽃과 같이 전인성이라고 하는 것은 살아있고 성장하며, 항상 변화하는 하나의 유기체로서 관계성을 가지고 꽃과 줄기, 그리고 뿌리가 조화와 균형을 유지시키는 전인성에는 각 부분이 있고 그것이 존재하는 환경이 있다. 이 꽃의 중심부는 건강한 영성을 의미한다. 그러한 영성은 전인성의 꽃잎들을 한곳에 모아주며, 그 꽃잎들에 유기적인 통일성을 부여한다. 그 중심부에는 꽃잎들이 영양을 섭취하는 곳이고, 새로운 생명의 씨앗들이 자라는 곳이다. 전인성이라는 꽃의 뿌리들은 우리의 평범한 인간성이라고 하는 토양으로부터 그리고 생명계, 곧 우리가 먹는 모든 음식물을 얻게 되는 생물들의 경이로운 그물망인 생물계로부터 자양분을 빨아올리기 위해 깊이 뻗어나간다. 이

꽃은 자기생명을 위해서 호흡하는 공기로 둘러싸여있다. 꽃 위에는 사랑의 태양, 곧 하나님으로부터 오는 치유와 전인성의 근원인 태양이 있다. 이 태양은 꽃이 계속 자라날 수 있도록 하고 또 아름다움을 간직하여 알맞은 때에 씨앗을 맺도록 해주는 에너지를 공급한다. 전인성은 꽃과 같이 그 계절이 있으며, 탄생 → 삶 → 죽음 → 재탄생이라고 하는 주기를 가지고 순환한다. 씨앗을 심고 싹을 틔우는 시기가 있고, 꽃피고 열매를 맺는 때가 있으며, 시들어 죽고 땅으로 다시 돌아가는 때가 있다. 계속되는 창조의 순환 속에서 새로운 창조적 세계를 준비하면서 말이다.

(2) 영성 지향적인 삶

여러 가지 고통스러운 인간소외의 중요한 원인 중의 하나는 우리의 존재를 통합하는 사람이 영적중심을 잃어가고 있기 때문이다. 즉 다른 여러 가지 고통스러운 소외에 빠진다. 바로 이 영적 자아는 우리 인간의 창조적이요, 초월적이요, 독특한 고차원을 의미하는 사랑의 힘이 분산되어 마음을 물질에 빼앗기면 혼란스러워 진다. 또한 우리의 영적확신은 사랑을 통하여 우리자신의 잠재의식의 실상(우리의 정체성)에 영향을 준다.

이것에 따라 우리의 자기평가가 강화되기도 하고 약화되기도 하며, 사랑을 받고 사랑을 나눠주는 능력, 인생의 상실과 위기에 대처하는 내적능력을 촉진시키기도 하고 약화시키기도 한다.

따라서 영적 지향의 사람의 최고봉은 서로 사랑하는 일이며 함께 웃고 즐기는 웃음 세상이다.

(3) 마음이 건강한 삶

정신신경면역학PNI: psychoneuroimmunology은 최근에 발전되고 있는 놀라운 의학 분야로 어떻게 마음과 육체가 상호 연계되어 작용하는가에 대해 서광을 비춰주고 있다.

독립적인 여러 가지 과학적인 결론은 면역체계와 그 면역이 보호하고 치유하는 육체와 그리고 '마음, 즉, 뇌'와는 고리같이 서로 연결되어 있다는 것이다. 보통 마음이라고 부르는 상뇌 또는 피질cortex은 뇌의 언어기능과 생각·수많은 정보·사고·감정·이미지·신념·경험 등을 저장하는 능력을 통하여 면역체계에 영향을 준다. 면역체계는 뇌의 통제를 받는다. 그러나 면역체계도 뇌에게 무언가 영향을 미치는 내분비 시스템으로부터 호르몬을 통하여 메시지들을 뇌에 보낸다.

이러한 점을 감안할 때, 우리의 몸이 가지고 있는 자연적 치유기능을 촉진시킬 때에 우리 몸의 증상들은 감소되거나 치유될 수 있는 것이다.

(4) 신체적 자기관리의 삶

신체적으로 자기를 관리한다는 것은 좋은 아버지-어머니와 같이 몸을 사랑하고 그 몸과 친밀해지며, 몸의 모든 부분들과 심지어 그 불완전한 부분까지도 존중하는 것을 의미한다. 즉 불완전성을 가지고 있는 자기 몸을 받아들이고 사랑하는 법을 배울 때 그런 중독 상태에서 해방될 것이고, 그때에 당신은 당신의 몸에 대한 존중심을 강화시킬 수 있을 뿐만 아니라 전인건강을 증진시킬 수도 있다.

(5) 가족과 친밀한 관계유지하기

치유와 건강을 위해서 우리의 깊은 관계에의 의지will－to－relate
를 만족시키는 것보다 더 중요한 것은 없다. 사랑을 주고받고 싶
은 욕구는 우리 마음의 기본적인 욕구들 가운데서 가장 강한 것
이다. 한 연구는 수명과 관련지어서 스트레스와 질병에 관한 각종
연구를 검토한 결과, 친밀한 관계가 거의 없는 사람들의 사망률이
3배나 높다는 사실을 발견했다. 그들은 사회적 소외(고독)는 어
쩌면 흡연만큼이나 심각한 사망의 주요 위험요인일 것이라고 결
론지었다.

(6) 직장에서 만족을 얻는 삶

총체 건강인 전인건강을 증진시키는 한 가지 중대한 방법은 할
수 있는 한 우리의 직업이 우리의 인생을 완성하고 자존심을 향
상시키게 만드는 것이다. 누가 직업의 탈진에 가장 잘 빠질까?
그들은 교사·의사·간호사·목사 등 사람을 돕는 직업을 가지고
있는 사람들이다. 특히 완전주의적이요 이상주의적이며 자가 완성
을 위하여 추진적이고 나 혼자 그 일을 해야겠다는 생각을 가진
일중독자들이 특별히 탈진에 취약하다. 탈진을 방지하고 대처하려
고 한다면 내적인 원인과 외적인 원인을 구별하는 것이 매우 중
요하다. 외적인 이유들은 보통 내적인 요소에 취약점이 있을 때
탈진을 만들어내는 요인으로 작용한다.

(7) 웃음과 놀이로 치유와 건강 유지하기

전인건강에 이르는 중요하고 즐거운 방법은 놀이와 웃음이 가
지고 있는 치유에너지를 정기적으로 경험하는 것이다. 다른 사람

들을 보면서 웃는 것은 우리의 정신과 육체와 영혼에 우리가 줄 수 있는 가장 단순하고 가장 건강하며 가장 크게 해방을 줄 수 있는 선물 가운데 하나이다.

(8) 지구를 건강하게 보존하기

오늘날 나와 나의 사랑하는 사람들이 직면하고 있는 궁극적인 건강의 문제는 무엇일까? 만일 우리가 지구공동체 가족으로서 지구를 멸망시키는 요인들을 우리시대에 해결하지 못한다면 우리의 자식들과 자식의 자식들 즉 온 인류와 다른 생물 모두에게 건강한 미래를 물려줄 수 있을까? 만일 우리인간이 분연히 일어나 우리의 지구를 치유하고 보호할 혁신적인 방도를 만들어내지 않는다면, 개인적인 건강과 나와 인류가족, 더 나아가서는 모든 동물과 식물의 건강이 존속할 수 있는 미래는 있을 수 없다.

(9) 위기 가운데에서 성장하기

만일 우리에게 예상하지 못한 고통스러운 사건들이 일어났을 때 우리는 우리의 건강을 정상으로 유지하기 위하여 무엇을 할 수 있을까? 이때 우리는 그 상실 때문에 영구히 한이 맺혀 살지 않고, 그 슬픔에 대처하는 법을 배워나가야만 한다. 그것은 실패 그리고 아픈 전환과정 등을 받아들일 수 있는 용기를 가지는 것이다. 그것은 이러한 고통스런 침입자를 활용하여 우리는 인간의 전인성과 새로운 힘 그리고 이 세상을 딛고 설 수 있게 하는 어떤 것을 창조하는 법을 배우는 것이다.

(10) 양성(남성·여성)적 전인건강 유지하기

　여성과 남성 모두를 충족할 수 있도록 건강을 드높이는 해법이 추구하는 심리학적 목표는 양성적 전인성이다. 이 "양성적 전인성"이라는 말이 단순히 의미하는 것은, 인간의 성품 중에서 오른쪽 뇌가 주는 선물인 감정이 풍부하고 남을 돌봐주며, 섬세하고 직감적이며 수용적인 면과 아울러 왼쪽 뇌의 능력인 이성적이고 자기주장을 내세우며, 분석적이고 직선적인 사고를 하는 면을 균형 있게 발달시킨다는 뜻이다.

　그러나 남성은 한 가지 일에 집중하며 여성은 여러 가지 일을 동시에 수행할 수 있다. 금성에서온 남성, 화성에서 온 여성, 즉 남성과 여성이 구별되어야 하는 것은 뇌가 구조면에서, 기능면에서 그리고 생리적인 면에서 상당히 남녀가 다르기 때문이다. 이것은 뇌의 코티졸이 다르게 반응하며, 점점 여성들의 사회참여가 많아지면서 남성과 여성 모두가 사고체계 및 정서적 반응 그리고 행동의 패턴이 유사성을 나타내고 있다.

　우리가 삶을 살아가면서 '인생에서 결혼보다 더 중요한 것이 있을까? 만일 어떤 사람이 결혼에 실패했다면 돈과 명예 중 그 어떤 것으로도 결혼의 실패를 보상할 수는 없다. 이 땅의 수많은 사람들이 웃음을 잃고 좌절과 우울의 나락으로 떨어지는 가장 큰 이유 중의 하나는 잘못된 결혼, 즉 결혼의 실패라는 말이 있다. 불행한 결혼으로 고뇌하는 회사 중역보다는 행복한 결혼으로 만족하는 말단사원이 인생에서 더 성공했다고 말한다. 어깨엔 별을 몇 개 달았을지라도 좋은 결혼을 못한 장군은 웃음이 가득한 직업하사관보다 더 성공했다고 말할 수는 없을 것이다. 한국교육의 한 가지 모순 중의 하나는 대학진학 자체에 대해서는 기를 쓰고 매달리면서 어떻게 하면 행복한 결혼을 하고 행복하게 사는가는 별로 가르치지 않는다는 것이다.

나에게 가장 귀중한 시간, 가장 중요한 사람, 가장 행복한 만남은 무엇인가? 현재 지금 이 시간과 이 시간에 만나는 그 사람에게 최선을 다하여 정성을 쏟을 때 우리는 여기에서 행복해 질 것이다.

결혼문제에 대해 우리보다 일찍 문제의식을 가졌던 미국에서는 이런 측면에서의 결혼에 대한 연구가 상당히 활발하게 이뤄지고 있다. 이미 고등학교에서 "결혼과 인생"이라는 과목을 교과목으로 채택하여 청첩장보내기와 결혼식예행연습까지 가르치는 실제적인 교육프로그램을 진행 하고 있다. 특히 결혼을 앞둔 남녀들에게 결혼에 대해 보다 현실적인 면을 적극적으로 교육시키고 있다. 솔고든Sol Gordon박사가 어느 유명인사 못지않게 사회적으로 존경을 받고 있음은 이러한 사회적 배경에 기인하고 있다. 고든 박사는 평생 동안 어떤 부부들이 행복하며, 행복한 부부의 특징이 무엇이며, 행복한 결혼을 위한 준비는 어떻게 하며, 행복한 가정의 의사소통을 위한 시금석이 무엇인지에 대하여 평생 동안 심층 연구한 심리학자이다. 뉴욕주 북부 시큐라스대학교의 가족관계와 교육을 위한 연구소소장을 역임하였으며, 가족학 교수였던 그는 영국 런던대학에서 철학박사학위를 받은 가족상담학의 저명한 학자이기도 하다. 그가 평생 행복한 부부들을 조사연구하고 발표한 결혼의 10대 법칙은 결혼을 앞둔 남녀라면 한번쯤은 살펴볼 필요가 있다.

우리나라도 2005년 1월1일부터 가정의 중요성을 인식 "건강가정사"를 국가공인자격으로 배출하기 위한 법제화를 마치고 시행 중에 있다. 그러나 관계법령의 미비점 등으로 재검토 중에 있지만 조만간 어떤 형태로든 건강 가정에 대한 업무가 사회복지적 차원에서 시행될 것이 확실하다.

물론 많은 젊은이들이 서로 사랑하기 때문에 이러한 인위적인 공식이나 원리적인 건강가정에 대한 지식이 무엇 때문에 필요한가를 반문할 수도 있다. 하지만 이것은 행복한 결혼생활을 위하여 우리들이 재점검 해보아야 할 중요한 문제다. 따라서 고든박사가 가족관계에 대하여 저술한 15권의 책 중에 가장 최근에 쓴 《왜 사랑만으로는 충분하지 못하는가Why Love is not Enough》는 바로 그런 주장에 대한 이해를 돕기에 충분하리라고 본다. 연애와 결혼은 분명 차이가 있다. 결혼은 인간의 기본적인 생활을 포함하고 있기 때문이다. 어느 카페에서 분위기에 취해 낭만적인 연출을 하면서 서로 눈빛을 마주하는 사랑의 로맨틱한 분위기가 전부가 아니라 삶은 현실이다. 인생전반에 걸쳐 죽는 그날까지 함께 같이할 인생 전반의 동반자와 가족이 필요하다.

고든 박사는 결혼이 사랑만으로 충분하지 않다고 지적하면서 행복한 결혼을 위한 9가지의 법칙을 다음과 같이 강조하고 있다.

첫 번째는 친밀성intimacy이다. 이것은 우리말로는 정감이라고도 하는데 매우 아름답고 따뜻한 말이다. 이것은 사랑이나 애정이라는 말보다 더 구체적 표현이다. 친밀한 관계를 형성하기 위해서는 무엇보다도 관심을 가지고 그의 장점을 발견하고 위로하면서 서로가 의지하고 믿는 마음의 자세가 매우 중요하다. 의지하고자함 속에서 친밀감이 싹트고 서로 돕고자 하는 마음속에서 정감이 넘치게 된다.

두 번째는 정직한 대화honest communication이다. 서로가 가슴을 열고 대화할 때 그들의 관계는 흔들리지 않는 믿음의 관계로 형성된다. 그러나 상대방의 이야기를 경청하지 않거나 자신의 문제점을 말하지 않고 혼자서만 그것을 해결코자 하면 문제가 시작된다.

언제나 시도때도 없는 다툼의 관계도 문제이지만 더 큰 문제는 대화가 없는 상태이다. 특히 대화가 단절되면 그것은 이미 두 사람을 관계 맺도록 연결시키고 있는 애정의 고리가 단절되어짐을 의미한다. 그것을 치유하지 못하면 이내 끊어져버리고 말게 된다.

세 번째는 인생의 사명과 목적에 대한 공통적 생각a common sense of mission and purpose이다. 같은 생각을 공유함은 매우 중요하다. 대개의 남자는 남을 돕고 위하는 것에 삶의 의미가 있다고 생각하고, 여자는 다른데 보다는 자신과 가족을 위하여 사는 것이 인생의 의미라고 생각하고 있다. 그러므로 두 사람의 공통된 관심사는 상반될 수도 있다. 남자가 월급을 받아 상당부분을 마음대로 고아원에 기부했을 때 여자는 그것을 대견하다고 생각하기보다는 자신을 무시하였다고 생각하면서 화를 참치 못해 분노가 치밀어 오를 수도 있다. 그러므로 좋은 결혼생활이 영위되도록 서로 배려하고 같은 인생의 목표를 세우고 나아가야 할 것이다. 서로의 취미생활은 다를 수가 있지만 인생의 포괄적인 목적과 목표의식은 어느 정도 비슷한 꿈을 지녀야 행복해진다. 부부가 같은 이상과 꿈을 가져라.

네 번째는 동등성equality이다. 요즘 부인을 떠받드는 공처가 또는 경처가라는 말이 나올 정도로 여자의 위상이 높아졌다고 하지만 아직까지는 상당수의 가정에서는 남성위주로 동등성을 찾아볼 수가 없다. 여자에게 잡혀서 숨을 죽이고 사는 남자가 있는가하면, 여자를 종처럼 취급하는 남편도 있다. 직업레저, 자녀양육, 라이프스타일에 대하여 한사람이 일방적으로 주장을 내세우는 것이 아니라 부부가 동등한 정도의 목소리를 내는 것은 행복한 결혼의 법칙이다.

다섯 번째는 모험심sense of adventure이다. 이것은 여행적인 모험을 의미하는 것이 아니라 두 사람 간의 관계에 대한 모험적인 마음을 말한다. 즉 신뢰에 대한 모험보다 무엇인가 인생의 목표를 달성하기 위해서 서로가 조화와 균형을 유지·증진키 위한 노력의 일환으로 하는 모험, 일에 대한 모험, 서로에 대한 모험 등이 있다. 결혼하여 부부가 살아가지만 이것도 아니고 저것도 아니면 안 된다. 부부에 대한 모험은 서로 느낌도 좋고 서로 감동하며 서로 흥분되는 마음을 가지도록 매사를 운영하여야 한다. 감격도 감흥도 없고 부부가 별로 새로운 것이 없는 일상의 변화가 없는 그저 그러한 생활이라면 무의미한 삶이 된다. 가끔 손을 잡고 강변이나 공원을 산책하거나 비록 여유가 없더라도 촛불을 켜고 커피 한잔의 운치가 있는 노력 등이 필요하다.

여섯 번째는 경험의 나눔shared experience이다. 부부로 살아가면서 당면하는 다양한 문제와 이슈에 대하여 대화를 나누면서 서로 의논하는 것을 말한다. 상대방의 경험을 존중하고 상대방의 경험을 귀하게 여기는 열린 마음이 중요하다.

일곱 번째는 상대의 감정과 꿈을 존중하는 것respect of the other person's feelings and wishes이다. 자신의 감정이 중요한 것처럼 상대의 감정도 중요하다. 자신의 집념과 꿈이 중요한 것처럼 상대의 꿈과 여망 또한 중요하다. 비록 자신의 감정이나 입맛에 맞지 않는다고 해도 상대방의 정서와 꿈을 존중하는 것이 행복한 결혼생활의 비결 중 하나이다.

여덟 번째는 애정paasion인데 정신적인 것과 육체적인 사랑을 의미한다. 애정은 육체적 관계를 포함하고 있지만 이것에 국한된 것은 아니다. 즉 다정한 말 한마디의 애정 넘치는 포옹 하나라도 성관계 이상의 애정이라고 할 수 있다. 아침의 분주한 출근길에 나누는 몇 마디의 다정한 말, 바쁜 일과에서도 상대를 찾는 정겨운

전화 하나가 이런 모든 곳에 사랑이 있다. 얼마 전 미국의 이름난 여성지에서 독자들의 애정관을 조사한 적이 있다. 즉 매력적이고 끝내는 정력이 있지만 따뜻함이 결여된 인정머리 없는 남자와 비록 그렇게 끝내주는 성적파워는 없지만 매사에 다정하고 상대를 우선하는 따뜻한 마음씨의 남자 중 어느 남자와 결혼하겠느냐는 질문이었다. 이 설문조사에서 후자를 선택한사람이 압도적으로 많았다. 특히 기혼자는 거의 후자를 선택했다. 이것은 바로 사랑이 이불속에서만 있는 것이 아니라는 것을 말해주는 것이다.

아홉 번째는 가사일의 분담sharing in domestic duties이다. 부부가 함께 직장에 다닐 경우 집안일은 여자의 일만은 아니다. 즉 밥을 짓는 것을 여자가 한다면 설거지나 혹은 쓰레기를 버리는 일 등은 남자가 해야 한다. 남자는 손끝하나도 까딱하지 않고 여자가 집안일을 하던 시대는 이미 지났다. 이젠 집안일도 분담하는 시대를 맞이한 것이다.

캐나다의 브라이언 멀루니 전 수상은 국회에서 아기의 기저귀 갈이는 자신의 몫이라고 말한 적이 있다. 서방세계에서 가장 큰 나라의 수상이라고 집안일을 하지 않는 것은 아니다. 아무리 지체 높은 고관대작이라 해도 집에 오면 빗자루를 들고 앞치마를 두르고 설거지를 하고 집안일에 관심을 두어야 한다.

위에 언급한 고든박사의 법칙 중에 행복한 결혼을 위한 필수조건으로 빠진 것이 무엇일까? 분명히 돈이라고 생각하는 사람이 있을 것이다. 그리스의 선박 왕으로 억만장자였던 오나시스는 남자의 성공이란 자신이 사랑하는 여인이 쓸 수 있는 양보다 더 많은 돈을 버는 것이라고 말했다. 요즘 같은 물질시대에 행복은 경제력과 관련 있다고 생각하는 사람들은 오나시스같은 남자를 원할 것이다. 그래서 그는 재클린을 아내로 맞이할 수 있었을 것이라고 생각할 것이다. 하지만 고든박사는 그의 10대 필수조건에 돈 즉 경제력을 포함시키지 않았다. 그는 혹시 돈이나 경제력을 포함시킨다면 열 번째 이후에 자리를 차지할 것이라고 말했다.

고든박사는 행복한 결혼생활의 제2대 필수조건을 유머감각a sense of hemor으로 보았다. 만일 남자나 여자가 유머감각을 개발하지 못한다면 아이를 양육할 계획을 갖지 말라고 그는 강조하였다. 이것은 서양속담 '웃을 줄 모르는 사람은 아이를 낳지 말라'는 오래된 서양속담이다. 웃음은 자녀를 키울 때 없어서는 안 될 필수기술compulsory skill이라고 본다. 웃음 역시 우리의 육체에서 병을 고치고 스트레스를 해소하는 치유제일뿐만 아니라 결혼생활에서도 없어서는 안 되는 필수적요소라는 것을 고돈박사의 10대 법칙에서 엿볼 수 있다. 웃음은 학벌이나 경제력 그리고 명예보다, 심지어 인삼과 녹용에 굼벵이로 무장한 성적능력보다 더 중요하다는 것을 알아야 한다.

웃음과 유머가 결혼 생할에 필수적이라는 얘기는 고든박사의 주장만이 아니다. 미국 샌프라시스코에서 활동하는 심리학자 주디 스왈러스테인Judith S.Wallerstein도 행복한 결혼에 대한 9대 필수요소를 지적하면서 유모와 웃음을 들었다. 유머와 웃음이 없으면 결혼생활에 소외와 권태가 온다고 말하면서 매일 웃음을 개발하는 부단한 노력을 기울여야 한다고 주장했다.

개인의 행복을 위하여 필요한 것을 10가지를 찾아보면 신앙생활, 가정의 화목, 건강의 유지, 재산의 증식, 긍정적 사고, 원만한 인간관계, 배우자 선택, 자식의 출세, 직장에서 승진, 친구와의 만남 등이다.

돈으로 행복을 살 수 있는가? 돈은 전부가 아니며, 보다 인간 다운 만남 이것이 매우 중요하다.

제5장

세계의 웃음클럽

우리가 어떠한 이유도 없이 공공장소에서 웃는다는 것은 많은 사람들에게 이상하게 보일 것이다. 다수의 사람들이 이웃빌딩의 발코니나 길가에서 혹은 우리를 지나치면서 관심있게 바라보곤 했다. 처음 사람들은 웃는 우리들을 보고 한편으론 즐거워했고 한편으론 놀라워했다. 그들은 마음속으로 '어떻게 저들은 아무런 이유 없이 공공장소에서 웃을 수 있는가?'였을 것이다. 공원주변에 살고 있는 몇몇 사람들은 웃으면서 일어나는 사람들에게 이와 같은 의심을 품었다. 길가에서 바라보는 사람들 중에는 우리 가까이에서 즐겁게 우리를 바라 보고 있었다. 우리들은 그런 사람들에게 "호호 하하하" 소리로 대답한다. 그러면 우리를 피해서 지나간다. 승객을 태우지 않은 택시운전사들은 잠시 동안 차를 멈췄다가 얼굴에 미소를 띠우면서 지나가기도 한다. 심지어 버스운전사들도 웃음 치료를 흘끗흘끗 쳐다보며 천천히 지나간다. 이와 반대로 눈썹을 치켜 올리며 우리를 비아냥 거리면서 우리가 에너지를 낭비하고 다른 사람을 방해한다고 생각하는 사람들도 있다. 그들의 몇몇은 빈정거리며 지나가기도 했다.

그럼에도 우리는 웃음치료를 중단할 수 없다. 우리는 웃어야 할 책임과 의무를 지니고 있다.

1. 웃음클럽인터내셔널

뭄바이(봄베이)에 새벽 6시가 되면 집근처 가까운 공터에 사람들이 모이기 시작한다. 처음에는 손을 머리 위로 올려 간단한 요가의 기본동작을 하면서 운동한다. 헬퍼helper라는 지도자의 인도로 자발적인 아침운동을 한다. 그리고 미소smile를 시작으로 낄낄웃음giggle, 깔깔 웃음sniggering에 이어 배꼽을 잡는 웃음laughter 등으로 카타리나박사가 창안한 웃음동작들이 운동으로 전개된다.

새벽길을 깨우며 하루를 기쁨으로 열어가는 사람들이 천진난만한 어린이가 되어 이유 없는 웃음을 웃는 사람들, 이들은 웃음의 철학과 원리를 가지고 있다. 특히 이유 없는 가식적인 웃음이 자연적인 웃음과 동일한 효과가 있음을 임상결과로 연구된 사실을 인지하고 열심히 웃고 웃는다.

이것이 바로 웃음클럽인터내셔널이다. 건강을 위해 모인 스포츠클럽이지만 체육관도 사우나장에서도 찾아볼 수 없는 클럽이다. 돈이 들지 않고 누구나 자연스럽게 참여할 수 있도록 기회를 넓혀 함께하는 사랑을 실천하는 믿음의 공동체이다. 웃음은 건강과 밀접한 관계가 있다는 의학적인 이론에 근거하여 1995년에 설립된 이 클럽은 시작한지 1년 만에 뭄바이 등지에서 50여 곳으로 웃음클럽이 확산되었다.

웃음클럽인터내셔널은 뭄바이의 의사 마단 카타리나박사가 창안한 것으로 처음에 이 클럽을 시작할 때는 마단박사와 4명의 회원 등 모두 5명뿐이었다. 신문이나 방송들이 이 클럽을 혹평하였지만 1주일도 되지 않아 100명의 회원으로 증가하였고 1개월이 지났을 때는 수천 명으로 늘어났다. 그리고 이 클럽은 뭄바이를 중심으로 전 인도지역으로 확산되었다.

왜 이 웃음운동이 불처럼 퍼져가고 있는가? 여기에는 보통사람들이 받아들일 수밖에 없는 이유 없는 웃음을 만드는 몇 가지 원인이 있다.

- 역사적으로 웃음은 보통사람들에 의해 조직화되고 실행되었다. 이것은 스트레스로부터 즉시 긴장을 완화해주고 널리 정신질환에 유익했다.

- 모든 사람들이 웃음이 최고의 약이라는 것을 알았다. 그렇다면 그들의 생활에 어떻게 더 많은 웃음을 끌어들일 수 있을까? 해답을 알고 있는 사람은 아무도 없다. 유머나 농담은 우리를 웃게 만드는데 충분한 작용을 하지 못한다. 사람들은 유머감각으로 지루하지 않고 웃을 수 있는 광장에 대해 강한 필요성을 느꼈다. 또 사람들은 웃음을 실행할 수 있는 광장을 찾았다. 나는 사람들이 웃음클럽에서 그들이 원하는 모든 것을 발견했다고 생각한다. 그들은 자신들이 웃기 원하기 때문에 웃고 그들의 생을 경축하고 즐거워한다.

- 이유 없이 웃는다는 생각은 언어의 장벽 없이 전 세계 사람을 만난다는 것과 같다.

- 웃음클럽은 웃음에 대해 얘기하기보다는 실제적으로 웃음을 실행하는 광장이다. 모든 사람들이 자신들을 웃게 만드는 누군가를 찾기보다는 스스로 웃음을 찾는다.

- 이것은 사람들이 서로 우정을 촉진하고 사회적으로 접촉하는 광장이다. 즉 많은 사람들이 그들의 우울함과 고독함을 극복하는 것을 도와준다.

- 웃음클럽의 유일한 특징은 멤버들이 자유롭다는 것이다. 이 웃음클럽은 비정치적, 비종교적, 비영리적인 사회운동이다. 그리고 웃음클럽은 정기적인 회비가 없으며 자생적으로 출발하기에 시작이 탄탄했다.

　재미있는 것은 이 클럽 내에서는 농담을 말하는 것이 금지되어 있다는 사실이다. 스마일을 금지하지만 작은 웃음으로 시작해서 큰 웃음으로 퍼지며, 머리로 웃으면 이것 또한 스트레스를 주게 되고 유머는 또 다른 유머를 만들어 간다. 웃는 웃음과 유머와 위트는 자주 들으면 웃지 않게 되기 때문에 다른 유머를 창출해야 하는 부담은 있지만, 그냥 이유 없이 웃는 웃음은 우리를 무의미 속에서 의미를 찾게 하고 새로운 도전을 하게 만든다. 처음에는 이 클럽도 농담을 나누었다. 하지만 곧 문제가 대두되었다. 즉 상당수의 농담이 다른 사람들의 마음에 상처를 주면서 상한 감정이 되어 사람을 해치는 것이었다. 또한 품위를 상하게 하기도 했다. 더구나 매일 아침 농담을 나누기에는 그렇게 웃기는 이야기가 많지가 않았다. 그래서 이 클럽은 인조웃음을 웃기 시작했다. 다시 말해 거짓웃음을 말한다. 이렇게 시작하면 곧이어 자연적인 웃음이 가슴 속에서 저절로 터져 나와 온통 배꼽 잡는 웃음으로 연결된다.
　이 클럽을 창설한 카타리나박사는 부부가 함께 공동 설립하여 대게 부부공동으로 프로그램을 운영한다. 필자도 한국의 전통적인 문화 속에서 있었던 웃음 즉, 수 세기 동안 익히 잘 알려진 것을 웃음생활을 실천, 웃음 운동을 전 국민들에게 확산 시키고자 한다. 웃음은 사람을 기분 좋게 하고, 그래서 긴장을 풀어주고 수줍음을 없애주고 우울증을 막아준다. 하지만 그 유익은 여기서 끝나지 않는다. 과학적인 연구에 의하면 하루에 한두 차례 배꼽을 잡고 웃으면 몸과 마음의 건강에 지대한 효과가 있다고 했다.

이에 따라 한국에서는 대체의학케어복지학회를 중심으로 심신의학을 연구하고 웃음의 철학과 원리를 한국 실정에 맞도록 프로그램을 개발하고 접목시키고자 한다. 필자는 수천 년 동안 인간에게 건강을 주었던 웃음이 이제 와서 새로운 건강치료제로 각광을 받도록 하겠다는 결심을 하면서 웃음치유 부부세미나를 합숙 훈련프로그램으로 운영하고자 계획을 세우고 진행하고 있다. 현재는 수동요양병원(이사장 손의섭)에서 이 프로그램을 운영하고 있으며 주관은 한국대체의학케어복지학회가 주체는 한국복지문화교육원이 역할을 담당하고 '건강한 가정공동체(대표 류종훈교수, 공동대표 정상문교수와 손의섭교수)운동'을 전개하고 있다.

1995년 3월 단 5명으로 시작한 웃음클럽은 전 세계로 퍼져나가고 있는데, 현재 인도, 오스트레일리아, 덴마크, 스웨덴, 노르웨이, 독일, 프랑스, 스위스, 이탈리아, 싱가포르, 말레이시아 두바이 등을 포함해 여러 나라에서 1,200개 이상의 웃음클럽이 있다.

뭄바이 교외의 조그만 사무실에서 시작한 이 운동은 이제 카타리나박사 개인의 소유물이 아닌 우리 모두의 것이 되도록 공헌한 그에게 박수를 보내고자 한다. 이 웃음클럽인터내셔널이 인도의 국경을 넘어 세계적으로 확장되면서, 최근에는 유럽과 미국에서 이 웃음클럽을 결성하기 위해 활발하게 움직이고 있다. 한국에서도 최초로 웃음치유지도자교육을 실시한 한국대체의학케어복지학회 주관으로 류종훈, 정상문, 손의섭 등 15명이 지도자교육을 마치고 국제자격증을 한국1호로 취득했으며 한국본부가 설립되도록 아낌없이 노력하고 있다. 카타리나박사는 외국에서도 이 클럽이 쉽게 운영될 수 있도록 최선을 다하고 있다. 엉뚱한 생각으로 우스꽝스런 일을 한다고 혹평했던 뭄바이의 언론들도 이제는 적극적으로 참여하고 있다.

한국에서도 2004년 11월 SBS에서 인도의 이 클럽을 방문 취재하여 방송했으며, 이후 KBS도 관심을 보이고 있다. 지금 우리나라 국민들은 여러 가지 어려운 경제여건 속에서 기쁨을 상실한 후 죽겠다며 한숨을 짓는 경우가 많은 것 같다. 따라서 전 국민이 함께 웃을 수 있는 웃음을 위해 국민적 사회운동으로 보급하여 건강한 가정과 행복한 세상을 만들어가고자 한다.

지난 기억을 더듬어보면 마단 카타리나박사는 어떻게 즐겁게 웃음클럽을 시작했는지에 대해 회상하면서 우리 한국의 웃음클럽 지도자들에게 빠짐없이 들려주었다. 그리고 그것이 그렇게 큰 운동이 되리라는 것을 꿈꿔본 적이 없다고 했다. 처음 시작할 때 어려움이 많았는데, 그것은 사람들이 가입할지 어쩔지를 망설였다고 한다. 그는 첫 번째 과제로 웃음클럽을 처음 시작했던 뭄바이 Mumbai의 광장에서 몇몇 대표자가 모이는 것이었다. 그들은 그것이 시민들에게 폐가되고 소음공해가 될 것이라고 생각하고 카타리나박사에게 웃음클럽을 계속하지 말라고 충고했다. 그럼에도 불구하고 그는 집요한 마음으로 동요하는 사람들에게 다가갔다. 처음에는 단지 15~20명에 불과하던 사람들이 지금은 매일 약 300~400명이나 된다. 그들이 웃음치료 후에 전인적 웰빙과 감각을 느끼기 시작하자 더욱 많은 사람들이 계속 모여들게 되었다. 더욱 박차를 가하면서 몇몇 부인이 참여하면서 사람 수가 점점 불어났던 것이다. 처음 우리는 농담으로 웃었다. 그러나 시간이 조금 지나자 웃음을 자극하는 여러 요소를 농담 없이 웃는 기술을 배웠다.

2. 미합중국의 웃음클럽

웃음치료의 접목은 미국이 세계 최초로 임상실험하여 성공한 나라이다. 웃음클럽에 있어서도 처음 시작한 인도를 제외한 최초의 나라다. 웃음클럽운동의 수뇌는 심리학자인 스티브 윌슨이었다. 그는 이미 《유머 적극적 활동요법》 등등 여러 권의 책을 썼다.윌슨 박사가 인도에 있는 웃음클럽에 대해 LA타임지에 게재할 원고에 대해 아버지로부터 팩스를 받았을 당시인 1998년 인도여행을 계획하였다. 그는 팩스로 카타리나박사를 만나 이야기하고 싶다고 했다. 그들은 육체적·정신적·정서적 영혼을 치료하는 웃음의 파워에 대하여 서로가 정보를 주며 형제처럼 관계를 맺었다.

윌슨 박사는 뭄바이에 있는 카타리나박사를 만났고 그들은 웃음에 관한 많은 이야기를 했다. 카타리나박사는 뭄바이에 있는 웃음클럽에 그를 데려갔고 그것이 윌슨 박사에겐 상쾌한 경험이었다. 그는 카타리나박사에게 미국을 방문해야한다고 했다. 드디어 1999년 5월 윌슨 박사와 함께 마라톤 웃음여행을 시작했다. 한 달반 동안 그들은 14개 도시를 방문했고 25개 세미나를 개최했다. 미국사람들은 새 아이디어를 좋아했고 신문과 잡지와 라디오와 TV에 많은 기사가 실렸다. 카타리나박사는 윌슨의 방문자가 되었으며 항상 그의 곁에 있는 윌슨 박사의 아내 판Pan은 강한 지지자였다. 미국에서의 첫 웃음클럽은 오하이오의 YMCA에서 제니 러셀Jenny Reusser에 의해 설립되었다. 웃음클럽치료는 케톤

Canton에 설립되었으며 같은 도시의 초등학교에서도 설립되었다. 윌슨 박사와 그의 아내 판은 웃음지도자를 훈련시키는 몇 개의 프로그램을 만들었다. 윌슨 박사는 또한 캐나다와 유럽 오스트레일리아로부터 운동을 멀리 전파하는 것을 도와줄 수많은 웃음지도자를 훈련시켰다.

미국의 웃음클럽에 대한 많은 정보는 www.worldlaughterour.com 을 이용하면 된다.

---

3. 미국 캐롤라이나 주 하하Carolina HAHA클럽

캐롤라이나 주의 하하Carolina HAHA클럽은 캐롤라이나 주의 건강유머재단Health & Humor Foundation의 준말이다. 이 재단은 1986년 웃음의 치유적 능력을 소개하기 위해 듀크대학교 의료원 부설로 설립된 교육재단이다. 이 재단은 초기에 '듀크 유머 프로젝트'라는 웃음치료프로그램을 제작하여 암 환자들에게 웃음을 선물하는 일로 국한시키고 있었는데, 지금은 학교·지역사회·각급회사·가정 특히 개인에게까지 그 영역을 점점 넓혀나가면서 웃음이 건강을 준다는 점을 다양하게 교육시키고 있다.

특히 이 재단은 미국에서 최초로 '공인 유머강사 교육과정'을 신설하여 자격증을 받을 수 있도록 특별교육과정을 운영, 웃음의 전달자들을 양성하고 있다. 이 재단을 통하여 취득한 자격증 소지자들은 여러 분야에서 성공적으로 활동하고 있으며, 그 활약은 대단하고 광범위한 역할을 감당하고 있다. 또한 '웃음수레Laugh Mobile' 라고 부르는 웃음을 불러일으키는 물품을 이벤트 기획으로 가득 실은 실내용 카터를 제작하여 미국전역 및 세계 각국에 홍보 판매하고 있다. 이 수레에는 각종 재미있는 인형·요요·물총·카드·책·그림·사진 등 저절로 웃음을 자아내게 하는 각종 물건들이 구색을 갖추고 있다. 또한 병원의 각 병실을 심방하면서 환자들이 자유롭게 사용하고 웃음치료를 통하여 즐거운 시간을 보내도록 하고 있다.

우리나라에서도 사단법인 한국복지문화교육원을 통하거나 지정된 공식적인 교육기관인 한국대체의학복지아카데미에서 실시하는 교육훈련의 프로그램에 참여하면 된다. 이에 6개월 기본입문과정을 이수한 사람들에게 소정의 절차를 거쳐 사단법인 민간자격증인 '웃음건강치유사' 자격증을 수여하고 있다. 전문가 과정인 대학원연구과정(1년)을 이수하면 '웃음치유지도사' 자격증을 민간 자격으로 수여하고 있다. 자세한 내용은 홈페이지 **www.careok.org**를 참고하면 된다. 우리나라는 한국웃음치료협회와 한국웃음치유학회가 있는데, 현재 한국웃음치료협회에서는 민간자격으로 웃음치료사를 배출하고 있으며, 웃음치료 전문교육기관으로는 한국복지문화교육원과 한국대체의학복지아카데미, 한국레크레이션교육센터 등이 있다.

4. 미국의 플로리다 주 유머웍스HumorWorks

　미국의 저명한 웃음컨설턴트 존 모리얼박사가 플로리다 주 템 플테라스에서 운영하고 있는 유머웍스HumorWorks는 주로 대기업체 에서 웃음의 경영학적 적용을 교육하는 기업형 전문연수기관이 다. 이 기관의 웃음치료 교육프로그램에는 컴퓨터회사인 IBM과 제록스 그리고 미연방 국세청 등이 연수교육을 하고 있으며, 웃음 은 문제해결과 직장에서의 스트레스해소에 지대한 효과가 있음을 입증 받았다. 더 나아가 홍보전략 수립에도 도움을 주고 마케팅에 서의 고객서비스와 신규거래처 개설에 매우 효과적이라는 것을 가르치고 있다. 교육연수과정의 프로그램을 소개하면 다음과 같 다.

　첫째, 웃음은 문제해결을 위한 아이디어 창출에 효과가 있다.
　둘째, 직장생활에서 스트레스를 해소하여 생산성 증대에 도움을
　　　　준다.
　셋째, 몸과 마음(심신단련)을 단련하고 인화단결 및 건강증진에
　　　　효과가 있다.
　넷째, 마케팅 전략수립과 고객과의 인간관계 증진 및 신규고객
　　　　개발에 유용 등이다.

5. 일본 토요타회사 지원 코미디페스티벌

　뉴욕의 롱아일랜드 유태인 병원에서 1995년 6월부터 시작된

웃음치료인데, 이 웃음잔치는 일본 토요타자동차회사의 후원을 받아 뉴욕을 중심으로 9개 병원에서 각종 웃음이벤트를 특화시켜 치료를 병행하는 것을 말한다. 이 프로그램에 참여한 코미디언 앨런 킹Allan king은 "웃음은 두말할 나위 없이 환자들의 치유를 돕는 절대적인 치료제다"라고 강조하였다. 그는 병실을 돌면서 환자들에게 웃음을 선사하는 그 자체만으로도 그 어떤 진통제보다 더 뛰어난 진통효과를 가져온다고 말하고 있다. 지금 이 웃음잔치는 미국전역 600개 병원으로 위성중계 되고 있을 정도로 폭발적인 인기를 누리고 있다. 실시간 위성중계를 통해 생방송으로 중계되고 있으며 많은 환자들이 웃음을 통해 치료를 받고 있다.

6. 독일의 웃음클럽

1998년 3월 웨이스바덴Wiesbaden에서 헨즈 토브레Henz Tobler라는 남성이 웃음클럽에 대해 알기 위하여 뭄바이로 왔다. 그는 뭄바이에 있는 여러 웃음클럽을 방문하고 웃음 요가운동을 배웠다. 더구나 카타리나박사에게 독일의 수많은 사람들이 신문이나 잡지를 통해 인도의 웃음클럽에 대해 읽고 있다고 했다. 1998년 10월 그는 스위스 바젤basel에서 개최했던 유머협회에서 웃음요가의 몇 가지 기술을 발표했다. 바젤회의에는 세계 각국에서 600명이 넘는 사람들이 참가했다. 그러나 대부분 스위스와 독일에서 참가했다. 이것은 독일의 웃음클럽이 널리 확산되는데 많은 도움이 되었다. 그 회의에서 카타리나박사는 여러 해 동안 웃음과 유머에 관해 연구해 온 저명한 심리학자 미첼 티츠Micheal Titze를 만날 수 있는 특권을 누렸다. 그들은 서로의 생각을 나눴으며 그들은 웃음클럽의 철학적 근거를 인정했다. 또한 카타리나박사는 웨이스바덴Wiesbaden에서 온 사업가이자 자선가인 미첼 버저Micheal Burger를 만날 기회도 가졌다. 그들은 카타리나박사의 웃음과 유머에 대한 그의 사랑과 정열에 깊은 감동을 받았다. 그는 30~35명으로 구성된 웃음 워크숍에 이틀에 한번씩 카타리나박사를 초대했다. 이 워크숍은 웃음과 유머활동을 증진시키기 위해 사용되기도 하는 유머교회라 불리는 교회에서 개최되었다. 이 그룹에서 구두라 전커Gudula Junker라는 부인이 웃음리더로 있으며 웨이스바덴Wiesbaden 웃음클럽이 시작되었다.

*독일에서 세계 웃음의 날 기념

2001년 5월에 베를린에 있는 알렉산더광장에서 세계 웃음의 날을 기념하였다. 나쁜 날씨임에도 불구하고 수백 명의 사람들이 기념식에 참가하기 위해 모여들었다. 2002년 5월엔 유머협회가 스튜가트Stuttgart에서 조직되었다. 이때 2,000명 이상이 참석했으며 회의동안에 웃음클럽은 하이라이트가 되었다. 제6회 세계 웃음의 날에 독일 전 지역에서 많은 웃음클럽 회원들이 참석했다. 카타리나박사는 독일의 다른 도시엔 가지 않았지만 전국에 35개 이상의 웃음클럽이 있음을 알고 있었다. 카타리나박사는 웃음지도자들로부터 E-mail을 받았다. 그리고 언젠가는 그들이 활동하고 있는 웃음클럽을 방문할 계획이라고 하였다.

7. 덴마크 웃음클럽

덴마크 웃음클럽의 주창자인 잔 디게센 폴센Jan Thygesen Poulsen
은 세계평화를 위해 수천 명의 웃음회원이 있는 뭄바이에서 세계
웃음의 날 기념에 관한 기사를 1998년 데니쉬 신문에서 보았다.
그는 E-mail로 카타리나박사에게 연락했으며 코펜하겐에서 수천
명이 모여 큰 이벤트를 열고 싶다고 했다. 2000년 1월 잔은 혼
자 시청Town Hall광장에 1만여 명을 모았고 그들과 함께 웃었다.
그는 이와 같은 대성공을 거둔 후에 덴마크 전국에 웃음운동을
리드하겠다고 결심했다. 카타리나박사는 프로그램을 훈련시키기
위해 여러 차례 코펜하겐을 방문했다. 그때 카타리나박사는 덴마
크사람들이 웃음에 익숙함을 발견했다.

8. 노르웨이의 웃음클럽

1999년 4월 그는 스위스 취리히로 가는 비행기 안에서 기내
잡지를 읽고 있었다. 그 잡지에는 인도사람 수천 명이 웃고 있는
사진이 실려 있었다. 따라서 큰 관심을 가지고 기사를 읽으면서
웃음클럽지도자를 만나야겠다는 강한 느낌을 받았다. 노르웨이로
돌아와서 카타리나박사에게 메일을 보냈다. 그는 환영한다는 회답
을 받고 2주 후에 뭄바이에 도착했다. 웃음클럽회원들과의 만남
은 특별하고도 적극적이었다.

오늘날 우리는 전 세계에 150명 이상의 확실한 웃음지도자를
두게 되었다. 그리고 그들은 여러 면에서 웃음운동을 벌이고 있

다. 그들은 노르웨이에 두개의 커다란 웃음클럽과 도시 주변에 몇 개의 작은 클럽을 가지고 있다. 또 여러 종류의 웃음클럽이 있다. 석유회사·유치원·어린이학생·의사·간호원·죄수·종교인 등 등…. 이중에서 내가 가장 기억하는 것은 오슬로에 있는 홀멘코렌 –자스잔센HolmenKollen-Jasjansen이다. 2000년 6월25일 일요일에 그 들은 10,400명의 사람들과 제1회 웃음의 날을 경축했다. 그는 웃음을 통해 세계평화를 창조하려는 카타리나박사를 여러 방법으로 지원하고 있다. 이것은 단지 시작일 뿐이다.

9. 프랑스의 웃음클럽

프랑스 전역의 신문과 잡지에 웃음클럽에 대한 많은 기사가 실 렸다. 카타리나박사는 프랑스에서 웃음클럽의 시작에 관심 있는 사람들로부터 많은 얘기를 들었다. 2002년 초에 물하우스Mulhouse 출신의 젊은 사업가 다니엘 케퍼Daniel Kiefer는 인도의 웃음클럽의 기록 영화를 보았다. 그는 힘을 내어 코펜하겐에서 열리는 워크숍 에 카타리나박사와 함께 참여했다. 그는 프랑스에서 가장 먼저 웃 음클럽을 시작했으며 2002년 5~6월에 두 차례의 워크숍을 조직 했다. 6월13일에는 '엔조이 스페셜Enjoy Special이라고 불리는 국영 방송의 가장 인기 있는 프로그램에 웃음클럽이 방송되었다. 이것 은 프랑스 전역에 웃음클럽에 대한 관심을 만들어냈다. 현재 다니 엘 케퍼Daniel Kiefer가 운영하는 물하우스Mulhouse에는 몇 개의 웃음 클럽이 있다.

10. 이탈리아의 웃음클럽

2001년 춥고 안개 낀 겨울 아침, 그가 밀라노에 도착했을 때 처음으로 인도의 마단 카타리나박사를 만났다. 그들은 E-mail을 주고받고 전화로 의견을 교환한 바 있다. 그들은 둘 다 서로가 무엇을 기대하고 있는지 전혀 모르는 상태에서 관심을 가졌다. 얼마 후 그는 인도에서 카타리나박사의 웃음활동에 관한 모든 것을 알게 되었다. 그러나 그의 사적인 것은 알 수가 없었다. 그는 200명이 참석한 세미나를 개최했으며 이틀간 40명의 참석자와 함께 TV인터뷰를 했다. 이탈리아인들은 많은 열정을 갖고 카타리나박사에 의해 만들어진 건강유지개념을 환영했다. 모든 행사, 즉 웃음치료가 감동적이었다. 그의 천식문제는 일주일 내에 사라졌고 특히 스트레스를 받지 말라고 했다. 그는 친구와 페니져에게 카타리나박사에 대해 처음 얘기했을 때를 기억한다. 그리고 즉각 감정이 변함을 그들의 눈에서 보았다. "어떻게 우리가 이유 없이 웃을 수 있습니까?"라고 그에게 물으면 미친 소리로 들린다고 했다. 카타리나박사는 2001년 11월 그가 웃음클럽을 시작한지 한 달 후 이탈리아로 왔다. 그는 너무 걱정스러웠다. 여러 번 자신에게 그렇게 불신자들 앞에서 과연 웃음에 관해 얘기하는 것이 옳은지를 물었다. 그러나 그는 웃음세미나를 준비하는 카타리나박사를 보았을 때, 대중과 얘기하는 것을 보았을 때, 그가 웃음의 철학과 중요성을 설명하는 것을 들었을 때, 그를 이탈리아로 초대한 것이 잘한 일이라는 것을 깨달았다. 2001년 10월에 그들은 이탈리아에서 웃음운동을 시작했다. 특히 밀라노에서 웃음클럽을 시작하기로 결심하고 모임을 성공시켰다. 그들은 한 달에 한 번씩 만났으며 모든 비용(장소임대료)을 나누었고 모임 때마다 함께 먹었다.

또한 각자가 음식과 음료를 가져왔다. 시실리 섬에서는 심리학자인 프란코 사이포Franco Scirpo가 카타리나박사의 웃음치료를 정신지체아동들에게 적용하면서 그들을 돕고 있다.

11. 오스트레일리아의 웃음클럽

오스트레일리아의 웃음클럽은 1990년대 말 마술가 아더래드Adelaide와 대중연설가 피터 사엘노Peter Salerno의 헌신으로 시작되었다. 피터는 오스트레일리아뿐 아니라 그가 웃음클럽의 설립을 원조해왔던 말레이시아까지도 웃음이 주는 건강유익을 선포해왔다. 웃음클럽의 개념이 오스트레일리아의 모든 주에 확산되었다. 이제 웃음클럽 퀸랜드Queensland, 뉴 사우스New South, 웰스Wales, 빅토리아Victoria까지도 설치되었다. 웃음클럽에 대한 오스트레일리아 사람들의 경험은 아직은 유년기이지만 태평양 지역을 통하여 미래에는 성장 할 것이다. 국영 TV프로그램 덕택에 일반대중들의 관심이 크게 늘었다. 대부분의 사람들이 질문했을 때 웃음클럽에 대해 들었다고 말했다. 지방의회와 헬스클럽은 많은 지도자들이 그들의 시간과 전문지식을 지원해주는 것을 열정적으로 받아들였다. 오스트레일리아의 여러 단체Mission Austrulia, The Schi Zophrenia Fellowship, 암 환자그룹, 여자건강센터, 고등학교, 기술대학 등 많은 조직체에서 그들이 고객에 대해 제공하는 프로그램에 웃음을 접목시켜 실천하고 있다.

　사회와 웃음을 동시에 엮는 실타래라고 묘사했던 웃음클럽은 오스트레일리아에서 많은 일을 하고 있으며 또한 재빨리 퍼져나가고 있다. 웃음요가 소개자로서 그의 경험은 시작일지라도 많은 사람들이 열정을 가지고 사회봉사활동은 하여 왔다고 믿는다.

　큔스랜드Queensland에서 웃음클럽을 운영하는 처음 3개월 동안 수천 명의 사람들을 웃음 치료를 통해 만났으며 24명을 훈련시켰다. 웃음클럽의 대중수용이 명백해졌고 무엇보다도 서로 사회적 세력을 얻는데 있어서 건강한 행복을 증진시키는 도구로써 그것들을 받아들이게 되었다. 그들은 미국 웃음클럽처럼 형식화되지 않았을지라도 인도의 웃음클럽처럼 크지 않다고 할지라도 그들의 열정은 결코 적지가 않다. 자연요법 실천자인 실레이 히크Shirley Hicks의 지도하에 있는 뉴 사우스 웰스The New South Wales클럽은 큔스랜드와 빅토리아Queensland & Victoria클럽보다 더 오래 존속되어 왔다.

　그러므로 지역적으로 그들의 목표는 웃음건강을 받아들이기 원하는 모든 사람들이 모두 이용할 수 있는 웃음클럽을 갖는 것이다. 신체적으로, 정신적으로, 정서적으로 웃음은 이전에 아팠던 사람들을 좋은 상태로 만든다. 골드 고스트Gold Goast에서 웃음클럽에 참석했던 한 부인은 폐를 이식수술 했었다. 그녀는 웃음으로 인해 빠른 회복건강증진 그리고 사람을 보는 적극적인 안목을 갖게 되었다.

　래드클맆Redcliffe클럽의 한 부인은 오랫동안 만성피로와 우울증을 앓아왔다. 그녀는 "영안실이 아닌 숨이 막히는 입원실 창밖에서 웃음을 통하여 살았다"고 자신을 묘사했다. 우리는 웃음을 통해 통합된 웃음천국의 미래를 바라본다. 그리고 웃음은 최고의 약품이란 웃음의 제안을 긴급히 받아들였다. 웃음에 관한 심리학자로서 잔 잎Doctor Jane Yip박사는 최근에 다음과 같이 진술했다. 우리는 모두 같은 방법으로 웃기 때문에 계급·성별·종족·정치적·종교적 우호관계의 무관심을 통합하는 평화로운 사회창조를 약속하는 계기가 되었다.

그들의 꿈은 머지않은 미래에 웃음치료가 불안감·통증·스트레스에 의한 병을 웃음으로 치료할 수 있는 건강의 타운을 조성하는 일이다. 그들은 또한 이 가치 있는 일들을 계속할 수 있도록 적절한 스폰서 찾기를 원한다.

12. 말레이시아의 웃음클럽

그들은 카타리나박사의 가족과 함께 시작하였던 웃음치료를 확장시켜 나가고 있다. 그래서 1999년 이래 웃음치료를 실행해오고 있다. 말레이시아인들이 전인적 웰빙을 위해 그들의 방법으로 웃는 것을 보고 싶었다. 웃음이란 전 인류를 활성화시키고 격려한다. 웃음은 단지 의사전달의 도구가 아니라 웃음은 마음과 몸의 적절한 스트레스를 완화시켜주는 장치이다. 동부와 서부를 결합시킨 전체론의 철학 뉴 에이지New age에서 모든 관계의 체계적 자각은 전 세계를 흔들고 있으며, 건강한 세상을 만들기 위해서 말레이시아의 한 분야를 움직이고 싶다. 웃음치료를 통하여 개인의 한계를 초월한 웃음심리학은 정신적 측면에서 동부의 철학적 이론과 서부의 심리학적 기술을 통합하게 될 것이다.

13. 웃음이 절로 나오는 병원?

《웃음이 최상의 약품》이라는 책을 저술한 영국의 로벗 홀던 Robert Holden박사는 현대의 의료기관들이 너무나 무뚝뚝glum하다고 지적하였다. 음울하고, 차갑고, 무겁고, 탁탁하고, 두렵다는 것이다. 병원환경 자체는 대개 소외와 공포, 짜증이 나는 환경이지 결코 웃음이 자연스럽게 나와 병을 고칠 수 있는 환경이 아니라는 것이다. 영국의 병원전문디자이너 디나 고프Deena Goff씨도 역시 여러 가지 정황으로 볼 때 병원은 질병을 치료하는 기능인 기술적인 면을 강조하였지, 환경적인 입장을 고려하지 못하였던 점을 설명했다. 그는 이제는 환자들의 빠른 쾌유를 위하여 친환경적시설에 관심을 가져야 한다고 강조하였다. 특히 환자들의 치료는 환경과 밀접한 관계가 있다. 요즘같이 심리신경면역학PNI이 발달하고 있는 추세 속에서 환경이나 분위기가 매우 중요하다는 것이 입증되고 있다.

예로부터 독재국가에서는 인간과 환경의 관계를 잘 활용하면서 인권을 유린하고 이용하였다. 이미 알려진 사실이지만 나치독일과 군국주의 일본은 감옥에서 죄수들을 대상으로 다양한 생체실험을 한 것으로 유명하다. 창문이 없는 방, 밤낮없이 백열등을 밝힌 방, 외부와의 일체단절 등의 사례들은 실험대상자들을 정신병자로 전락시켰다. 신경과학자 리차드 위트맨Richard Wurtman은 환자에게 음식 다음으로 중요한 것이 빛이라고 강조하였다. 빛은 광선치료로 확실한 치료제로 자리매김 되었고 다양한 방법으로 치료에 활용되고 있다. 겨울철 빛의 부족으로 발생되는 계절의 감정적인 장애SAD;seasonal affective disorder는 이제 새로운 뉴스거리가 아니라고 했다. 그러나 현재도 대부분의 병원내실은 형광등으로 750럭스

이하다. 흐린 날도 바깥의 밝기는 5천 럭스이며 밝은 날에는 10만 럭스까지 올라간다. 빛이 어두우면 두뇌작용을 우울하게 하는 '멜라토닌'호르몬의 분비가 촉진된다. 형광등은 병든 빌딩증후군 sick building syndrom의 주범으로 우리에게 이미 잘 알려지고 있다. 이 외에도 의료기관을 찾는 고객과 환자가족들에게 치료보다는 스트레스를 주는 역설적인 의료기관내의 환경적 요인들이 많이 있어 차차 개선을 하여야 할 것이다.

특히 따뜻한 분위기, 즐겁고 기분 좋은 분위기를 연출 친환경적인 시설로의 전환된 병원으로 탈바꿈하는 계기가 되기를 바란다. 연극장에 들어갈 때의 부풀어 오른 기대감, 민속놀이의 판소리극장에 들어설 때의 환상적 자연속의 운율과 그 미소와 웃음, 저절로 힘이 솟는 체육관의 전인적웰빙건강 분위기로 쇄신, 병원에서의 실현가능성을 기대해 본다.

웃음치료의 이론과 실제

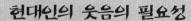

제1장
현대인의 웃음의 필요성

1. 생활속 건강택견에서 웃음을 발견

창세 이후 현재까지 전 세계적으로 웃음에 대한 연구가 지속되고 있는 가운데 신체조직에 대해 정신이 많은 영향을 주고 있음이 입증되고 있다.

웃음은 현대에서 만병의 원흉으로 알려진 스트레스를 완화 또는 억제하거나 제거하는데 많은 도움을 주고 있다.

예를 들면 스트레스는 고혈압·심장병·걱정·불안·기침·감기·소화성 궤양·불면증·알레르기 천식·생리통·긴장성 두통·위산과다 등을 비롯해 암과 같은 질병을 유발시키는 요인이 70%이상 관련성이 있다.

따라서 웃음은 건강한 신체를 유지하는 원인 인자로써의 역할을 확실히 하고 있기 때문에 면역체계를 향상시키는데 큰 도움을 준다는 것은 의심할 여지가 없다.

현대인들은 어떤가? 먹고살기 위한 치열한 삶의 생존경쟁으로 인해 불행하게도 사람들은 웃음을 점점 잃어가고 있다. 이를 안타깝게 생각한 여러 학자들이 웃음에 대한 연구를 계속해온 결과 웃음에는 질병에 대한 예방과 치료를 동시에 병행하고 있다는 사실을 발견하였다.

독일의 심리학자인 미첼 티츠Dr. Micheal Titz박사의 연구에 의하면 1950년대 사람들은 하루에 18분을 웃었다고 한다.

그때로부터 오늘날은 생활수준이 훨씬 향상되었음에도 불구하고 사람들은 하루에 6분 이상 웃지 않는다. 어린이들을 조사한 결과 하루에 300~400번을 웃는다.

이처럼 어릴 때 하루에 웃는 횟수가 많지만 어른으로 성장해가면서 그 웃음의 정도가 하루에 15번으로 줄어들면서 지금은 고작 6번 정도밖에 웃지 않는다.

그렇다면 그 원인은 무엇일까? 그것은 아마 지나친 진지함 때문에 각자 지니고 있던 유머감각이 점점 무디어가고 있기 때문일 것이다.

자연스러움보다 불확실한 유머가 포함되어 있는 오늘날 웃음은 몹시 역동적 정신 현상이다. 따라서 웃음을 만든다는 것은 인위적인 유머감각에 의존함이 매우 효과적이다. 이 땅에 사는 사람들은 각자 웃어야 할 이유와 개개인이 지니고 있는 웃음의 특징이 분명하게 있다.

그렇지만 모든 사람들에게 유머감각이 있다는 것은 아니다. 그래서 유머감각을 익히고 배워야 한다. 사람들이 농담을 주고받을 때 흘러나오는 유머감각을 상대방이 충분히 이해할 수가 없는 경우가 종종 있다. 이것은 유머감각이 부족함에서 이다. 이와 반대로 유머감각이 있다는 것은 비록 농담일지언정 상대방을 충분하게 웃길 수 있고 이해시킬 수 있어야 한다는 것이다.

후자처럼 풍부한 유머감각이 사회전체에 만연한다면 개개인뿐만 아니라 나라전체가 건강해질 수가 있다. 그렇지만 안타깝게도 여유 없는 곤궁의 생활, 마음이 찌들어 살고 있는 현대인들에게 주어진 것은 유머감각자체가 무디어져서 웃음조차 소멸된 것이 아닌가 싶다. 이것은 결국 웃지 못하도록 방해가 됨을 의미하는 것이다.

여기에서의 문제점을 생각해보자. 그렇다면 웃음을 어떻게 웃을 것이며 누가 우리를 웃게 할 것인가?

우선 어떻게 웃으며 누가 우리를 웃게 하는가? 라는 질문을 해보자. 이 질문에서 대부분의 사람들은 농담을 잘하면 가능할 것이라고 쉽게 말한다. 그렇지만 이 질문의 대답이 생각만큼 쉽지는 않다. 예를 들면 어느 누가 웃음치료에 참석하여 유머감각이 배제되어 있는 농담을 주고받으면서 매일 20~30분간 웃을 수 있겠는가?

따라서 이런 단점을 보완하기 위해 필자가 다년간 연구해온 웃음치료가 있다. 이것은 웃을 때 심호흡과 함께 "호호 하하하"로 하는 웃음운동이다. 이 운동은 자극된 웃음으로 애정 어린 웃음, 조용한 웃음, 어정쩡한 웃음, 1미터 웃음, 우아한 웃음 등과 같은 웃음 기술이 동반되어야 한다.

이유 없이 웃는 웃음은, 즉 억지 웃음은 그다지 어렵지가 않다. 스스로 자극된 여러 사람이 함께 웃는 웃음은 진짜 웃음으로 쉽게 전환될 수 있기 때문이다. 웃음은 전염성이 있으며 웃음은 접촉성으로 증폭되며 우리 동료와 함께 좋은 눈 맞춤을 할 때 빠른 속도로 전파된다. 우리가 어린아이였을 때 이유 없이 모두 웃었다. 즉 어린이들의 천진난만한 웃음은 스스로 판단할 수 있는 사고의 능력이 어른처럼 발달되지 못한 관계로 이유 없이 웃는 것이다. 이와 같은 웃음을 웃기 위해서 필요한 조건은 스스로가 어린아이처럼 순수한 마음으로 즐거운 태도를 가져야 한다. 이런 조건만 갖춰진다면 웃음은 우리에게 아주 쉽게 찾아올 것이다.

웃음을 통한 유머감각의 발달 혹은 유머감각이 웃음을 이끌어낸다면 이 역설은 참으로 가치 있는 것이다.

우리가 웃음치료에서 이유 없이 웃으려고 할 때 우리의 억압이 깨어짐과 동시에 유머감각이 저절로 흘러나올 것이다. 이것은 웃음치료에서 우리가 얻어낼 수 있는 기대 이상의 그 무엇인가가 있다. 행복에로의 초대가 웃음의 유기적 상호 관계속에서 기쁨이 샘 솟게 한다.

그리고 우리는 웃음을 통하여 유머감각을 찾게 될 것이다. 유머감각은 개인적인 지각능력이며 좀더 재밌고 유머스러운 방법으로 주어진 상황을 경험하게 될 것이다. 웃음과 유머는 경험으로부터 발전한다.

따라서 유머감각은 태어날 때부터 가지고 있다고 하기 보다 연습과 훈련으로 더 많이 얻어질 수 있는 감각적 기술이다. 하나님은 우리 사람들 모두에게 웃을 수 있는 대단한 잠재력을 선물로 주셨다.

앞에서도 언급했지만 우리가 관찰해보면 어린이들은 하루에 약 300~400번을 웃는다. 그렇지만 어린이들의 웃음은 유머감각 때문이 아니라 그냥 즐거우면 자연적으로 웃는 것이다. 하지만 어린이들은 어른으로 성장하면서 그 웃음의 횟수가 점점 줄어든다. 그것은 많고 복잡다난한 정보가 뇌에 입력되면서 본의 아니게 스트레스를 주기 때문이다.

즉 진지함과 자기통제를 비롯해 책임과 두려움 등등으로 웃음이 소멸되는 것이다. 한마디로 함축하면 감탄하고 경이로웠던 상황들이 더 이상 신비하거나 좋은 감정이 없어진 것이다.

따라서 퇴색되어가는 유머감각을 발달시키기 위해선 억압감과 자기 자신과 부모관계 등에서 만들어진 정신적 장애를 제거해야 한다. 이런 장애물이 자연스럽게 소멸되었을 때 비로소 웃을 수 있는 무한한 잠재력이 자동적으로 표출되면서 유머가 나오기 시작한다.

억압된 사람에게 유머감각을 가르친다는 것은 어려운 일이다. 그러나 우리 스스로가 이런 장애물을 자연스럽게 소멸했을 때 유머가 저절로 흘러나오는 것을 충분히 느낄 것이다.

이런 일이 실제로 웃음클럽에서 일어나고 있다. 예를 들면 '결코 미소 짓지 않던 사람들이 농담을 즐기면서 전보다 훨씬 즐거워했다' '먼저 유머감각훈련을 받고나서 웃지 않는 사람은 아무도 없다' '어떤 이유나 논리의 공급 없이 모두 웃고 또 웃었다' 이와 같이 웃도록 만드는 때는 조건없이 억지로 웃는 웃음치료 연습이 필요하다. 결론적으로 말하자면 항상 유머감각이 웃음을 이끌어내는 것은 아니다.

그렇지만 웃음은 우리의 유머감각을 발달하도록 도와주며, 유머와 웃음은 결국 하나의 단일체를 만들어준다. 따라서 우리 스스로가 유머감각이 없다고 할지라도 우리들 스스로가 웃을 때에 유머감각이 넘쳐나기 시작할 것이다.

웃음과 건강택견을 연결하면서 전형적인 웃음치료는 평강의 마음을 가지는 것이 매우 중요하며 이때 건강택견식 심호흡과 스트레칭 및 기본동작과 자극적인 웃음 등을 접목할 필요가 있다. 이것들은 건강택견운동의 혼합물이라고도 할 수 있다.

웃음치료는 건강택견과 요가에 기초를 두고 있으며, 그것은 우리 신체의 생리적 균형을 신체·마음·정신을 연결함으로써 통일시키게 된다. 이와같이 자극적인 웃음운동 또한 건강택견과 요가의 중요한 부분인 심호흡과 결합되어 있다. 심호흡은 횡격막과 복부근육의 규칙적인 운동에 의해 신경계에 자극을 준다. 이밖에 우리 몸의 신진대사에서 가장 중요한 구성요소인 산소공급을 활성화시킨다.

따라서 웃음은 혈액순환계를 자극시켜 신체에 산소를 원활히 공급함으로써 호흡장치를 강화시켜 준다. 즉 갈등이나 스트레스로부터 해방되고자 하면 우리의 웃음 속에서 스스로가 웃을만한 이유를 찾아야 한다.

그러나 오늘날 복잡해진 사회구조 속에서의 스트레스와 현대생활 속에서의 불안과 두려움으로 인해 우리를 웃게 하는 이유를 찾기는 쉽지 않다. 그래서 그냥 웃자고 하는 것이다. 이와는 반대로 우리들의 눈살을 찌푸리게 하고 분노로 인하여 고함을 지르고 울게 하는 것들의 요인이 너무 많다.

따라서 우리들이 알아두어야 할 명백한 사실은 웃음이 행복 중에서 최상의 조건이라는 것이다. 한마디로 우리들의 행복은 여러 가지 준비조건과 결과에 따라서 좌지우지 된다고 해도 과언이 아니다. 즉 우리들의 행복과 웃음은 물질적인 성공과 개인의 출세에서 찾지 말고 순수한 마음으로부터 출발하자.

만일 우리가 무조건적으로 억지로 웃는 것을 배운다면 우리의 행복 또한 무조건적이 될 것이다. 그러므로 웃음치료를 위해서 우리의 웃음과 행복을 스트레스로부터 해방시키자. 웃음은 우리에게 영원한 기쁨을 선사할 것이다.

2. 오늘날 우리는 왜 웃어야 하는가?

오늘날 생활은 스트레스의 일상이라고 해도 과언이 아니다. 이에 따라 스트레스와 관련된 질병이 점차적으로 증가하는 추세에 있다. 현대인들에 대한 질병의 원인을 분석해보면 70%이상이 스트레스와 관련이 있다.

즉 각종 질병을 비롯해 심지어는 암까지도 스트레스와 밀접한 관계가 있다. 하지만 현대인들은 스트레스 해소를 어떤 방법으로 풀고 있는가? 가장 일반적인 방법으로 술을 마시거나 흡연을 하거나 약물을 복용하고 있는 사람이 있다.

다음과 같은 증세에 시달리고 있다면 아마 우리는 앞에서 열거한 질병이나 혹은 그 합병증을 앓고 있을 것이다.

- 목의 통증.
- 관자놀이의 빈번한 두통.
- 무기력과 만성피로.
- 위 결절.
- 만성기침과 감기.
- 오심과 소화불량.
- 설사 혹은 변비.
- 등과 목의 근육결절.
- 무호흡증 현기증.
- 식욕증가 부진.
- 담배나 술 증가.
- 성욕상실.
- 고독감.
- 가치관 결핍.
- 빈번한 기억력상실.
- 의지박약.
- 과민성 욕구불만.
- 자살하려는 충동.

우리는 위에 열거된 증세 중 분명히 몇 가지를 복합적으로 가지고 있을 것이다. 더구나 이와 같은 증세들은 빠른 속도로 사람들의 생활 속으로 파고들고 있는 실정이다.

이런 증세가 재발되거나 오랫동안 남아 있을 경우의 해결방법으로는 긴장을 풀거나 또는 웃음치료의 멤버가 될 필요성이 있다.

사람들은 긴장을 풀 수 있는 다양한 테크닉으로 운동, 마사지, 건강택견, 요가, 명상, 휴일의 등산 등을 시도한다. 이런 것들은 시간이 많이 필요하고 비용 또한 만만치 않다. 더구나 대부분의 운동 프로그램은 지루하거나 동기결핍으로 중도에 포기하는 경우도 많다.

따라서 웃음치료 안에서의 치료방법은 가장 쉽고도 매우 경제적이다. 이 방법은 웃음치료 안에서 웃을 뿐만 아니라 감각 있는 생활의 한 방편으로 실행할 수가 있다. 특히 자신의 노력으로 인해 지루함이 없으며 효과성이 뛰어난 치료운동이 될 것이다.

지나친 진지함

큰일이든 작은 일이든 간에 온 세계는 그 일에 대한 성취욕과 진지함으로 가득 차 있다. 어렸을 때 부모로부터 "좀 진지해 질 수 없니?"라는 질문을 여러 번 받았을 것이다. 이와 같은 질문을 성장하면서 반복적으로 들어오다가 어른이 되면 자신도 모르게 무심코 이것을 즐기기라고 하듯 같은 말을 되풀이한다.

즉 흔한 얘기로 '애처럼 행동하지 말라'는 말은 인생을 진지하게 살라는 의미로 해석해도 좋을 것이다. 어린아이들에겐 이 세상에서 아니 주변 환경에서 일어나고 있는 크고 작은 일에 대해서 진지할 것이다.

따라서 운동 대신에 컴퓨터게임, 공부 등등 많은 생각이 필요한 일에서 실제적으로 웃음이 없다. 이런 연유로 오늘날 어린이들을 두고 '애늙은이'라는 말을 붙여줄 정도로 그들은 이미 어른처럼 행동하고 있는 것이다.

사회가 발달될수록 사람들은 점점 더 논리적으로 변해가고 있으며, 그들은 웃음 속에서 논리를 찾고 있다. 그렇지만 논리가 있는 곳엔 웃음이 있을 수가 없다. 한마디로 웃음의 필수조건은 불합리인 것이다.

조건부 웃음과 행복

그렇다면 왜 어린이들은 하루에 300~400번 이상을 웃는데 비해 어른은 겨우 15번인가? 그 해답은 바로 어린이들의 웃음엔 조건이 없기 때문이다. 즉, 어린이들은 자신들이 좋아서 웃고 즐겁기 때문에 웃는 것이다.

사람은 성장을 거듭하면서 자신의 웃음과 행복에 대해서 조건을 달기 시작한다. 예를 들면 '만일 내가 구하고자 하는 것을 얻는다면 나는 웃겠다' '만일 내가 좋아하는 직업을 구한다면 행복할 텐데' 등등이다. 오늘날 우리를 웃게 만드는 상황은 아주 극소수이지만 이와 반대로 우리를 불행하게 만드는 것은 수없이 많다.

따라서 웃음치료는 이유로부터 자유로운 웃음과 행복을 가져다 줄 것이다. 또한 우리 모두는 우리생활에서 일어나는 일에 상관없이 행복할 것을 마음으로 다짐하는 일이 중요하다.

값비싼 현대의학

현대의학이 아무리 발달되었다고 하지만 죽음의 유혹으로부터 사람을 구할 수는 없다. 진보된 의학, 외과의학, 진단의학 등의 훌륭한 의료기술 때문에 확실하게 수명이 증가되었다. 하지만 탐구와 발전에도 불구하고 스트레스로 인해 발생하는 심장병, 고혈압, 알레르기성 장애, 심리장애와 암이 증가하는 추세다. 이와 함께 현대의학 치료는 대부분 사람들에게 그 비용 자체가 무척 비싸기 때문에 제외될 수밖에 없다. 특히 우리의 생활비의 대부분이 스트레스와 관련된 질병치료에 사용되기도 한다. 그렇지만 웃음과 같은 경이로운 약은 면역체계의 강화에 의한 것이기 때문에 근본적으로 질병을 예방하는 효과로 인하여 의료비를 절약할 수가 있으며 이와 함께 많은 질병을 치료하는 효과도 있다.

제2장

웃음 치료의 효과와 시간 및 장소

1. 웃음치료의 효과

1995년 3월 인도인 마단 카타리나박사는 자신이 관심을 가지고 있는 웃음치료를 건강잡지 《마이 닥터My Doctor》에 '웃음이 최고의 명약'이라는 기사를 쓰기로 하였다.

그가 인간의 마음과 신체에서 웃음의 유익이라는 많은 과학적 증거를 발견했을 당시 그가 살고 있는 뭄바이의 아주 극소수의 사람만이 웃고 미소 짓는다는 것에 놀랐다.

미국인 기자 노먼 커즌스Norman Cousins박사가 펴낸 책인 《질병의 해부학》에서 척추불치병인 Anky losing Spondylitis를 어떻게 웃음으로 치료했는지 서술하고 있다. 이에 필자는 '웃음치유학'을 연구하기를 원하는 사람들에게 이 책을 읽어보기를 권하고 싶다. 또한 캘리포니아 로마린다 대학교Loma Linda university의 Dr Lee S. Berk교수에 의해 이루어진 탐구업적에 관해서도 일독을 권하고 싶다. 그는 이 책에서 '유쾌한 웃음이 스트레스를 감소시키는 법'과 '면역체계에 대한 웃음의 효과'에 대한 연구가 상세하게 실려 있다.

1995년 3월13일 새벽 4시, 마단 카타리나박사는 거실 안을 배회하고 있었다. 그러던 중 갑자기 자신의 머리에 아이디어가 번

제2부 웃음치료의 이론과 실제

갯불처럼 스쳐지나갔다. 그것은 만일 웃음이 그렇게 좋다면 왜 웃음치료를 시작하지 않았는가? 라는 것이었다.

아이디어를 얻은 그는 곧바로 뭄바이Mumbai에 있는 국립공원으로 갔다. 그곳에서 그는 사람들에게 웃음치료의 효과에 대해서 설명을 하였다.

놀랄만한 것은 그가 새벽 4시에 그 생각을 마음에 품고 3시간 안에 계획을 실행에 옮겼다는 것이다. 처음 그가 웃음치료의 시작에 대해 사람들에게 말을 했지만 사람들은 비웃기만 했다. 한마디로 그들은 그를 가리켜 어린애 같은 생각이거나 혹은 미쳤다고 생각했던 것이다.

공원 안에는 400명 정도가 산책하고 있었지만 그는 공원구석에 서있는 4사람에게 동의를 구하고 웃음치료의 시작에 대한 동기를 이야기했던 것이다. 그러자 자신을 비웃던 많은 사람들도 그가 건강에 대한 유익을 설명했을 때 점점 관심을 가지고 듣기 시작했다. 이때 그의 말을 경청한 참가자는 거의가 40대 남자였으며 몇몇 여자와 어린이들도 있었다.

시작에서 모든 참석자들은 그를 중심으로 둥글게 서 있었고, 그는 경청자 중 한사람을 원의 중심으로 나오도록 했다. 그리고 농담을 던지기도 하고 유머러스한 애기도 건넸다. 그러자 사람들은 웃으며 즐거워했다. 이에 용기를 얻은 그는 매일 아침 10~20분간 웃기로 결심했다.

농담 없이 웃는 방법

대부분의 웃음치료에서 이유 없이 웃는 것에 대해 무척 어렵다는 것을 깨달았다. 이에 따라 그는 여러 가지 고민 끝에 농담 없이 사람들이 웃도록 도와줄 계획을 세워 실행에 옮겼다.

웃음을 막는 가장 큰 장애물은 바로 억압과 부끄러움이란 것을 알았다. 이것들을 없애기 위해 웃음그룹으로 많은 회원들을 소집했는데, 웃음그룹이 클수록 웃기가 쉬웠다. 큰 그룹 안에서 시작된 웃음은 전염성이 있었으며, 사람들은 서로의 얼굴을 바라보면서 웃기 시작했던 것이다.

모든 회원들은 웃는 동안 하늘을 향해 손을 들어올렸다. 각자 웃음은 심호흡운동과 함께 시작하는데 회원들은 손을 위로 쭉 뻗치고 깊게 숨을 쉰다. 이런 동작을 잠깐 동안 멈췄다가 숨은 천천히 내쉰다. [이 호흡운동은 요가의 프라나얌Pranayam과 비슷하다]

그다음 천천히 '호호 하하하'의 속도를 늘리면서 손을 높이 들고 서로 얼굴을 바라보면서 애정어린 웃음의 단계로 진입하면 된다. 이때 각 종류의 웃음에 따라 약 20~30초 간의 간격을 유지해야 한다. 이것은 횡격막과 복부근육의 규칙적인 운동을 도와준다.

많은 수의 사람들이 그룹 안에 모였을 때 "호호 하하하"로 온 대지를 웃음으로 채운다. 모두가 이 운동에 쉽게 참여할 수 있기 때문에 각자는 성취감을 느낄 수가 있다.

'동시에 웃기'는 모든 회원들이 사회자의 구령에 따라서 동시에 웃게 되어 있다. 이때 사회자는 1-2-3…로 명령한다. 모든 회원들이 동시에 웃기를 시작한다면 그 효과는 만점이다.

2. 웃음치료를 위한 좋은 시간과 장소

사람들로부터 웃음치료를 개최할 적당할 시간은 언제인가? 우리가 직장에서 퇴근하고 돌아온 후에 하면 될까? 우리는 매일 웃기 위해 공원에 가야만 할까? 집에서 나 혼자 웃을 수는 없을까? 라는 등등의 질문을 받는다.

웃음은 하루 중 어느 때나 웃어도 좋다. 그러나 새로운 웃음치료방법으로 그룹 안에서 웃기 위해서는 먼저 자신이 그 개념을 실천할 그룹에 참가해야만 한다. 그 개념을 이해하고 여러 가지 기술을 배웠을 때는 어디에서나 2~3명과 함께 웃는 것이 가능하다. 또한 집에서 혼자 웃는 것도 가능하다.

그렇지만 최대한의 효과를 얻기 위해서는 2~3명 이상의 그룹 안에서 웃거나 혹은 가족 안에서 함께 웃는 것이 가장 좋다.

*웃음택견에는 웃음활동의 두 가지 형태가 있다

첫째 웃음택견운동은 건강택견에 기초한 형태로서 그룹안의 많은 사람들 속에서 행해진다. 즉 집밖 공원이나 해변 등에서 행해진다. 이 형태는 서서 혹은 '이-크'라는 동작을 통한 많은 운동과 함께 행해진다. 이 활동의 두 번째가 바로 웃음치료법이다.

우리는 웃기 위해 어떤 노력도 기울일 필요없이 그냥 웃으면 된다. 거짓 억지웃음으로부터 출발해서 더 깊고 더 자발적인 진짜 웃음이 분수처럼 우리의 몸 밖으로 흘러나온다. 이때 우리는 우리 자신의 전체 몸에서 웃음이 나오는 것을 스스로 경험할 것이다.

웃음치료는 경우에 따라서는 교외보다 침묵과 집중을 필요로 하기 때문에 실내에서 실시하는 것이 좋을 때가 있다. 따라서 명상을 동반한 웃음요법은 오직 마루 같은 곳에 앉아서 눈을 감고 누운 채로 실내에서 하는 것이 효과적이다.

*이상적인 시간

이상적으로 웃음치료는 아침에 개최하는 것이 매우 효과적이다. 특히 한국에서는 기후조건이나 출근시간 등의 생활환경을 감안할 때 새벽이나 이른 아침시간이 적합하다. 따라서 아침산책을 겸한 웃음운동이 가장 적당하다.

인도 웃음클럽에서는 1년 365일 내내 웃는다. 대부분 웃음클럽의 모임은 사람들이 산책을 즐기는 공원에서 갖는다. 겨울철 인도 북부에서는 참석자들이 적지만 규칙적으로 산책하는 사람들은 여전히 있다. 또한 웃음클럽 역시 겨울철에도 계속한다.

대부분의 웃음클럽은 참석자들의 편의에 따라 웃음치료를 공원에서 6시~7시 사이에 갖는다. 이때 심호흡과 웃음 그리고 스트레칭운동은 15~20분을 초과하지 않는다.

왜 사람은 아침에 웃어야 하는가?

여기에는 여러 가지 이유가 있지만 웃음으로 하루를 시작하는 것이 항상 좋다. 그것은 하루 종일 우리를 산뜻하고 산소같은 사람이 되도록 정서적 분위기를 이끌어주기 때문이다.

15~20분간의 웃음은 하루 종일, 우리가 침대에서 물러날 때까지 유익을 가져다준다. 우리가 오후에 웃는다고 해도 유익하겠지만 아침이 더 이상적이다.

한국의 많은 사람들 특히 부인들은 집안일과 그들의 일상스케줄로 인하여 성공적인 웃음클럽을 운영하고자 할 때, 새벽 또는 이른 아침시간이 매우 유용하다. 왜냐하면 다른 시간대에는 웃음클럽에 나올 수가 어렵기 때문이다.

이와 반대로 간혹 자유롭게 저녁웃음클럽을 운영하는 곳도 있다. 그곳은 뭄바이Mumbai와 반가로레Bangalore에 있는데, 많은 여성들이 클럽에 나오기 때문에 매우 성공적으로 운영되고 있다.

아침웃음클럽의 또 다른 장점은 보행과 웃음치료활동의 일환으로 서로에게 칭찬하는 것이다. 이것들은 일상장소에서 발생하고 있기 때문에 걷는 사람들에게 이상적이다. 한마디로 걸음을 시작하고 걸음을 끝마칠 동안 함께 할 수가 있는 것이다.

사실적인 기술을 하자면, 웃음클럽활동의 성공이 아침에 걷고자 하는 부지런한 사람들과 같은 집단의 올바른 선택이 있어야 한다. 그들은 그들 나름대로의 건강에 관련된 활동들을 접목시켜 웃음클럽에 쉽게 동화될 수 있게 하는 건강한 정신을 가진 사람들이다. 산책하러 오는 그들에게 웃음은 그들의 연습프로그램에 가치를 더해준다.

만약 아침보행 같은 발상을 시작하지 않았더라면 규칙적인 참석의 욕구가 무너졌을 것이다. 아침보행을 한다는 것은 별도로 웃음활동을 위한 특별한 시간적 할애가 필요 없는, 이미 일상에 존재하고 있는 것이다.

즉, 우리의 아침보행의 한부분에 웃음 짓는 모든 것들이 우리의 웃음을 위한 규칙적인 시간을 특별히 찾아야하는 고민거리가 없이 우리일과의 한부분에서 웃는 활동을 하면 된다. 그러면 자연적으로 그 습관은 규칙적이 될 것이고 그로인해 이익들을 더 얻을 수가 있다.

아침에 보행을 하는 사람들은 누구든지 몸이 딱딱하기 마련이다. 이때가 스트레칭운동을 하기에 적절한 시기이다. 몇몇 웃음클

럽을 보면 사람들이 모여들기 시작하면 가장 먼저 스트레칭운동
부터 시작한다.

또 대부분의 건강택견운동가들은 해가 뜨는 그 시각에 건강택
견운동을 시작하기에 가장 적합한 시간대라며 설명한다. 그래서
건강택견운동 또는 웃음치료가 동시에 시작된다. 큰 도시에서의
오염도는 아침에 가장 적게 발생하기 때문에 하루 중 가장 신선
한 공기를 마실 수가 있다. 장소는 개방된 공공공원이나 학교운동
장이 가장 적합하다. 아침의 웃음은 우리가 부가적으로 얻을 수
있는 유익한 점이다. 그러나 건강택견 자체만을 위한 운동은 식사
시간 이후 1시간을 제외하고는 큰 무리가 없다.

인도 서부에서의 웃음활동을 보면 어떤 이유에서인지는 모르겠
지만 매일 모이는 것이 어려워 일주일에 한 번이나 두 번 정도
진행된다. 몇몇 모임들은 2주일에 한 번 만나기도 하는데, 이것은
바람직한 모임은 아니지만 안하는 것보다는 좋다.

앞으로 이와 같은 웃음치료 운동은 직장에도 소개될 것이고, 그
곳에서 웃음활동이 자주 열려지도록 지도한다면 충분한 가능성이
있다고 생각한다. 인도 서부지역 대부분의 클럽들은 실내에서 모
임을 갖는다. 그들은 1~2시간을 웃고, 놀고, 이야기하고, 춤추
고, 서로를 만나는 것으로 시간을 보내는데, 이것을 사회웃음클럽
이라고 부른다.

이밖에 직장에서는 퇴근시간 이후나 또는 점심시간을 활용할
수도 있다. 직장 안에서 차나 커피를 마시는 휴식시간이나 점심시
간 또는 오후시간 중 언제든지 웃음활동을 할 수 있다. 헬스클럽,
요가모임, 에어로빅센터, 스포츠그룹, 명상모임 등에서도 그들의
건강증진활동을 발전시킨다는 가치를 증대해줄 수 있는 웃음으로
써 15~20분 정도를 웃는 시간으로 즐거운 시간을 보낼 수 있기

때문이다. 단 예방 건강 활동을 위하여 웃음치료를 점심시간 직후
에는 피하는 것이 좋다. 따라서 식사 후 두 시간 이후에 일정한
시간을 정해놓고 웃음치료 활동을 하는것이 효과적이다.

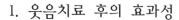

제3장
웃음치료 운동

1. 웃음치료 후의 효과성

웃음클럽 회원들은 어떤 위치에서 교육을 받을까? 모든 회원들은 자유롭게 이용할 수 있는 공간에 따라 원 또는 반원으로 만들어 서 있고 사회자는 중앙에 선다. 이때 사회자는 웃음의 형태와 운동에 대한 시범을 보이고 진행한다.

주의해야 할 사항으로 가장 중요한 것은 규칙적 행진대열에서 보여주는 것처럼 꼭 원의 형태 안에 서지 않아도 된다. 더구나 원이나 선을 깨뜨린다는 걱정 역시 하지 않아도 된다.

웃음클럽 회원들 사이의 거리는 팔을 벌려 50~80cm를 넘지 않아야 한다. 만약 이와 같은 거리가 확보되지 않고 더 멀어진다면 눈 맞춤의 거리 또한 멀어지기 때문에 서로가 웃음을 자극하는데 효과적이지 못하다. 이때 회원들은 웃음치료를 하는 동안 같은 장소에서 망부석처럼 서 있지 말아야 한다.

그 이유는 각 형태의 웃음마다 다른 사람에게 다가가면서 좋은 눈 맞춤을 해야 하기 때문이다.

그 다음으로 참가자들은 두 그룹으로 나누어 서로를 바라보며 선다. 이것은 서로서로가 더 많은 웃음을 자극하면서 즐겁게 해주기 위해서이다.

20~30분간의 웃음치료는 다음과 같은 부분으로 나누어진다.

(1) 규칙적으로 손뼉 치기

이것은 충분히 팔을 뻗어서 해야만 한다. 손과 손이 마주쳐 손바닥 위의 지압 점을 자극시켜주는 준비운동이기 때문에 전인건강, 즉 웰빙 감각을 일으키는데 많은 도움을 준다.

(2) '호호 하하하'로 노래 부르기

이것은 율동적인 손뼉 치기와 함께 조화롭게 이루어진다. 더구나 건강택견식 호흡기술에 기초하여 진행되도록 연습한다. 거짓웃음, 즉 억지로 자연스럽게 '호호 하하하'를 노래하면 된다.

(3) 심호흡

이것은 육체적·정신적인 긴장을 풀어주는데 많은 도움을 주는 호흡운동으로 팔운동과 함께 천천히 동작을 하면서 숨을 들이마시고 내뿜는다. 단전에 힘을 주고 빼면서 날숨과 들숨을 하는데 먼저 코로 숨을 들이 마시고, 잠시 멈춘 후 입으로 숨을 내쉬면 된다.

(4) 건강택견식 웃음기술

이것은 신체적 건강 활동으로 웰빙을 위한 건강운동식 자세로부터 발달된 것이다. 예를 들면 애정 어린 웃음, 사자 웃음, 걸으며 웃는 웃음 등 건강 택견식 웃음기술을 접목한 것이다.

(5) 명랑한 웃음기술

이 웃음 기술의 목적은 사람들을 더욱 명랑하게 만들어주는 것이다. 한마디로 사람들의 억압감이나 소심함을 감소시켜준다. 특히 명랑함은 자극적인 웃음에서 자연적인 웃음으로 변화시켜준다. 명랑한 웃음기술의 몇 가지 예를 들면 1미터 웃음, 밀크셰이크 웃음, 모바일 폰 웃음, 뜨거운 수프 웃음, 댄싱 웃음 등이 있다.

(6) 가치 있는 웃음기술

이것은 웃는 동안 만들어진 어떤 동작에 특별한 의미를 부여하는 방법이다. 즉 일상생활 속에서 적극적인 태도를 가지도록 깊은 가치를 우리 마음의 잠재의식 속에 기억시키는 것이다. 예를 들면 감사의 웃음은 다른 사람에게 강하고 조화 있게 표현하여 전달되게 함으로써 감사의 의미가 얼마나 중요한 것인가를 사회자가 일깨워주는 대목이라 할 수 있다. 그밖에는 인사웃음, 용서웃음, 악수웃음 등이 있다.

20분간의 웃음 흉내는 숨을 깊게 내쉬는 것과 스트레칭운동의 완벽한 혼합물이다. 따라서 한 바탕 연속적인 웃음은 20분~30분 정도 지속시켜야 한다. 이것을 몇 차례 또는 두 차례정도 반복한 후에는 반드시 휴식을 취해야 하는데, 이때 두 번 정도 깊게 숨을 내쉬면 된다. 이것은 격렬한 활동과 피곤함을 막기 위해서다.(목이나 어깨, 팔의 스트레칭운동은 심호흡 대신 웃음사이에 끝이 난다)

호호 하-하-하 운동

웃음활동은 '호호 하하하 운동'을 먼저 실시하여 가볍게 구강을 풀어준 다음에 시작해야 한다. 모든 회원들은 1-2 또는 1-2-3 (호호, 하하하)의 리듬에 맞춰 손뼉 침과 동시에 웃음과 일치되도록 조절한다. 입은 반 정도 벌리고 소리는 배꼽 부위근처의 단전으로부터 나오도록 한다. 이때 복부근육들의 움직임을 느끼도록 한다. '호호 하하하'라고 말하는 동안 미소는 계속 유지시켜야 한다. 멈추지 말고 계속 움직이면서 다른 사람들을 만나고 좋은 감정의 눈빛교환을 유지한다.

이와 같은 좋은 움직임과 열광적인 박수는 좋은 에너지 정도 (기 철학적 움직임의 묵상)를 구축하는데 도움이 된다.

웃음인사

사회자의 통솔 하에 회원들은 좀더 가까이 다가와서 일정한 몸짓을 보이면서 서로 인사를 주고받는다. 웃음은 중간정도의 톤으로 웃으면서 눈 맞춤을 유지하도록 하며, 주위를 돌아 다른 사람들을 만나면서 인사한다. 만날 때 '반갑습니다'라는 말과 함께 인사(한국식 인사)하면 되는데, 이때 정중한 웃음과 함께 눈을 바라보며 악수할 수도 있다.(서구식 인사) 인도식 인사는 두 손을 맞잡거나(Namaste=웃음), 아다압Aadaab 웃음으로 한손을 얼굴 가까이에서 움직이게 한다거나(무슬림 인사처럼), 엉덩이를 구부리면서 이웃의 눈을 바라보며 웃는 인사를 할 수 있다.(일본식 인사) 이밖에 지역·국가·고향에 따라서 다른 방식으로 인사를 할 수도 있다. 이것은 '호호 하하하'의 조절과 함께 5~6번의 박수와 두 번의 심호흡이 뒤이어 일어나도록 해야 한다.

고 단위 웃음

이 웃음은 콧구멍을 통해 심호흡을 함과 동시에 팔을 하늘로 향해 들어올리면서 시작한다. 가능하면 폐에 공기가 가득하도록 팔운동과 함께 숨을 들이마셔야 한다. 그런 다음에 4~5초간 숨을 멈춘다. 그리고 팔을 제자리로 하면서 천천히 숨을 내쉰다. 예를 들어 조용히 휘파람을 부는 것처럼 입술을 오므리고 그곳을 통하여 숨을 내쉬면 된다.(이것이 '이-크'의 건강택견식 심호흡과 일치한다)

이때 몇몇 사회자들은 몇 마디를 덧붙인다. 예를 들면 숨을 들이쉴 때 "용서하고" 숨을 내쉴 때 "잊어버려"라고 말한다. 사회자들이 이 단어를 크게 외칠 때 함께한 회원들은 호흡운동을 하면서 자신의 마음속으로 '이것은 선택이 아니라 필수다'라고 마음 먹는다.

애정 어린 웃음

'호호 하하하 운동' 직후의 첫 번째 웃음이 바로 애정 어린 웃음이다. 모든 웃음의 시작에서 사회자는 1-2-3식의 구령을 붙인다. 애정 어린 웃음은 팔을 던지고 웃게 되는 것이다. 그러나 웃는 동안에는 팔을 뻗어서는 안 되며 오직 팔을 올렸다 내렸다만 해야만 한다. 애정 어린 웃음의 마지막에 사회자는 "호호 하하하"를 다섯 번 외친다.

감사 웃음

사회자가 참석자들을 향해 다른 사람에게 감사하는 것이 얼마나 중한 것인가를 일깨워주는 웃음이다. 웃을 때 집게손가락과 엄지 끝을 맞춰 작은 원을 만든 후 손을 앞뒤로 흔든다. 그런 다음 마치 그룹 안에서 다른 동료에게 감사를 표시하는 것처럼 우아한 태도로 상대방을 쳐다보면서 웃는다.

밀크셰이크 웃음

최근에 소개된 1미터 웃음의 변형이 바로 밀크셰이크 웃음이다. 이것은 참가자들이 마치 두개의 밀크 혹은 커피 잔을 상상 속에서 두 손에 쥔다. 사회자의 명령에 따라 상상 속에서 다른 잔으로 밀크나 혹은 커피를 따르는 시늉을 하면서 "이-크!"하고 노래를 부른다. 그 다음 역시 이것을 반복하면서 "이-크!"하고 노래 부르며 첫 번째 잔으로 다시 따르는 시늉을 한다. 이때 모든 회원들은 마치 우유를 마시는 것처럼 제스처를 취하면서 함께 웃는다. 이것을 4번 반복하면서 "호호 하하하"라고 소리 내어 웃는다.

사자 웃음

이 특수한 웃음은 심바 무드라Simba Mudra로 잘 알려진 요가자세에서 나왔다. 얼굴을 사자 같은 모습의 표정을 지은 후에 혀를 충분히 내밀고 입을 크게 벌린다. 눈을 크게 뜨고 손은 마치 사자의 발처럼 앞으로 쭉 뻗는다. 그리고 배로부터 나오는 웃음을 웃는다. 사자웃음은 안면근육과 인후운동에 효과적이며, 아울러 억압감의 제거와 인후 스트레칭에 매우 좋다. 또 갑상선에 혈액공급을 증가시켜 준다.

사자웃음에서 주의해야 할 사항은 강압적이거나 과다한 노력을 적용하지 말고 피해야 한다. 즉 소리 없이 웃을 때 내부의 복부압력이 필요이상으로 상승하면 좋지 않기 때문이다. 이때는 강압적인 적용을 낮춰 보다 많은 감각으로 분배시키면 된다.

입술을 다물고 발산하는 허밍웃음

이 웃음은 입술을 다문 상태에서 입속을 통해 윙윙거리는 소리를 인위적으로 만들어내는 것이다. 즉 두개골 전체에 소리가 울려 퍼지도록 하는 것이다. 사람들은 계속 서로를 바라보면서 서로를 흉내 내는 몇 가지 동작들을 만들 수가 있다. 그들은 서로 악수를 할 수도 있고, 또 다른 종류의 농담도 할 수가 있다. 몇몇 사람들은 이것을 비둘기 웃음이라고도 부른다.

주의해야할 사항은 소리 없이 웃지 않도록 한다. 그 이유는 강압적으로 입을 다물고 웃는 것은 복부기관에 과다한 압력을 주기 때문에 해로울 수도 있다.

기운찬 웃음

이것은 많은 농담이 내포되어 있어 매우 재미있는 웃음이라고 할 수 있다. 모든 회원들은 밖으로 움직이면서 두 걸음씩 뒤로 물러나 원을 넓히면 된다.

휴대전화 웃음

이것은 이동전화 웃음으로 알려져 있는데 매우 우습고 재미가 있다. 참가자들은 상상으로 휴대전화를 손에 쥐고 다른 제스처를 취함과 동시에 그룹 속의 사람들을 만나기 위해 빙빙 돌면서 웃는다. 대형은 두 그룹이 서로 마주보며 서서 사회자의 구령에 따라 서로 교차하여 웃으면 된다.

토론웃음

이 웃음은 거리를 두고 떨어져 있는 두 그룹 사이의 경쟁적인 웃음이다. 두 그룹은 서로 바라보면서 상대 그룹회원을 집게손가락으로 가리키며 웃는 것이다. 보편적인 대형은 한쪽엔 여자들이 다른 한쪽에 남자들이 선다.

용서의 사과 웃음

토론웃음 바로 뒤에는 용서 웃음의 시간이다. 이 웃음의 메시지에는 누군가와 싸웠다면 사과해야 한다는 것이 내포되어 있다. 미안하다고 말하는 것이 얼마나 중요한가? 사과 웃음에서 참가자들은 팔을 교차하여 두 귓불을 쥐고 난 후에 무릎을 굽혀 웃는다.

거북이 걸음의 웃음

이 웃음은 웃음치료 마지막에 실시되는데, 모든 회원들은 사회자와의 거리를 좀더 가까이 좁혀서 선다. 이때 얼굴에 미소를 짓고 주위를 돌아보면서 웃는다. 또 사회자의 구령에 맞춰 천천히 킥킥 웃도록 주문을 받는다. 천천히 시작하여 점차적으로 웃음의 강도가 증가되면서 멀리 떨어진 사람들에게까지 애정 어린 웃음으로 확산 되도록 진행한다. 이 웃음은 1분간 지속되며 신선하고 전염성이 강하다.

클로징 테크닉

웃음치료의 마지막에 3개의 구호를 외친다. 즉 사회자가 첫 번째 문구를 외치면 그 대답은 회원들이 한다.

"우리는 세상에서 가장 행복한 사람들이다!"(이때 회원들은 모

두는 두 팔을 들고)

"이-크!"

"우리는 세상에서 가장 행복한사람들이다!"

"이-크!"

"우리는 웃음을 만들어 가는 사람들이다!"

"이-크!"

슬로건을 외친 다음에 모든 회원들은 하늘을 향해 팔을 뻗고는 두 눈을 감은 채 서로 사랑하며 이 세상을 웃음 세상으로 만들어 가고자 결단하며 행복한 삶을 위한 기도를 한다.

웃음명상

웃음건강택견운동을 하고 있는 우리는 그룹 안에서 전염병처럼 퍼지는 억지 웃음을 웃도록 노력한다. 웃음명상이란 어떤 사람이 웃으려는 노력이 필요 없을 때의 마음상태를 말한다. 이 상태가 되면 웃음은 어떤 이유도 없이 샘처럼 흘러나올 것이다. 웃음의 명상단계에 이르기 위해서는 바닥에 앉아 힘찬 호흡연습에 집중하는 것이 필요하다. 그런 다음에 조용히 앉아 다른 사람들과의 지속적인 눈 맞춤을 유지시키면 된다. 이 명상은 건강택견을 통한 정신수련운동이기 때문에 복잡하고 시끄러운 곳에서는 단련할 수가 없다. 즉 공해와 소음이 적은 방이나 산속 같은 조용한 분위기의 장소가 필요한 것이다. 웃음명상은 우리 웃음치료의 세미나 또는 워크숍을 통해 익힐 수 있다.

목 그리고 어깨운동

위에 나열된 순서대로 웃음치료 워크숍의 교육을 모두 끝낸 회원들은 당연히 피로감에 젖어 있게 된다. 따라서 두 번째 교육이 시작되기 전에 회원들은 짧은 휴식이 필요하다. 이 교육이 되풀이 되면서 목과 어깨운동은 자연스럽게 끝이 나는데, 그것은 목의 척추가 자연스럽게 결합되어지기 때문이다. 자연스러운 건강 교정 활동으로 뻣뻣한 목과 굳은 어깨를 그때그때 풀지 않고 그대로 방치해두면 나이가 40이 넘게 되었을 때 건강증후군 또는 대사증후군 등으로 통증에 시달리게 된다.

웃음치료를 위한 기본안내

1. 모든 참가자들은 사회자가 하나, 둘로 구령할 때 동시에 웃어야 한다.
2. 사람들은 농담 없이 웃기 위해서는 서로가 멀리 떨어져 있으면 안 된다. 이때의 키포인트는 눈 맞춤이다. 다양한 웃음의 종류에 따라 최소한 이웃하고 있는 1명 이상에게 좋은 이미지의 눈 맞춤을 해야 한다.
3. 웃는 동안에 힘을 너무 주지 말라.

2. 웃음치료에서의 운동효과

대부분의 도시인들은 앉아서 생활을 많이 하는 까닭에 짧은 거리일지라도 탈것을 이용하고 있다. 특히 1층, 2층을 오르내리기 위해 엘리베이터를 5분 이상 기다리고 있는 사람들을 볼 때 심히 놀랍다. 종합적으로 볼 때 움직이는 것을 싫어하는데, 그 이유를 보면 운동하려는 마음이 결핍되어 있다. 따라서 운동프로그램에 참여하는 것을 더욱 어렵게 만들고 있다.

의사로서의 카타리나박사는 질병과 통증척추염·요통·관절염 등의 다양한 통증환자를 수없이 치료하고 있다. 카타리나박사는 이런 모든 문제가 규칙적인 운동으로 충분하게 해결될 수 있다고 확신한다.

카타리나박사는 시골에서 태어났는데, 어린시절 밤낮을 가리지 않고 들판의 먼 곳까지 걸어 다니는 수많은 농민들과 생활하였다. 농민들은 포화지방산과 고혈압을 비롯해 심장병의 발생률을 낮게 해주는 우유를 많이 섭취했다. 카타리나박사의 고향 산천에 살았던 할머니는 기름기 있는 음식을 많이 먹었지만 104세까지 살았다. 카타리나박사는 그들이 자신들도 모르게 일상생활을 통해 많은 운동을 했기 때문에 좋은 건강을 유지할 수가 있었다고 확신한다.

얼굴 근육 운동

얼굴 근육을 위해 고안된 운동은 거의 없다. 얼굴은 찡그리기 때문에 피부에 주름이 생긴다. 웃음은 얼굴 근육을 강하게 해주고 또한 피부에 산소공급을 증가시켜 홍조를 띠게 한다. 얼굴 근육 스트레칭은 빛에 반응한다. 따라서 눈에 들어오는 빛을 조절하기 때문에 눈으로 흘러나오는 눈물이 담긴 눈물샘을 축소시켜 준다.

다른 운동

웃음치료가 끝난 후에 시간이 있는 사람들은 눈 운동, 건강택견 식 심호흡, 찬트 멘트라스chant mantras운동을 한다. 건강택견운동 그룹은 매우 활동적이 되었고, 그들은 건강운동 세미나와 치료과정을 비롯해 건강토론과 스포츠마사지와 운동훈련교실을 이용하게 될 것이다.

목 운동

오늘날 목의 통증은 상식적인 불평이 될 정도로 흔한 고통이다. 스트레스, 나쁜 자세, 푹신한 침대, 너무 높은 베개 때문에 목과 어깨주위의 근육이 경련을 일으키게 된다. 모든 중요한 신경과 척추가 목을 통해 지나가고 또한 몸 전체를 지탱하기 때문에 목 운동은 매우 중요하다. 혈관도 마찬가지로 목을 통해 지나가면서 우리 몸의 가장 중요한 기관인 뇌에 혈관을 공급한다.

한마디로 목은 뇌와 신체사이를 잇는 다리와 같다. 그렇기 때문에 하루도 빠짐없이 목 운동이 뒤따르는 다양한 종류의 웃음이 행해지고 있는 것이다.

목을 좌우로 움직이면서 즐겁게 스트레칭 할 때 최소한 30초간 지속되어야 한다. 목을 맨 처음 왼쪽에서 오른쪽으로 움직인 다음에 위아래로 움직이면 된다.

단, 척추염으로 고생하는 사람들은 목을 턱 아래로 움직이면 안된다. 그 대신 위로 움직인 다음에 정상위치로 갖다 놓으면 된다. 끝으로 목을 충분히 원을 그리며 회전시킨다.

경고

목 운동을 하는 도중에 현기증이나 불안감을 느끼는 나이든 사람들은 이 운동을 삼가해야만 한다. 또 척추염이나 목의 통증으로 고생하는 사람들은 의사에게 정기적으로 검사를 받아야 한다.

어깨 운동

우리의 손가락 끝을 양 어깨위에 올려놓고, 그 지점에서 팔꿈치까지 곧게 편 상태로 만들어 그것을 천천히 원을 그리듯이 움직인다. 뒤쪽에서 앞쪽(반 시계방향)으로 5번 그리고 반대 방향(시계방향)으로 5번 돌린다. 이 운동은 어깨의 접합부위를 부드럽게 움직일 수 있도록 (안전하게)해준다. 앉아서 생활하는 습관으로 인해 스트레스나 당뇨병에 걸릴 수 있는 특정한 나이가 지난 사람들에게 어깨가 굳어지는 증상이 나타날 수 있는 경우가 많다. 이 운동의 특성은 어깨가 굳는 것에 대비하는 예방효과와 함께 치료효과가 있다.

스트레칭 운동

양손의 손가락들을 교차시키고 허리에서부터 조금씩 구부린다. 그리고 숨을 깊게 들여 마시면서 두 손을 들어 올리고, 손바닥을 뒤집어 머리위로 팔을 쭉 편다. 이때 몸 전체를 쭉 펴면서 약간 뒤쪽으로 구부린다. 이 스트레칭 운동은 몸이 딱딱하게 굳어지는 것을 방지해준다. 이것은 척수를 곧게 유지하고 몸의 일부분인 등쪽 전체근육을 이완시켜주는데 2~3번 반복할 수 있다. 앞에서 말한 세 가지 운동들은 모든 웃음치료의 규범이 된다. 몇몇 선택운동들은 시간이 허락하는 데로 웃음치료에서 선택할 수가 있다.

계속

각각의 웃음활동을 하고 있는 동안의 운동들은 다른 종류의 웃음치료 실천행동 사이에 끼워 넣고 자연스럽게 진행하면 된다. 이런 운동은 회원들이 모여서 웃음활동을 시작하기 전에 끝낼 수도 있고, 다양한 종류의 웃음활동을 시작하는 사이의 휴식시간에도 할 수 있다. 또 웃음활동 중간에 각각 특정한 그룹의 편리에 따라서 할 수도 있다.

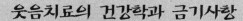

제4장

웃음치료의 건강학과 금기사항

1. 웃음치료 적용 때의 금기사항

웃음에 관한 이야기 중 가장 중요한 핵심은 웃는 동안에 자신도 모르게 마음이 편안해진다는 것이다. 웃음치료를 시작할 때 여러 사람들이 관심을 가지고 참여하면서 다양한 아이디어까지 제공해 우리들에게 흥미를 자아내게 한다. 전문가들은 1분 동안 흔쾌하게 웃으면 복이오고 체내에서 자연적으로 엔도르핀과 T세포가 점점 증가하게 된다. 이때 인체의 항상성을 돕고 건강을 유지시킨다는 연구결과가 있다. 따라서 이와같이 좋은 것을 우리가 어찌 웃지 않을 사람이 어디에 있겠는가?

웃음치료에 대한 부작용이나 병적효과에는 전혀 의심의 여지가 없다. 특히 심장병환자나 정형외과검사를 받은 사람들에게도 큰 효과를 기대할 수 있다.

이처럼 효과를 인정받으면서 필자는 여러 사람들이 자신들을 억지로 웃게 만든다거나, 두세 사람이 동시에 웃으면 함께 한 사람들 상호간에 스스로 다른 사람을 웃게 만들도록 자극한다는 사실을 발견하였다. 이것은 어떤 육체적인 긴장을 포함하여 내부복부의 압력에서 발생되는 자연스러운 힘의 표출이다.

어떤 사람들은 더 많은 유익함을 얻기 위해서 열정적이 되면서 자신들만이 가지고 있는 긴장해소를 위한 자연적 힘에 의한 웃음을 웃는다. 이와 반대로 명백한 증상도 없이 침묵의 병을 앓고 있는 또 다른 부류의 사람들도 있다.

웃음치료를 적용하면서 효과적인 측면에서 인정을 받고는 있지만, 혹시 발생될지도 모르는 부작용의 다양한 가능성을 제거하기 위한 임상실험을 통해 실험·분석하는 일을 게을리 해서는 안 된다. 특히 의학적이고 외과적인 전공의를 비롯해 수많은 의학전문가들과 함께 학술세미나 등과 같은 토론을 개최하여야 한다. 그 이후 병의 목록을 통하여 임상결과를 가지고 보다 과학적으로 접근하는 것이 웃음치료를 발전시키게 할 것이다.

이러한 과정을 거치면서 주의가 필요한 질병을 앓고 있는 환자들은 치료를 위한 노력과 함께 먼저 웃음 치료 세미나 등에 참석할 것을 권한다. 웃음치료에서 주의해야할 사항은 있지만 부작용이 전혀 없다는 것이 장점이며 특징이라고 강조해 본다.

다음은 웃음치료에서 주의해야 할 환자들을 살펴보고자 한다.

헤르니아(Hernia, 탈장)

탈장은 복부내용물이 외부로 나오는 일종의 돌기다. 창자의 여러 부분(보통 작은창자) 즉 복부근육의 약해진 벽을 통해서 탈장이 되는데, 특히 흉부외과의 검사를 받은 사람들을 대상으로 조사한 결과 수술한 부분이 약해서 많이 나타나고 있다.

내부 복부의 압력증가가 반복됨에 따라 수술탈장이 될 수도 있으며, 또 다른 탈장의 보편적인 형태는 교차선에서 발생하고 있다.

복부내용물은 서혜부(치골부의 양쪽에 있는 세모꼴의 범위)의 관을 통하여 불쑥 튀어나올 수 있고, 기침이나 재채기를 비롯해 웃는 동안에도 부풀어 오를 수가 있다. 나이가 들수록 이런 상태가 나타나기 쉽다. 그것은 나이가 들어갈수록 근육이 약해지기 때문이다.

또 천식이나 만성기관지염으로 인해 오랫 동안 지속되는 기침으로 탈장이 되기 쉽기 때문에 특별히 주의해야만 한다. 전립선을 확대한 사람들-소변이 나올 때 긴장해야만 하는 사람들과 만성변비인 사람들-은 역시 탈장에 민감하다.

복부내용물이 음낭으로 밀려질 수도 있으며 음낭을 팽창시키는 원인이 되기도 한다. 이것이 바로 간접 서혜부 탈장부로 알려진 서혜탈장의 변화다.

또 다른 탈장의 보통 사이트는 배꼽인데, 어떤 사람들은 어린시절에 작은 배꼽탈장으로 고생한 적이 있을 것이다. 만일 누군가 복부의 어떤 부분이 부풀거나 웃는 동안 불편하다면 그들은 일반외과의 검사를 받아야만 한다. 더욱 민감한 사람들은 만성감기 전립선확대 만성변비에 걸린 사람들이다. 만일 당신이 한쪽부분에 탈장이 있다면 다른 한쪽에도 유발될 가능성이 있다는 것을 명심해야 한다. 가장 좋은 것은 정기검사를 받는 것이며 웃는 동안에는 지나친 힘을 주지 않아야 한다.

그렇지만 탈장에 대해서 특별히 주의하거나 두려워할 필요는 없다. 사실상 웃는 사람보다 기침과 재채기와 심한 변비에 걸린 사람이 탈장될 기회가 더 많다. 만일 탈장의 고통을 진단받는다면 외과의 교정이 있어야 한다. 또한 탈장환자가 웃음치료에 참가하기 전에 반드시 외과의사의 건강진단을 받아야 한다.

치질

출혈이 진행 중이거나 치질이 항문 밖으로 튀어나온 환자는 웃음치료에 참가하지 말아야 한다. 왜냐하면 이런 상태는 내부복압의 증가로 악화될 수가 있기 때문이다. 환자는 반드시 한번쯤은 외과나 다른 형태의 치료를 받아야만 참가할 수가 있다.

흉통을 수반한 심장병

협심증과 흉통을 겪는 사람들은 웃음치료에 참가하기 위해서는 반드시 전문의나 심장학 박사의 진단을 받아야 한다.

그러나 약물치료가 잘 되어가고 있는 심장환자, 과거에 심장발작이 있었던 사람, 정상적 범위 안에서 스트레스 기록이 있는 사람들은 별문제 없이 치료에 참석할 수가 있다. 이밖에 성형외과 수술을 받은 사람 역시 검사결과가 좋다면 웃음치료에 참여할 수가 있다.

결론적으로 만일 우리가 45분 정도 기초산책이 허락된다면 한정적으로 웃음치료에 가담할 수가 있다. 심장발작이나 외과의 심장동맥수술을 받은 사람들은 최소한 3개월 동안 웃음치료를 피하는 것이 좋다.

외과수술

안전성을 위해 수술 후 3개월 동안은 웃음치료에 가담하지 말아야 한다. 특히 복부는 여러 각도에서 신경을 쓰면서 외과치료를 지속적으로 받아야 한다.

자궁이 빠짐

40대 이후의 부인들은 자궁을 지탱해주는 인대가 약해진다. 즉 자궁을 고정시키고 있는 인대의 탄력성이 떨어지면 복부아래에 불쾌한 증상이 나타난다. 이 질환의 보편적인 증상으로는 기침과 재채기와 웃을 때 자신도 모르게 무의식적으로 소변이 새어나오게 된다. 이런 증상이 나타나는 여성들은 외과치료를 받을 때까지 웃음치료를 피해야 한다.

임신

임신한 여성들은 극소수일지라도 내부복압의 증가가 반복된다면 웃음치료를 피해야 한다. 태아의 건강을 위해서 참가하고 싶겠지만 내부복압에 대한 확실한 진단이나 그에 따르는 통계가 나올 때까지 경거망동해서는 안 된다.

감기와 인플루엔자의 발병

급성 바이러스감염은 공기를 통해 전염가능성이 높다. 만일 그런 사람이 웃는다면 입을 통해 바이러스가 튀어나와 공중에 먼지처럼 퍼져 있다가 다른 사람이 호흡할 때 감염된다. 따라서 감기에 걸리면 약 1주일 동안은 사람들과 떨어져 있는 것이 좋다.

그러나 규칙적인 웃음치료가 호흡기점막의 저항력을 증가시킨다는 좋은 소식도 있다. 웃음치료에 관한 최근 임상조사에 의하면 감기나 기침환자가 점점 줄어들고 있다고 한다.

일반적인 결핵

결핵은 인도에서 만연했다. 결핵환자가 웃는 동안에 입을 통해 밖으로 나온 박테리아가 공중에 퍼질 가능성이 있다. 만약 자신이 결핵가능성에 대해 판단받기를 원한다면 흉부 엑스레이와 가래와 혈액검사를 권고한다. 그렇지만 다행스럽게도 전 세계적으로 2만

명이상 되는 웃음치료멤버들 중에는 결핵환자가 없다. 그러나 적절한 의료관리가 의무라고 생각한다. 웃는 동안에 사용한 손수건이나 손을 닦는 티슈는 전염되기 쉬운 매개체다. 특히 만성기관지염 환자나 애연가와 천식환자 등은 공중위생에 관심을 가지고 다른 사람들에게 전염되지 않도록 애써야 한다.

눈 합병증

내부적으로 안압이 높거나 유리체 출혈경력이 있는 사람은 웃음치료를 시작하기 전에 필수적으로 안과의사의 의견을 들어야한다.

그 외의 다른 불안

웃음치료를 하고 있는 동안에 불안을 경험한다면 만성적인 병이 없다고 할지라도 필히 담당의사와 상담해야 한다. 그럼에도 불구하고 별다른 문제가 없다고 한다면 웃음 치료를 활용하는 기술에 잘못된 점이 있는 것이다. 기술에 문제가 있다면 웃음치료의 기술을 훈련하는 프로그램도 별도로 운영 하여야 할 것이다. 예컨대 웃음치료 지도사 과정 등이다.

결론

위에 나열한 모든 금지조항을 하나하나 빠짐없이 확인하면서 여러 가지 다양한 임상자료를 토대로 끊임없는 연구와 보완이 필요하다. 이와 같은 훌륭한 자료들을 참고하여 치료의 유익한 결과가 되도록 활용하여야 한다.

그러나 웃음에 대한 효과의 경고는 지켜져야 한다. 주최자는 참가자와 스크린에 약한 그룹의 신체건강에 관한 기본정보를 구하기 위해 질문서 즉 기초면접 기록지를 작성하고 회원을 관리하여야 한다. 또한 정기간행물을 만들어 그들이 웃음치료에 관여하고 있는 동안 여러 가지 예방책을 알리기 위한 홍보 소식지를 만드는 것 또한 소홀히 하면 안 된다.

2. 웃음치료의 건강상 이점

인도에서 웃음치료를 시작한지 약 10년 정도 되었다. 인도와 해외의 더 많은 곳에서 웃음치료가 시작되면서 그 수요가 증가추세에 있다. 요즘 거의 매일 많은 사람들이 웃음치료에 가담하고 있다. 그 이유를 보면 웃음은 회원들에게 적극적인 정열을 전달해주고 점차적으로 적극적인 사고를 하는 긍정적인 사람으로 만들어주기 때문이다.

여러 가지 스트레스와 관련된 질병으로 고통 받는 사람들은 다른 측면에서 바라보면 다른 방법으로서의 효과가 있다.

웃음은 아주 효과성이 뛰어난 자연 치유법 중의 하나이며, 자연 치유력을 증강시켜주는 치료법 중의 하나이다. 따라서 우리는 한국에서도 그것에 관한 임상적 연구를 시작할 것이다. 향후 웃음치료에 대한 아주 믿을 만한 연구통계가 있을 것으로 기대해 본다.

항 스트레스

웃음은 가장 훌륭하고 가장 경제적이며 좋은 스트레스eustress를 연습하기 쉽고, 근육을 완화하는데 최상이고, 혈관과 몸 전체의 다른 근육에 활력을 실어 보낸다. 그것은 힘 있는 묵상이나 긴장 완화의 형태로 설명할 수 있다.

이에 반해 웃는 동안에 우리는 어떤 의식적인 사고과정이나 모든 자연적인 감각 등 그 어떤 순간에도 노력 없이 얻어지는 것은 그 무엇도 없다.

우리가 입증할 수 있는 또 다른 묵상은 행함보다 말하기 쉬운 혼란한 생각을 없앨 수가 있다. 따라서 웃음을 말할 수 있다는 것이 가장 쉬운 묵상의 형태인데, 이것은 즉시 우리의 긴장을 완화시켜줄 것이다.

면역체계의 강화

면역체계는 좋은 건강과 함께 감염·알레르기·암으로부터 신체를 지켜주고 보호해주는데 가장 중요한 역할을 한다. 심리 신경 면역 환자들에 의해 걱정·우울과 같은 부정적인 감정이 신체의 면역체계를 약화시킨다는 것이 입증되었다. 즉 그것으로 인해 감염에 대항하여 싸우는 능력이 감소된다는 것이다.

웃음치료전문가들에 의하면 웃음은 식균세포의 수를 증가시키며 항체수위를 높여준다고 강조한다. 많은 수의 웃음치료학회 회원들이 감기·후두염·가슴염증의 빈도가 감소되었다. 면역체계에 대한 웃음효과가 에이즈나 암과 같은 치명적인 질병에도 관여하게 될 것이다.

에어로빅 운동

거의 모든 사람을 이끌어내는 최고의 장점은 전인적 웰빙감각이다. 아침에 약 20분간 웃고 나면 하루 종일 신선함을 느낄 수 있다. 웃음만이 우리에게 즉각적인 결과를 나타내주는 명약이다. 웰빙감각을 살펴보면 우리가 웃는 동안 더욱 많은 산소를 들이마시게 된다는 것이다. 웃음은 팬시구두나 옷을 입지 않아도 되는 에어로빅으로 풀이할 수도 있다. 따라서 우리는 조깅트랙을 어렵게 달릴 필요가 없다.

웰리암박사Dr William에 의하면 1분간의 웃음은 심장과 혈액순환을 자극하여 에어로빅운동과 동등하다고 했다. 웃음은 앉은뱅이와 휠체어에 앉아있는 사람들에게도 적당한 운동이다.

우울증·걱정 그리고 정신이상

현대생활의 스트레스는 사람의 마음과 신체에 무거운 짐을 주고 있는 것이다. 따라서 걱정·우울증·불면증같이 마음에 관련된 질병이 증가하고 있다. 웃음은 진정제나 신경안정제를 많이 먹고 있는 사람들에겐 매우 이롭다. 현재 웃음클럽회원들은 점점 잠을 잘 자고 울음도 감소했으며 자살충동을 가진 사람들 역시 더 많은 희망을 가지고 살기 시작했다.

고혈압과 심장병

유전·비만·흡연·지나친 지방포화 같은 심장질환과 고혈압에는 여러 가지 원인이 있다. 그 중에서 스트레스가 가장 큰 요인인데, 웃음은 스트레스와 관련된 호르몬의 감소로 혈압을 조절해준다. 실험에서 10분간 웃게 한 다음에 그 결과를 보면 10~20㎜가 떨어졌음이 입증되었다. 그렇지만 매일 고혈압 치료약을 2~3알 먹는 사람이 완전히 치유된다는 의미가 아니다. 만일 3알을 먹었다면 언젠가부터 2알을 먹게 될 것이고 1알을 먹는 날이 오며 언젠가는 먹지 않아도 되는 희망의 날이 올 것이다.

자연적인 진통

웃음은 우리 몸 안에서 엔도르핀을 증가시키는데 바로 그것이 자연 진통제이다. 척추불치병으로 고통을 받고 있는 미국인 신문기자 노먼 커즌스Norman Cousisn박사의 경우, 그 어떤 진통제도 자신을 돕지 못할 때 웃음치료로 많은 효과를 보았다는 것을 앞에서 강조하였다. 또 웃음의 결과로 증가되는 엔도르핀은 관절염·척추염·신체경련으로 발생되는 통증을 감소시키는데 큰 도움을 주게 된다. 이밖에 수많은 여성들의 편두통도 감소되었다고 한다.

배우와 가수에게 이로움

웃음치료는 배우와 가수에게 매우 유익하다. 폐의 용량을 늘려주고 횡격막의 운동과 복부 근육이 좋은 스피치를 하도록 도와주기 때문이다. 또한 얼굴근육을 당겨주며 얼굴표정까지 도와준다. 우리가 웃을 때 우리의 얼굴은 혈액공급의 증가로 빨개지며 아울러 얼굴피부에 윤기까지 발산시킨다. 한마디로 웃는 사람들은 더욱 매력적으로 보인다. 웃음을 통해 눈물을 짜냄으로써 눈은 더욱 반짝거리며 빛난다.

개인간의 관계

웃음은 사람의 관계를 증진시켜준다. 웃음클럽의 모든 회원들은 서로가 열린 마음으로 만나며 서로를 돕는다. 우리는 적극적인 마음으로 사람들을 만날 기회를 갖게 될 것이다. 이처럼 웃음치료를 통하여 다른 사람들이 가족처럼 되었다. 그들은 서로가 잘 알며 기쁨과 슬픔을 함께 나누게 될 것이다. 우리는 모임이나 소풍 등으로 즐거운 순간을 공유한다. 그들은 함께 하면서 건강워크숍이나 자연요법세미나 등을 개최하게 될 것이다.

웃음을 통한 자기신뢰

우리가 공공장소에서 하늘을 향해 두 팔을 올리고 웃고 있을 때 우리의 억압된 마음이 제거 될 것이다. 일반적으로 몇몇 사람들은 자신들이 우스꽝스런 구경꾼이 될까봐 불안한 마음을 감추지 못하고 마지못해 웃음치료에 가입하기도 한다. 그러나 우리들은 시간이 지날수록 마음을 열고 웃음치료에 적극적으로 참가하게 될 것이다.

웃음의 사회적 유익

계속되는 연구에 의하면 우울증으로 고통 받는 사람이 고혈압·심장병·암과 같은 질병을 앓기 쉽다고 한다. 우울증은 부가적으로 순환계에 영향을 미치는데, 보통 우울증의 원인은 사회적 고립과 가족의 소외를 경험케 하며, 이것은 서부유럽국가에 매우 많은 현상인데 지금은 점점 동부국가에서도 그 영향력이 증가되고 있는 실정이다. 웃음치료는 짧은 시간에 항 우울제의 복용을 제거해 준다. 오늘날 지역적으로 웃음치료는 작은 사회를 만들어 가고 있다.

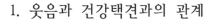

제5장
웃음과 건강택견

1. 웃음과 건강택견과의 관계

웃음과 같은 단순한 감정이나 건강택견, 스트레칭 등과 같은 보편적인 운동으로 자신의 건강을 유지하고 증진시키는 운동법을 실천하고 있는가?

건강택견은 신체적으로 공간적인 이유에서 실천하기가 어렵기 때문에 고대 한민족고유의 철학적인 고전적 시스템으로 구별되어 왔다. 건강택견은 신체·마음·영혼과 접촉함으로써 인체 내 물리적 균형을 산출해낸다.

다른 한편으로의 웃음은 인식적이고 감성적이며 행위적 책임의 형태라고 할 수 있다. 이 두 가지 사이에서 유사점을 찾아보자. 건강택견이란 단어는 통합조화를 의미하는 건강과 한민족 고유의 민속 정통성 안에서 비롯되었다고 할 수 있다. 한마디로 이것은 우리 한민족의 정신적 생활을 내포하고 있는 민족혼이 녹아져 내리고 있는 것이다. 즉 생활의 모든 면을 통제하고 절제하며 마음·영혼·사회와 함께 우리 신체적 조화와 균형을 뜻한다.

필자가 처음 웃음치료에 대한 연구를 시작하고자 할 당시, 그것은 단지 흥미롭지만 웃기는 일이라고 생각했다. 내 마음 속에 건강택견은 전혀 없었다. 더구나 사람들의 비웃음을 예상하면서 건강택견을 즐거운 운동으로 받아들이는 귀한 시간들이 되어 사람들에게 강권하며 개발 접목코자 한다. 농담이 따르지 않을 때 우리는 거짓 없이 웃는 웃음을 배울 수가 있을 것이다.

필자는 모든 사람들이 새벽 미명에 너털웃음 후에 기분 좋음을 경험하도록 매일 20분간 우리 회원들이 어떻게 하면 웃음을 한국에서 정착화하며 실천할까를 연구하고 있다. 아침 산책자들은 보편적으로 건강한 사람들이며 그들은 아침 운동을 정기적으로 하길 원한다.

필자는 한국건강택견협회(회장 설영익 교수)의 상임고문이지만 이제부터 다시 재조명하며, 건강택견을 연구하여 웃음치료와 접목시킴에 설영익 교수와 함께 심혈을 기울이고자 한다. 따라서 한국건강택견협회의 임직원 및 지도자 여러분들의 적극적인 연구와 동참을 기대해 본다.

필자는 건강택견과 웃음치료를 어떻게 연결시킬 수 있을까?를 연구하고 있다. 며칠 동안 필자는 건강택견과 또 다른 면에 대해서 어떻게 웃음과 연결시킬까를 고민하였다.

그러던 중 필자는 설영익 회장의 도움으로 웃음치료와 건강택견의 접목가능성을 극복하게 되었다. 건강택견과 웃음치료를 왜 조화롭게 활용하지 못할까? 이것을 생활 체조로 국민건강 운동으로 실현시키기 위해서 계속적인 연구를 하고자 한다.

건강택견의 심호흡

웃음행위가 호흡기관에 의존하기 때문에 필자는 심호흡과 함께 폐호흡근육이 건강택견의 중요부분이라고 생각하게 되었다. 심호흡은 마음에 고요한 효과가 있으며 신체조직에 더 많은 산소를 공급해준다.

두 번째로 필자는 웃음기관 사이에 어떤 중점을 두고 왜 심호흡과 같이 웃음의 다른 형태를 접목하지 못할까를 생각하게 되었다. 결론적으로 이것은 폐활량을 증가시킬 것이다. 따라서 필자는 심호흡이 웃음운동에서 가장 중요한 부분이라는 걸 인식하게 되었다.

정상적인 과정에서 건강택견식 심호흡을 하는 환자는 없다. 우리는 그것을 완전한 웃음치료의 한 부분으로 만들고 또한 그것을 실천적 호흡운동으로 접목시켜 생활습관화가 되게 하고자 한다.

하늘로 팔을 들어올린 이후 다음 동작에서 "이-크"하면서 보여주는 건강택견의 동작과 그리고 기본기마자세를 곁들인 건강운동의(필자가 창안한 건강체조) 심호흡은 집중과 함께 천천히 리드미컬하게 행하면 된다. 이것은 심상을 바로 세우며 마음을 다스리게 한다. 그렇지만 이것은 사람들이 번잡한 곳에서는 행하기가 어렵다.

리듬과 느린 템포를 주기 위해서 필자는 동료와 관계자들에게 양팔을 하늘로 들어올리고 동시에 천천히 깊이 숨을 쉬라고 말한다. 들숨 후엔 숨을 참고 4초 동안 팔을 흔든 다음 마치 조용히 휘파람을 불듯이 입으로 천천히 숨을 내쉬라고 한다.

입으로 숨을 내뱉는 것은 날숨 양을 늘리는 것이며 날숨시간은 들숨시간의 두 배이다. 과학적으로 말하자면 사람이 완전히 숨을 내쉬었을 때조차도 폐 속엔 공기의 찌꺼기라고 불리는 일정량의 공기가 남아있다. 이 증세는 만성기관지염이나 천식으로 고통 받는 사람들에게 더욱 심하게 나타나고 있다. 만일 찌꺼기의 양이 많아 계속적으로 남아있다면 박테리아에 감염될 수 있는 확률이 더 높고 산소교환 역시 적어지게 된다.

심호흡은 이산화탄소를 포함하고 있는 찌꺼기 공기를 제거해주

며 더 많은 산소를 포함한 신선한 공기로 대체시키는 것을 도와
준다.

'호호-하하하' 운동

웃음과정을 주의 깊게 살펴보면 웃는 동안에 횡격막과 복부근
육 그리고 성대로부터 규칙적 진동인 경련을 일으킨다. 이것은 폐
로부터 공기를 분리시키는 늑간근육의 규칙적인 운동이 있음을
알 수 있을 것이다. 예를 들면 목·편근육·안면근육의 수축 등이
있다.

이밖에 건강운동체조법이 있는데 이것은 건강택견과의 관련성
여부를 검토한 후 다음에 집필 보완 하고자 한다. 다만 건강체조
는 부록으로 수록할 계획이다. 건강운동체조는 웃음 속에 녹아내
려 모든 근육의 규칙적인 수축을 도울 것이다.

사람들이 스스로 웃도록 강요받았을 때, 이유 없이 웃는 방법의
연구 안에서 우리들은 웃는 것이 어렵지도 그렇다고 결코 쉽지만
은 않다는 것을 알게 될 것이다. 그러므로 나는 "하하 호호호"라
불리는 웃음운동을 한국에 소개하고자 한다.

사람들은 입을 벌리고 "호호 하하하" 화음 속에 노래하면 된다.
그렇게 함으로써 억압된 감정이 제거되면서 상호간에 관계가 좋
아진다. 온 누리의 대기는 웃음으로 채워지고 많은 사람들이 미소
짓고 킥킥거리게 될 것이다.

따라서 '호호 하하하 운동'은 인도의 마단카타리나박사가 창안한
것이지만 한국적 토착화를 위한 웃음으로 거듭날 것이다. 후에
'호호 하하하 운동'은 손에 있는 건강 반사 점을 자극시켜 주는 규
칙적인 손뼉 치기로 발전될 것이다. 손뼉 치기와 함께 '호호 하하
하 운동'은 웃을 때마다 최소한 3~5번씩 되풀이하면 건강상 유

익하다.

심호흡과 팔 펴기

웃음과 심호흡을 하는 동안 팔을 펴는데 그것은 스트레칭의 일
종으로 건강운동체조로 통합 발전시키고자 한다. 다시 말하면 스
트레스와 현대생활에서의 긴장감 때문에 단단해진 목과 어깨주위
의 근육을 풀어줄 운동이 필요하다.

사자 웃음

웃음치료에선 독창적으로 실행하고 있는 또 다른 형태의 웃음
이 있는데, 그것은 바로 요가의 심바 무드라Simha Mudra와 비슷한
사자 웃음이다. 이것은 충분히 혀를 내밀고 눈을 크게 뜨고 사자
의 발처럼 손을 취하며 웃는데 이것이 요가적 사자의 자세다. 이
자세는 안면근육에 좋은 운동으로 목의 뻣뻣함에도 유익하다. 요
가전문가에 의하면 이것은 갑상선 동맥까지 자극시킨다고 한다.
가끔 이 웃음이 좋지 않을 때가 있는데 그것은 부인들의 사회적
모임에서다.

2. 건강택견의 과학적인 면과 웃음

신체의 모든 기관은 세포로 만들어져 있다. 완벽한 건강과 체력
안에서 이 세포들을 지키기 위해선 단백질·탄수화물·지방·염
분·미네랄·비타민과 같은 영양분의 지속적인 공급이 있어야 한
다. 이 영양분은 사람들의 음식과 음료에서 모두 포함되어 있다.

그것들의 원활한 공급은 사람들이 먹은 음식물의 질과 소화능력과 소화기관의 흡수에 달려있다.

따라서 영양분을 신체 전체에 골고루 나눠주기 위해서는 순환기관이 능률적이어야 한다. 그렇기 때문에 소화 기관과 순환계가 최적의 건강상태를 유지해야만 한다.

결국 영양이 신체의 모든 세포에 도착했을 때 그 물질대사를 위해 산소가 꼭 필요하다. 이에 보다 질이 좋은 산소를 호흡기 계통에 공급하기 위해선 완벽한 건강이 필요한 것이다. 따라서 필자는 건강식이요법을 주창하고 있는데, 육식을 삼가고 채식과 과일 섭취와 함께 깨끗한 물을 마시기를 권한다. 건강식이섭생이 무엇보다 중요하다.

소화계의 강해짐

한국건강택견협회의 설영익 회장에 의하면 신체의 건강과 체력은 음식의 질과 양에 달려있다고 한다. 즉 올바른 식이요법으로 섭생하는 것이 매우 중요하기 때문에 음식의 선택이 매우 중요하며 올바른 식습관을 생활화하여 건강을 유지 증진시키자. 또 정기적인 웃음치료의 모임을 위한 준비로 우리는 건강자연식에 대해 많은 제안과 합일점을 얻기 위하여 토론 하여야 한다. 이에 따라 웃음치료에서는 생과일·샐러드·야채·현미식 및 새싹을 먹는 것이 적극적으로 장려되고 있다.

매일 아침 웃음치료학회 회원들은 다양한 새싹을 먹고자 애쓰며 실천하고 있는데, 현재 음식점에서도 새싹비빔밥이 유행되고 있다. 새싹은 많은 양의 비타민을 포함한 우수한 식품이다. 그리고 비타민C를 하루에 1000㎎기준으로 5~10알을 권하고 싶다. 이것은 식후 바로 2알씩 먹는 것이 좋다.(이에 관한 의학적 견해

는 생략하겠다)

웃음치료학회 회원들이 여러 형태의 모임을 통해 함께 나누며 건강상식의 정보를 주고받는 일은 매우 유익할 것이다. 한편 한국에서도 우리는 인도 국제웃음클럽의 중앙체계를 통하여 이 네트워크가 강화되기를 제안하고 있다. 이 웃음치료학회(회장 류종훈 교수)에서 사람들은 좋은 식습관을 갖게 될 것이다.

우리가 비로소 올바른 음식을 먹을 때 우리의 소화계는 음식으로부터 많은 영양을 섭취하기 위해 완전해진다. 위·장·간·췌장과 같은 소화기관은 복부강 내에 위치하고 있는데, 모두가 강한 근육에 의해 지탱되고 있다.

정상적인 호흡이 이뤄질 때 하루 24시간 동안 복부근육과 횡격막운동에 의해 소화기관은 부드러운 마사지가 공급된다. 즉 들숨 때에는 횡격막이 복부기관을 아래쪽 앞으로 민다. 이와 동시에 복부 벽의 근육을 이완시킨다. 날숨 때는 마찬가지로 복부기관을 아래쪽 앞으로 민다. 이와 동시에 복부 벽의 근육을 이완시킨다.

날숨 때는 복부근육이 수축되고 복부강의 모든 기관을 안쪽 위로 밀어낸다. 그 덕분에 1분에 16~20번씩 소화기관을 마사지한다. 하지만 만일 복부근육이 약해지고 횡격막의 근육이 규칙적으로 운동하지 않는다면 그것들은 효과적인 마사지를 공급할 수가 없다.

오늘날 앉아있는 생활스타일과 비만 때문에 복부근육이 강도를 잃으면서 복부 벽에 지나친 지방이 쌓이고 있다. 그 결과 탈장이 되기도 하고 혈액공급까지 영향을 미치게 되었다. 이것은 소화불량과 여러 가지 소화의 원인이 되기도 한다. 소화기관의 완전한 건강을 위하여 복부근육이 강하고 탄력이 있어야 한다. 그것들을 강하고 탄력 있게 내부기관을 마사지 하도록 도와주는 다양한 건강 택견이 있다.

죽음의 4중주라고 지칭하는 죽음의 위험인자는 무엇보다 복부 비만이다. 또한 고혈압과 당뇨와 고지혈증 등도 있다. 대사증후군으로 이것들을 치유해야만 건강한 삶을 누리면서 행복한 생활을 할 수 있다.

강한 순환계를 위하여

음식이 적절하게 소화되고 흡수되었을 때 영양이 신체의 모든 부분에 골고루 도착해야 한다. 그때의 순환계는 수송기관의 역할을 맡는다. 모든 영양분은 피에 흡수되면서 간을 거쳐 중앙펌프기관인 심장을 지나 혈관을 통해 몸 전체로 보내진다.

이와 마찬가지로 영양공급과 신진대사 후에 피는 정화를 위해 심장과 폐로 되돌아온다. 순환에서 가장 중요한 기관은 바로 심장이다. 횡격막과 늑간근육의 규칙적인 수축과 이완으로 폐는 심장근육의 마사지를 공급한다.

한바탕 웃고 나면 온몸의 혈관이 확장되어 따스함을 느끼고 얼굴이 붉어진다. 요약하면 웃음은 몸의 순환계를 강하게 해준다.

강한 호흡기를 위해

영양소가 각 조직으로 운반될 때 물질대사에 많은 효소작용을 하는 가장 중요한 원소가 바로 산소다. 호흡의 주요기관은 폐이다. 효과적인 산소공급을 위하여 호흡기 통로가 깨끗하고 호흡기의 근육은 강해야 한다.

건강 택견은 산소공급의 증진을 돕기 때문에 더더욱 중요하다. 생활에너지인 생기生氣는 호흡을 통해 우리 몸으로 들어간다. 필자는 심호흡운동에 웃음건강택견을 신중히 접목하기를 원한다는 사실을 앞에서 강조한 바 있다. 물론 요가나 단전호흡을 응용하는 것도 매우 좋을 것이다.

인도에서는 실제적으로 웃음요가를 개발하여 활용하고 있다. 정상적으로 사람이 휴식을 취하고 있을 때 1분에 16~18번의 숨을 쉬지만 일을 할 때는 1분에 25~30번으로 올라간다. 더욱이 심한 운동을 할 때의 호흡은 1분에 30~40번이나 된다.

만성기관지염·기관지·천식·심장병으로 고생하는 사람은 호흡수가 이보다 더 높아진다. 일상생활에서 스트레스를 받거나 긴장을 하면 호흡수가 그만큼 올라가고 얕아진다. 웃음치료에서 실천하는 규칙적인 심호흡은 충분한 폐활량으로 폐를 지켜준다.

제6장
웃음치료와 유머 그리고 정체성

1. 웃음클럽 안에는 정말 웃음이 있는가?

필자는 사람들을 웃게 하려고 농담이나 유머러스한 이야기를 어디서나 하고 있다. 그렇지만 이런 노력에 커다란 장애물이 있다면 농담하기에 좋은 자료가 부족한 것이다. 충분하지 못한 가운데 한번 사용한 유머를 또다시 같은 사람에게는 적용할 수가 없다는 것도 심적 부담이 된다. 더구나 모두 농담을 즐거워하지 않고 그들 대부분은 사회나 혹은 성별을 문제 삼고 있다. 이것이 때때로 어떤 다른 사람의 감정을 상하게 할 수도 있다. 이 모든 것이 정말로 실망이었다. 성공하고자 하면 유머의 철학을 익혀라.

인도의 카타리나박사와 몇몇 관계자들은 웃음치료를 완전히 포기했다고 생각되는 지역으로 갔다. 그는 몇 사람을 만나본 후 만일 사람들이 매일 웃어야 한다면 그들을 웃게 하려는 생각을 실행할 수 없다는 것을 알았다.

그가 이런 생각을 그룹 구성원들에게 제안하였을 때 그 반응은 완전히 불신이었다. 그들은 자신들이 본적이 없는 일에 대해 가능하다는 것을 믿을 수가 없었다. 그리고 그는 그룹 안에서 같은 이유로 모두 웃지 않는다고 생각했던 것이다. 그러나 이중에 몇몇은 다른 사람이 웃기 때문에 웃었다. 이것은 그가 시네마 홀에서 직접 목격한 것이다.

홀 전체가 웃음으로 출렁일 때 모두가 농담을 이해하는 건 아니었다. 설명과 설득 후에 그룹은 스스로 웃음을 유발하고 이유 없이 웃고 절대 후회하지 않을 것에 동의했다. 그들은 점차적으로 판명된 좋은 결과를 보고 놀랐다.

심리학자들은 사람의 마음이 처음에 그것이 더 좋다고 생각했을지라도 어떤 변화에 저항하는 경향이 있다고 말한다. 이와 마찬가지로 새로운 것이나 이유 없이 웃는다는 것은 비웃을만하다고 생각한다.

대부분 그룹 밖의 수많은 사람들은 웃음치료에서의 웃음은 농담 등으로 일어나는 웃음과 비교해서 인위적이라고 표현했다. 하나님은 인류 외에 다른 어떤 종에도 주지 않은 웃는 능력을 주셨다. 이 능력은 심지어 신생아가 웃을 수 있는 것처럼 타고 난 것이다. 여기에서 우리 모두 까-꿍 웃음 운동을 유머스러한 억지웃음으로 생활하여 진짜 웃음이 되게 하자.

두 웃음 사이의 차이점

농담으로 생겨난 웃음과 웃음치료에서의 웃음이 일치하지 않는다고 할지라도 그것을 좀더 가까이서 바라본다면 분명 둘 사이에 다른 점보다는 닮은 점이 더 많다는 것을 알 수 있을 것이다.

캘리포니아대학 출신의 심리학자 바울 엑멘과 로버트 레빈슨 MR. paul ekman & Mr.Robert Levenson은 "행복한 얼굴을 해라"는 충고가 실제로 유익하다는 결론을 발표하였다. 그들의 연구는 얼굴표정을 정서적상황의 반응뿐만 아니라 이 상황을 아주 잘 일으킬 수 있다는 것을 보여주었다.

후자가 바로 웃음치료에서 일어나는 것이다. 최근에 웃음치료에서 우리는 우리자신이 일으키는 웃음을 진짜웃음으로 바꾸는 것을 도와주는 여러 가지 웃음기술을 발달시켰다. 더욱이 웃음치료에서 진짜웃음이 이유 없이 분수처럼 튀어나온다. 이 치료적인 웃음은 어떤 유머나 농담으로 일어나는 어떤 웃음보다 더 자발적이고 더 깊다.

뒤센Duchenne의 미소

앞에서도 언급되었지만 노먼 커즌스Norman Cousin)박사는 자신이 지은 《질병의 해부학》이란 책을 통해 웃음치료의 효과를 과학적으로 증명하였다. 즉 미소와 웃음을 인공적으로 일으킨다고 할지라도 뇌의 중심에는 실제적인 기쁨을 준다는 것이다.

바울 엑멘Dr.Paul. Ekman 박사도 우리들은 감정을 포함한 뇌의 특수부분을 잘 모른다. 그렇지만 우리들은 기초적인 지식의 산실과 우리 자신의 감정을 일으키는 경로가 뇌에 있음을 알고 있다. 그는 우리가 웃는데 있어서 각기 근육이나 근육군을 약간 다르게 사용하는 18종류의 다른 미소를 확인했다.

그는 지루한 미소와 냉소적인 미소와 굴욕적인 미소 역시 우리의 마음속에 자리하고 있지만 아무 일도 하지 못함을 발견했다.

그러나 행복을 위해 뇌의 중앙을 작용하는 유일한 웃음이 있음을 발견하였다. 그것은 바로 후에 뒤센Guillaume Benjamin Amad Duchenne에 의해 이름 지어진 뒤센의 미소이다.

그는 입술을 다물고 까마귀 발을 보는 것처럼 눈을 오그라들이고 윗입술을 천천히 쳐든다. 비록 만들어진 미소지만 당신의 우울함을 행복한 기분으로 바꾸어줄 것이다. 여기서 미국 미네소타주에서 시작한 프로젝트인 '새로운 법'에서의 앤더슨(Act Now 의 Dr Dale Anderson MD)의 업적을 소개한다.

그는 워크숍에서 아름다운 운동을 했다. 그리고 거기에서 그는 모든 참가자들에게 이빨사이에 펜을 물고 종이 위에 몇 단어를 쓰라고 했다. 펜을 이빨사이에 물고 있는 얼굴표정이 웃거나 이빨을 드러내고 웃는 것과 닮았기 때문에 그것은 뇌에서 행복한 화학물질이 나오게 하면서 분위기를 바꾼다.

마찬가지로 펜을 입술사이에 물고 있는 운동을 할 때의 얼굴표정은 슬픈 것과 닮고 조금 후엔 기분이 저하됨을 느꼈다.

웃음에 따라오는 가치 있는 부산물

당신이 웃음을 단순한 운동으로 간주한다고 해도 그것은 당신의 얼굴근육을 강화한다. 사람들은 신체의 모든 근육을 위해 많은 운동을 한다. 그렇지만 얼굴근육을 위해 고안된 운동은 거의 없다. 자발적인 웃음은 당신의 얼굴근육과 식도와 폐의 복부근육을 위한 우수한 운동이다. 그것은 자신의 얼굴에 행복한 홍조를 띠게 하고 눈을 반짝거리게 한다.

심호흡은 웃음치료에 있어서 없어서는 안 될 부분이다. 우리는 웃음치료에서 제공되는 120~250분간 훈련으로 집에 돌아가면 적어도 하루에 10~20번 심호흡하는 아름다운 습관을 갖게 될 것이다. 이것은 폐활량을 증가시키고 신체에 산소공급을 향상시켜준다.

스트레칭 운동은 현대생활의 스트레스와 긴장으로 인해 아프게 되는 목과 어깨근육을 풀어준다. 건강택견에 의하면 목은 뇌와 신체부분을 잇고 있는 다리와 같다. 모든 중요한 신경척수혈관이 목을 통하여 지나간다. 따라서 목과 어깨 등의 근육은 자유로운 목운동을 필요로 한다. 웃음과 함께 우리는 규칙적으로 손뼉 치기를 한다. 이것은 손바닥의 지압점을 자극해주기 때문이다.

만일 자신이 자연스런 웃음을 웃지 못한다면 간단하게 "호호 하 하하"를 소리 내어 외쳐라. 그러면 우리의 복부근육을 강화시켜줄 것이다. 또한 간·위·비장·췌장·신장처럼 중요한 내부기관에 혈액공급을 향상시켜 줄 것이다.

2. 웃음치료와 유머활용의 차이점

(1) 웃음과 유머의 차이는 무엇일까?

이것은 세계적으로 개최되는 웃음세미나와 워크숍을 통해 사람들이 궁금하여 질문하는 가장 일상적인 것이다. 연구결과에 의하면 유머 없이 웃는다고 할지라도 웃음을 통하여 유머감각을 발달시킬 수 있다는 답이 나왔다.

웃음과 유머는 단일체이며 떼어놓을 수 없는 불가분의 관계이다. 그렇지만 유머는 더욱 미묘하다. 이것은 사물을 재미있게 바라보는 사람들의 자각적 능력이며 표현이다. 유머는 원인이고 웃음은 결과이다. 그리고 그것들은 우리 신체에 물리적이고 생리학적인 변화를 가져다 준다.

그러나 웃음치료의 원인으로서 어떤 형태의 유머도 사용하지 않는다. 우리는 사람들이 위압감과 부끄러움을 몰아내고 생활에서의 즐거움을 찾기 시작하는 것으로 웃음을 이용한다. 즉 바꿔 말하자면 웃음은 우리들이 유머감각을 발달시키는 것을 돕고 있다.

웃음치료에선 웃음을 자극하기 위해 어떤 유머도 사용하지 않고 그냥 웃는다. 그렇지만 우리 모두가 웃을 이유가 없다는 것을 의미하는 것은 아니다. 우리는 자극된 웃음을 위한 원인으로 웃음의 전염성을 이용한다.

　미국의 웃음치료학회장 스테 와프슨stee wifson은 웃음치료와 유머에 관한 그의 견해를 썼다. 여기에 그것을 소개하면서 필자의 견해를 첨가하고자 한다.

- 웃음치료는 요가와 자연치유법과 현대의학등과 같은 체계적인 활동을 활용한다.

- 웃음치료는 대접받는 수동적인 청중이 아니라 활동적인 참가자일 것을 약속한다.

- 웃음치료는 요가에 기초한 규칙적인 호흡기술과 함께 요가 스트레칭에 기초한 운동의 형태로써 웃음을 장려한다.

- 웃음의 재료와 관계없이 좋은 건강으로 전도되는 물리적이고 화학적 변화를 가져다준다.

- 아주 종종 웃음활동은 일반적 목적과 사회적 지지로 그룹 안에서 펼쳐진다. 웃음치료가 전 세계적으로 확산되는 이유는 사람들에게 형제애와 우정을 가져다주기 때문이다. 이런 웃음활동은 웃음으로써 언어를 사용할 필요가 없기 때문에 일체감을 조장해준다. 이것은 전 세계를 함께 섬기며 나누는 공동체적 사랑운동으로 진정한 돌파구이며 이 웃음운동이 인류를 하나로 묶는 세계웃음가족으로서 통합된 세계를 꿈꾼다.

- 만일 유머가 웃음치료에서 생긴다면 그것은 강압적이 아니고 요구된 것도 아니며 자연 발생적인 것이다. 우리는 치료적 웃음치료에서 말하는 농담 없이 웃는 것을 이해하는 초기단계에 있다.

- 유머는 개인적이고 주체적이며 웃음은 우주적이다. 농담이 웃음을 자아내는데 사용될 때 많은 사람들은 농담을 좋아하지 않는다.

- 농담을 사용하는 것은 불쾌함이나 기분을 상하게 하는 위험이 따른다.

- 웃음치료는 이런 위험을 경시하고 제거해준다.

- 유머는 정의하기 어렵고 우스움이란 것에 대하여 측정하기가 거의 불가능하다. 그러나 웃음을 동반하는 심리적 변화는 비교적 측정하기 쉽다. 그리고 그 유익은 관찰될 수가 있다.

- 웃음치료는 모든 사람에게 열려있다. 제외되는 사람은 아무도 없다. 웃음치료는 비정치적, 비종교적, 비 착취적이고 비 상업적이다. 여기서 필자는 세계 어디에서나 웃음치료학 회원이 되기 위해 개인적인 회원자격비가 없음을 명백히 알린다. 그렇지만 기술혁신과 과학적 정보를 공급할 수 있도록 웃음치료학 회원에게는 가입비가 있다. 프로그램을 맡을 웃음지도자는 다른 계획으로 양성하며 이들은 이 세상을 웃음 세상으로 만들어야 하는 책임이 있다.

  따라서 회원자격비는 없지만 연수비와 입회비는 별도의 규정으로 정하여 실정에 알맞도록 운영하고자 한다.

- 체계적인 치료의 웃음방법은 나이와 환경에 관계없이 적용할 수 있다.

- 체계적인 치료의 웃음방법은 신체·마음·영혼에 모두 적용된다. 우리는 웃음운동의 배후에 철학이 있다. "웃음은 또 다른 웃음을 만든다" 웃음정신을 통하여 웃음치료 참가자들은

더 나은 감정의 균형을 성취하고 스트레스로 인한 부정적인 면의 감소를 가져왔다.

• 웃음치료는 언어의 차이에 제한받지 않는다. 그리고 웃음엔 악센트가 없다.

제7장

억지웃음과 진짜 웃음의 효과성

1. 인위적 웃음운동을 진짜웃음으로 전환하겠는가?

우리는 재미나 즐거움 없이 웃음치료가 우리의 그들의 웃음을 강요하는 것을 보았더라도 눈살을 찌푸리지 말아야 한다. 우리가 자극받은 웃음을 자연스런 웃음으로 바꾸는 데는 몇 가지 기술이 필요하다.

---

1. 좋은 눈 맞춤이 우리를 웃긴다.
2. 우둔한 이론이 우리를 웃긴다.
3. 놀이와 기쁨이 우리를 웃긴다.
4 어린애 같은 행동이 우리를 웃긴다.
5. 횡설수설하는 설명이 우리를 웃긴다.
※ 웃긴다고 하는 그 자체가 웃긴다.

눈 맞춤이 키key다

마술적 스릴을 원하는가? 누군가 우리 가까이 오도록 선택하고 그 사람의 눈을 들여다 보아라. 천천히 미소 짓기 시작하고 나서 조금씩 킥킥 웃어라. 우리는 그 사람이 우리가 왜 웃었는지도 모르면서 웃기 시작하는 것을 볼 것이다. 그것은 웃음의 전염성과 상황의 불합리 때문이다. 이것이 우리가 웃음치료에서 처음으로 웃음을 응용한 가장 중요한 사실이다. 사람들은 너무 수줍어서 자신감의 결핍으로 좋은 눈 맞춤을 하지 못한다. 그러므로 웃음치료에서 좋은 눈 맞춤을 배운다는 것은 우리의 자신감을 향상시켜 주는 것이다. 웃음치료에서의 자발적인 웃음은 그룹 안의 다른 사람들과의 눈 맞춤의 효과적인 사용에 달려있다.

웃음치료 안에서의 놀이

'우리가 늙었기 때문에 놀기를 멈추지 않는다'는 말이 있다. 그러나 우리가 놀이를 멈추기 때문에 늙게 되었다. 이 이론을 생각해 보면서 놀이는 그룹 안에서 특별히 막대한 즐거움을 준다. 만일 우리가 사람들이 돈내기나 도박성 없이 게임하는 것을 본다면 우리는 미소와 웃음을 함께 볼 것이다.

어린이들은 게임을 하면서 많이 웃는다. 놀이는 학생시절에만 국한되어 있지는 않지만 어른이 되면 매우 진지해지고 놀이는 오직 어린이를 위한 것처럼 생각하게 된다. 어른들은 놀이를 할 때마다 시간을 보내기 위하여 놀거나 게임으로 도박을 하기 시작한다. 웃음클럽에서 우리들은 여러 가지 놀이로 다른 형태의 자극된 웃음을 고안해낸다. 예를 들면, 스윙식 웃음, 1미터 웃음, 칵테일 웃음, 휴대폰 웃음, 밀크셰이크 웃음 등이 있다.

웃음클럽에서의 즐거운 게임

즐거움을 위하여 우리는 수많은 즐거운 게임을 발달시키고 있다. 우리는 소풍을 가기도 하고 정기적인 모임을 갖기도 한다. 많은 웃음클럽과 수천 명의 회원들이 새로운 아이디어를 창조하고 사람들을 웃게 하기 위하여 대단한 잠재력을 발휘하고 있다. 이런 즐거운 게임들은 사람들을 농담보다 더 잘 웃게 한다. 가장 중요한 것은 사람들을 적극적으로 참여하도록 하고 웃게 만드는 일이다.

2. 현명한 생활의 출발과 칭찬의 웃음

인도에서 있었던 일로 웃음 치료가 확장 일로에 있을 무렵이었다. 웃음클럽 회원의 아내가 카타리나박사에게 자신의 남편이 웃음클럽에서는 매일 아침 진심으로 웃지만, 집에서는 예전처럼 똑같이 가족에게 고함치기를 계속한다는 불평불만의 전화였다. 카타리나박사가 그녀에게 불만족스러운 웃음문제가 정확히 무엇인지 요구했지만, 그녀는 그 질문에 준비한 것이 없다며 더듬거렸다. 뒤이어 그녀는 자신이 진심으로 바라는 것은 웃음클럽 회원들이 진실된 의미에서 웃음의 정신을 발달시키기를 원한다고 하였다.

카타리나박사는 그녀의 제안에 대해 감사하면서 진지하게 고려해보겠다며 안심시켰다. 그런 후 솔직하게 그는 그녀의 제안을 떨쳐버릴 수가 없었다.

카타리나박사는 겸허함으로 공손해졌지만 그녀의 제안은 그에게서 떠나지를 않았다. 왜냐하면 카타리나박사가 비평적 논평 등에 귀를 기울이며 잘 받아들이고 있기 때문이다. 이것으로 인해 필자가 느낀 것은 처음으로 누군가를 위해 건설적인 제안을 하게 했다면 그것을 존중하며 인정하는 것이 웃음치료의 기법 활용의 원칙이다는 것이다. 웃음치료에서는 남을 비난하지 않고 그들의 의견을 존중하며 경청하는 일이 매우 중요하다. 이 자체가 인권을 보장시키는 귀한 첫걸음이라고 할 수 있다. 그에게는 한층 더 무거운 짐으로 그 여성의 제안을 심각하게 받아들였을 것이라고 필자 스스로 자문해 본다.

인도에서 몇몇 심각한 토론을 거친 후에 안건들이 운동에 포함되었고, 그것은 웃음치료의 목적이 '웃음은 건강이다'에서 '건강과 행복은 웃음을 만들어 내며 웃음의 정신이다'로 바꾸도록 결정하였다. 웃음의 정신은 자신의 행복을 만드는 것뿐만 아니라 다른 사람들의 행복도 만들어낸다. 몇몇 사람들은 이것을 웃음으로 받아들이고 웃음의 정신은 삶의 한 부분이 되어 우리들 생활로 이어진다.

위에 말한 사실을 참고로 필자는 웃음클럽운동의 근본에 따르는 중요한 진일보를 위해 신중히 고려하면서 한국에 접목할 웃음치료를 생각해 본다. 이것은 노력이 필요하며 웃음치료에서의 행동에 주안점을 두는 질적인 연구를 요구하며 새로운 장을 열어갈 것이다. 우리는 이제 우리들의 행복뿐만이 아닌 우리들로 하여금 다른 사람들의 행복도 만들 수 있는 능력을 갖추도록 동기유발하는 첫걸음을 취하고자 하면서 많은 기대를 해 본다.

우리의 삶속에 날마다 불평불만을 터뜨리고 변화가 없는 삶속에서 사람들에게 웃음은 무언가 좋은 방법이 될 것이다. 필자는 웃음을 통하여 많은 사람들이 행복한 만남을 하고 그들의 생각에 있어 변화를 이끌어내는 어떤 결정들을 택하기 위한 좋은 장이 되도록 뛰어 다니면서 이것이 나를 위한 하나의 훌륭한 연단이라고 생각한다. 따라서 부정적인 생각을 긍정적인 생각으로 바꿔주는 계기가 되도록 웃음치료를 주창해 본다. 우리는 부정적인 감정들 그리고 웃음으로부터 우리를 막는 습관들을 찾아 나서면서 긍정적인 사람을 지속시켜 나가자.

칭찬하기

대부분 사람들이 가지고 있는 한 가지 일상적인 나쁜 습관은 시간을 보내기 위해 다른 사람을 비평하는 것이다. 아침산책을 할 때 보통토론의 주제는 애들과 다른 가족에 관계되는 문제로 정치·시장경제·정부에 대한 불평·오염·교통 혼잡·불경기 등이다. 나는 그것들 중 한 가지도 그만둘 수가 없다. 그렇지만 필자는 부정적인 생각을 긍정적인 생각으로 대체할 것에 대해 생각했다. 남을 비평하는 버릇을 없애기 위해 남을 칭찬하고 그들의 장점과 존경심을 높이는 일을 시작하는 것이 어떨까? 그들의 강점이 무엇이고 권한을 부여하며 함께하는 세상 이것이 우리의 약점을 보완케 할 것이다.

그래서 카타리나박사는 어느 맑은 날을 택하여 웃음치료가 끝난 후에 칭찬 릴레이를 알렸다. "신사 숙녀 여러분, 오늘은 월요일입니다. 그리고 매 월요일에 우리는 한 주 동안 남들에게 칭찬할 것을 결심합시다. 우리는 그들의 좋은 성과를 평가하고 빌딩과 사무실과 사회서클 안에서 더욱 많은 친구를 사귀게 될 것입니다"

칭찬하기는 현명한 생활의 여러 가지 방법과 태도를 일치시키기 위해 웃음치료에서 가장 중요하게 여기는 첫 번째 규칙이다라고 강조하였다. 웃음치료 후 우리는 칭찬하기에 대한 경험을 서로 나누었다. 클럽회원들이 누구를 칭찬했는가? 그 결과는 무엇인가? 처음에는 그 반응이 열광적이지 않았다. 그러나 몇몇 사람이 좋은 아이디어를 생각했다. 많은 사람들이 마치 아첨이나 아부하는 것처럼 보여 칭찬하기가 매우 어렵다고 했다.

필자가 강조하고자 함은 웃음치료의 목적 중의 하나가 웃음을 통한 건강과 행복이라고 강조해 본다. 행복은 자기 자신을 행복하게 만드는 것뿐만 아니라 자신의 행복의 결과 때문에 다른 사람도 행복하게 만드는 데 목적이 있다. 남을 행복하게 만드는 방법 중의 하나가 남을 진심으로 칭찬해 주는 것이다. 이렇게 긍정적인 사고를 하는 사람들은 몹시 좋은 결과를 얻게 될 것이다. 그리고 다른 사람들과의 관계에서 좋은 말을 하게 되면 서로 살아나게 된다. 사랑의 회복은 용서와 칭찬에 있다. 이러한 보완정신을 통하여 원만한 인간관계가 형성되고 서로 고마운 마음을 가지게 될 것이다.

인도에서 있었던 사례인데 극소수의 사람들이 아내에게 말로써 고맙게 여기며 그들은 마음으로 애정을 느꼈다. 그러나 그들은 그들의 감정을 말로써 나타내지 못했다. 예를 들면 실제로 아주 극소수의 사람들만이 아내에게 "사랑해"라고 말한다. 어느 화창한 날, 회원 중 하나가 웃음치료 후 집으로 돌아 갔다. 그리고 그녀가 침대에서 막 일어났을 때 아내에게 "당신 정말 아름다워 보이는군"이라고 말했다. 그녀는 남편에게 무슨 일이 일어났는지 궁금했다. 왜냐하면 그는 지난 25년간 결혼생활 동안 이런 말을 들어본 적이 없었기 때문이다.

그러나 그가 그 말을 했을 때 타이밍이 잘못되었다. 그녀가 파티에 가기 전 가장 잘 차려 입었을 때 이런 말을 했더라면 좀더 분위기가 있었을 텐데 말이다.

웃음치료과정에서 한 사회복지사가 우리에게 버스에서 내릴 때 운전기사에게 고맙다는 말을 하라고 했다. 많은 사람들이 버스기사나 택시기사 혹은 집의 종업원들에게 고맙다고 하지 않기 때문에 모두 그를 바라보고 있었다.

처음에 비웃음과 저항에도 불구하고 사람들은 반복되는 설명과 충고로 점점 동화되기 시작했다. 더 좋아진다 할지라도 어떤 변화에는 항상 저항이 있다. 카타리나박사는 많은 사람들이 남을 칭찬하는데 어렵다고 하는 것을 알고는 매우 놀랐다. 사람은 오직 남의 그릇되고 나쁜 것만 보면 무시하고 비평하고 비난하는 버릇이 있다. 이런 경향의 결과로서 많은 부정적인 생각이 일반화되어 주위에는 불쾌함·슬픔·폭주·긴장과 함께 나쁜 관계가 형성되어 간다.

그러므로 칭찬하는 경험을 나누어 갖는다는 것은 어떻게 우아하게 칭찬할 수 있을까? 하는 통찰력을 웃음치료학 회원들에게 주는 것이다. 당신은 얼마나 많은 것을 무슨 방법으로 칭찬할 수 있는가? 우리가 사람들에게 말할 수 있는 가장 중요한 것은 다른 사람의 좋은 면을 찾고 그리고 나서 평가하는 것이다. 당치않고 과분하며 불필요한 칭찬을 한다는 것은 눈속임이나 아첨 같아 보이지만 이것이 필요할 때가 있다.

칭찬은 필요한가?

성공과 실패의 모든 생활속에서 다양한 연령과 환경의 사람들은 행복하게 살기 위하여 사랑과 인정이 필요하다. 만일 최선을 다한다면 모두가 관심 받고 평가받을 필요가 있다. 우리들 대부분은 우리가 어떻게 하고 있는지 말해지기를 원한다.

우리의 최선의 노력이 침묵으로 덮어진다면 우리는 무관심하고 태만하고 냉담해지기 쉽다. 우리 각자는 자아상인 우리 자신의 정신적 그림을 가지고 있다. 합리적으로 만족한 삶을 위하여 자화상을 그리면서 더불어 함께 살 수 있고 좋아할 수 있는 것이 무엇인가? 우리가 긍정적 자화상을 자랑으로 여길 때 우리는 자신감을 가지고 살아가게 되며 자신으로부터 자유로울 수 있다.

　우리는 최선을 다해야 한다. 우리가 자화상을 부끄럽게 여길 때 우리 자신을 나타내기보다 오히려 숨기게 된다. 그런 상황에서 사람은 주저하게 되고 함께 하기가 어려워진다. 성공은 자기존중심이 확실한 사람에게 일어난다. 그러한 사람은 다른 사람을 더욱 좋아하기 시작한다. 그는 더 친절해지고 주위사람들에게 더 협조적이 된다.

　칭찬은 자화상이 밝고 불꽃처럼 피는 것을 도와주는 빛과 같이 빛나게 될 것이다. 어떤 사람의 정신을 끌어올리고 자기존중을 도와줌으로써 자신이 어떻게 행동하느냐에 따라서 우리를 좋아하게 만들고 또 우리에게 협조적으로 만들 수 있다. 칭찬을 보류한다는 것은 자신을 행복의 회피자가 되게 하기도 한다. 칭찬은 어떤 불행한 사람에게 순간의 기쁨을 줄 수도 있고 혹은 깊은 절망을 극복하는 것을 도와줄 수도 있다. 칭찬은 인간행복의 통로를 막는 두 개의 정서적 외로움과 인생의 삶의 무의미함을 이기는 것을 도와줄 것이다. 행복은 노력한 만큼 반드시 되돌아온다.

　한 예술가가 다른 사람에게 희망을 주는 가운데 기쁨을 발견할 때 칭찬받는 작품의 주인은 받는 사람만큼 주는 사람도 축복받는 것을 깨닫게 될 것이다. 만일 우리가 감사하는 감각을 증가시킨다면 그리고 기꺼이 그것을 표현한다면 우리는 주위사람을 더 행복하게 만들고 우리 스스로 더 행복한 사람이 될 것이다.

언제 칭찬할 것인가?

　감사의 시간적 골든타임은 언제인가? 그것은 칭찬 할만할 때 칭찬을 하는 타이밍이 중요하다. 작은 것일지라도 칭찬 할만한 조건을 찾아 지금 그것을 실천하라. 감사의 마음이 신선하고 강할 때 효과가 있다. 만일 우리가 감사함을 느끼면 그 충동이 사라지기 전에 바로 행동에 옮기자.

감사는 정서적 발로에서 생기지만 순전히 선택적임을 알아야 한다.

웃음치료에서의 몇 가지 보기

칭찬하려는 생각이 있다면 그것을 아직 시도하지 않았다 할지라도 그것은 이미 좋은 시작을 만들었다. 여기에서 몇 가지 이야기를 인용하고 싶다.

인도 뭄바이Mumbai에서 살고 있는 좁은 길모퉁이에 앉아 있는 카타리나박사의 한 친구가 있었다. 그는 자신의 직업인 구두수선을 자랑스러워하며 그일을 하면서 행복해 했다. 어느 맑은 날, 구두 수선을 잠시 멈추고 구두 수선하는 것에 대하여 그에 대한 카타리나박사의 생각을 물어보았다.

"이봐, 사람들을 위해 봉사를 하고 있으며 구두수선 자체가 더러운 일인데 그것을 어떻게 극복하고 있는가?"라고 말했다. 이 소리를 들은 구두 수선공은 웃으면서 그런 칭찬을 들으니 자긍심을 느낀다고 하였다. 그 후로 카타리나박사가 그의 가게를 지나갈 때마다 그는 박사를 보고 웃는다. 구두수선공을 칭찬해 줌으로써 그의 자존심이 높아지는 것을 분명히 볼 수가 있었다.

인도에서 카타리나박사가 어느 일요일 밀담을 나누기 위해 임시모임을 하고 있을 때 한 회원이 "나는 누군가를 칭찬하지 못하였다. 그러나 언젠가 내가 누군가를 비난하기 시작했을 때 내 안의 목소리가 갑자기 내가 말하는 것을 멈추게 했다. 아이, 넌 뭐하는 거냐. 넌 웃음치유전문가이고 남을 칭찬하기로 되어 있잖아!"라고 말했다. 그래서 그는 만나는 사람마다 칭찬을 하지 않을 수 없게 되었다.

그것은 카타리나박사가 바라던 성과였다. 웃음치료에서 정말로 찾고 있는 성과는 우리 외부의 웃음이 아니라 우리 안에 있는 웃음이다. 칭찬하기는 내부웃음이라 불리는 것의 결과이다. 바로 그것이 웃음의 이상적인 이념이고 정신이다. 카타리나박사는 종종 매월 정기모임 때 회원들에게 "왜, 사람은 많은 돈을 벌기를 계속하는가? 그 외에 기본적 욕구를 위해 무엇이 필요한가?"라고 물었다.

그것은 감사와 관심을 구하는 것이다. 만일 더욱 많은 사람들이 자신의 성취와 업적에 감사하지 않는다면 대궐 같은 집을 짓는다고 한들 무슨 소용이 있겠는가? 국제웃음클럽을 대표하여 우리는 남을 칭찬하는 경험을 나누려는 귀한 마음을 소중한 사람들과 네트워크를 구축하고 있다.

그리고 『얼마나 많은 방법으로 어떻게 다른 사람들을 칭찬할까?』, 즉 인간 행동과 심리를 이해하는 상담이론을 책으로 출판할 계획이다. 이것은 행복을 확산시키기 위하여 영감을 그릴 사람들로부터 풍부한 지식을 공급하게 될 것이다. 웃음치료를 통하여 미흡한 지식으로 남아있기보다 오히려 칭찬을 성장하고자 하는 욕구로 불태우는 것이 좋다. 칭찬함으로써 우리 웃음치료학 회원들은 다른 사람을 높여주는 습관을 훈련받고 있다. 간접적으로 그것(칭찬)은 반대의 분위기를 만든다는 다른 사람들을 비평하는 습관과 우리의 웃음을 멎게 하는 것을 피하는데 도움이 될 것이다.

제8장

웃음 치료와 용서

1. 현명한 생활, 무엇을 용서해야 하는가?

(용서에 관한 새로운 관점은 부록을 참조 바람)

웃음치료에서의 웃음은 외부웃음이나 육체적 운동뿐만 아니라 내부의 웃음을 의미한다. 그것은 행복해지고 또 남을 행복하게 해 줌으로써 웃음의 기본정신을 발달시킨다. 평화롭고 조화 있게 살기 위해서 우리는 일체가 될 필요가 있으며 웃음을 멈추게 하는 때를 깨우쳐야 한다.

인간행동의 여러 가지 양상을 통하여 최선의 성취에도 불구하고 우리에게 계속 상처를 주고 우리의 생활을 비참하게 만드는 에고ego라 불리는 실체가 있음을 알게 된다. 친구와 친척들은 원수가 되고 서로 독립하여 살 수 없었던 이전의 관계를 단절하는 것이 매우 중요하다. 무엇이 모두를 달라지게 만들었으며 마음의 변화의 원인이 되었을까? 우리는 그것을 자아라고 했다.

우리 모두는 잘 알고 있는 사람에게조차도 상처를 주는 세계에서 살아가고 있다. 친구의 모욕과 배신·부모학대 등은 아픈 기억이 되살아나게 된다. 만일 이런 원한과 불평이 용서받지 못한다면 증오심과 분개가 계속 상처를 입힐 것이다. 기독교 또는 많은 다른 종교에서 널리 전도할 때 용서는 우리 마음의 고통의 벽을 깨고 분개·불평·복수·미움이 바뀌지는 가능성의 문을 열게 한다. 오랫동안 사과나 용서는 용서하는 사람이나 용서받는 사람 두 사람 모두에게 최선의 것이었다. 그러나 그것은 말하기가 실천하기보다 쉽다. 여전히 우리 내부 깊숙이 우리가 원한다고 할지라도 용서를 못하게 하는 무언가가 있다. 대부분의 사람들이 사과를 한다는 것은 치욕으로 생각하고 있다. 그리고 많은 사람들이 상처의 원인이 된 다른 사람을 용서하는 것이 어렵다는 것을 안다. 상처가 양쪽 다 인정된다고 해도 그때 누가 먼저 용서를 구할 것인가? 하는 문제가 생긴다.

사과나 용서를 방해하는 요인

사과나 용서를 방해하는 어떤 오해가 있다. 이 오해들을 좀더 실제적으로 재검토 해보자. 이것이 장애물을 극복하는데 많은 도움을 줄 것이다.

1. 사과는 사과하는 사람을 약자처럼 만들고 굴욕적으로 묘사해서는 아니된다. 그러나 사과하고자 할 때는 많은 도덕적 용기를 필요로 한다.

2. 사과하는 사람은 상대방이 그의 사과를 받아들일지 어떨지 고심한다. 실제로 대부분 사람들이 이해하고 있으며, 그가 잘못함을 자백했을 때 그것(사과)은 모든 사람이 가지고 있는 자아를 불러일으킨다.

3. 용서를 방해하는 또 다른 문제는 다른 사람에게 상처 입히기를 계속하며 자꾸 용서를 요구하는 것이다 만일 이런 일이 일어난다면 사과를 받는 사람은 그의 입장을 선택하고 사과하는 사람에게 강하게 전달할 것이다.

4. 만일 당신이 상황을 분석하고 잘못된 행동을 깊이 생각한 다면 용서는 매우 쉬워진다. 문제에 대한 조용한 생각은 상처받은 사람이 진실을 보게 해준다. 그러면 진지하게 용서의 선택을 고려하게 될 것이다. 비록 그 상처가 깊이 생각될지라도 우리가 평화롭게 살고 싶은 욕망의 적절한 전달은 다른 사람이 그의 실수를 너그럽게 만들 것이다.

잘못한 자가 그 과실이 100% 있고 상처받은 사람이 100% 무죄인 경우는 매우 드물다. 그러나 우리의 잘못을 볼 수 있다면 용서하기가 훨씬 쉬워진다. 모든 것이 좋은 사람은 아무도 없다. 사람에게 있어서 어떤 것은 좋고 어떤 것은 그렇지 않을 수 있다.

그러나 실제로는 진실의 적용은 한쪽에만 있다. 만일 내가 잘못한 사람이라면 내 잘못을 최소화하기 위하여 나는 "내가 저지른 만큼 난 나쁘지 않아요. 결국 잘한 것도 많이 있어요"라고 한다. 이것은 잘못한 자가 편리하게 용서받는 방법이다. 그의 잘못한 행동은 과장되고 좋은 점이 무시된다. 만일 용서하는 사람이 다른 사람도 좋은 점이 있다는 것을 스스로 인식한다면 사과나 용서는 더욱더 쉬워질 것이다.

효과적인 사과

항상 그것들은 적절히 적용하지 않기 때문에 사과가 용서를 위한 것으로는 간주되지 않았다. 당연히 사과는 성실해야만하며 더 나은 결과를 위하여 용서하는 사람을 만족시켜야 한다. 그렇지 않으면 노력이 헛되이 될 수도 있다. 효과적인 사과를 하여 다음을 살펴보고자 한다

1. 사과는 솔직해야하며 사과하는 사람은 어떤 것에도 아는척 하지 말아야 한다.

2. 용서하는 사람은 그 사과가 진심임을 알아야 한다. 그러므 로 사과하는 사람을 조금이라도 의심하면 아니된다.

3. 사과하는 사람은 책임을 받아들일 준비를 보여야 한다. 사 과를 약하게 하지 않기 위해 변명하는 것은 피해야 한다.

4. 대부분의 경우 단지 "미안해"라고 말하는 것은 충분치가 않 다. 왜냐하면 피해자는 사과하는 사람이 정말 미안한 감정 을 갖고 있음을 보기 원하기 때문이다. 만일 사과하는 사 람이 그의 사과를 좀더 잘 표현한다면 더 쉽게 받아들여질 것이다.

효과적인 용서

효과 없는 사과처럼 효과 없는 용서 역시 모든 노력을 무익하 게 만들 수 있다. 효과적인 용서를 위해서 정리해보겠다.

1. 전인격적인 만남으로 서로 존중하는 마음이 필요하다.

2. 진실해야하며 용서하는 사람의 편에서 변화된 마음을 보여줘 야 한다.

3. 마치 용서하는 사람에게 호의를 베푸는 것처럼 해서는 안 된 다. 동정심과 경고나 협박을 수반해서도 안 된다. 사과하는 사람이 과거를 생각나지 않게 하는 것이 두 사람 모두에게 평 화를 가져다준다.

옛일을 들추어내지 말라

용서와 잊어버림을 보면 보편적으로 함께 붙어 다닌다. 그것은 용서하는 사람이 잊을 수 없다면 진정한 용서라고 할 수 없다. 그래서 때때로 잊어야 한다. 그러나 걱정할 필요는 없다. 왜냐하면 만일 진짜 용서가 있다면 상처는 치료될 것이며 시간이 지나가면 잊게 될 것이다.

그러나 잊는다는 것이 기억으로부터 모든 사건을 지운다는 것을 의미하지는 않는다. 잊혀지는 것은 상처·분개·슬픔 등이다. 슬픔이나 상처 없이 기억 속에 남아있는 일들은 경험으로써 다른 사람이 배울 수 있는 목적으로 모든 최선의 노력들이 없어질 것이다.

필자는 20년 전에 일어났던 사건을 감정적 대립으로 원수 관계가 되어 몇 해동안 서로 비참한 생활을 하는 사람들을 본 적이 있다. 이것을 설명하기에 앞서 사냥꾼이 원숭이 잡는 법을 이야기하겠다. 그들은 원숭이가 안에 있는 바나나를 갖기 위하여 그의 빈손을 넣을 수 있는 그런 거리에 철 막대기를 설치한 상자를 놓아둔다. 원숭이가 바나나를 쥔 다음 팔을 상자 밖으로 끌어낸다는 것은 쉬운 일이 아니다. 만일 바나나를 버려도 지혜가 있었다면 자유롭게 갈 수가 있었겠지만 바나나를 쥠으로써 도리어 잡히고 만다. 우리의 워크숍에서 우리는 실제로 참가자 중 한사람에게 바나나를 쥐고 손을 꺼내라고 말하지만 아무 일도 일어나지 않는다. 이 이야기 속에서 우리가 얻는 교훈은 우리가 과거의 불만을 들춰내는 실수를 할 때마다 자신이 바나나를 쥐고 있는 원숭이처럼 행동하고 있다는 것을 상기하도록 하는 것이다.

사과나 용서의 유익

전문가가 용서와 잊기는 방어수단의 하나라는 것을 인식시키기 위해서 노력하고 있다. 이것들은 그 동안 이용되지 않았으며 치유력의 기본자료로 활용 되도록 다음과 같이 제시하고자 한다.

1. 어떤 사람이 자신의 실수를 인정하지만 사과할 용기가 없다면 그에게는 아무런 이익이 없다. 오히려 그는 끝없는 자기형벌을 계속하게 될 것이다. 용서를 구하는 것은 형벌로부터 자신을 자유롭게 하는 것이다.

2. 용서하지 못하면 죄인관계 속에서 두 사람 모두가 스트레스를 받으면서 살아가게 된다. 따라서 사과와 용서는 새로운 행복을 초래해 준다.

3. 용서는 우리마음을 꽉 죄고 있는 고통을 깨주며 새로운 가능성의 문을 열어준다. 새로운 시작이 과거의 고통에서 깨어나게 한다.

4. 용서는 적개심을 우정으로 변화시키며, 용서하는 사람이 용서받은 사람의 정신을 높여준다.

5. 용서에서 가장 최고의 선은 사랑이다. 용서는 우리에게 사랑받은 사람, 우리에게 상처를 입힌 사람을 위해 행하여진다. 그런 경우엔 용서는 가장 힘 있고 새로워진 관계로 형성케 해 준다.

용서를 위한 금요일

자인Jain교에서는 일 년에 한 번씩 용서의 뜻이 담긴 미치하미 듀카담Michhami Dukkadam이라고 불리는 축제를 개최한다. 그 특별한 날에 사원에서 기도를 마친 사람들은 서로 용서를 구한다. 또한 신년 인사카드 같은 용서카드가 있다. 그것은 그들이 직간접적으로 상처를 입혔다면 용서를 구하기 위해 친척·친구·회사 동료들에게 보낸다. 카타리나박사는 한 행사에 참여했다. 그리고 그 아이디어에 깊은 감명을 받았다. 그것은 웃음치료를 통하여 용서의 도구로써 가치가 있다고 생각했다. 1997년 3월 어느 곳에서든 이 아이디어를 설명했고 회원들 대부분이 좋아했다.

인도의 웃음클럽에서는 용서에 대한 특별한 날과 아무관계가 없을지라도 매주 금요일을 용서의 날로 정하면 어떨까?라고 생각했다. 매주 금요일 사회자는 "친구들, 오늘 금요일은 용서의 날이다. 여러분이 만일 누군가에게 상처를 입혔다면 그리고 오랫동안 말하지 않고 지냈다면 용기를 내어 사과하여야 다 같이 살아난다. 알게 모르게 내가 상처를 입혔다면 '미안해'라고 말하면서 새로운 시작을 위해 차 한 잔이나 혹은 식사에 초대를 하세요."

웃음클럽과 용서

인도의 웃음클럽에 의해 금요일을 용서의 날로 지정한 것은 겉만 번지르르하거나 텅 빈 슬로건이 아니다. 만일 적절하게 이행한다면 회원들의 내적웃음에 대한 향상의 가치가 있는 수단이 될 것이다. 대부분 사람들의 문제는 그들이 미안하다고 말하기를 원할지라도 그런 감정을 말로 나타내기란 매우 어렵다. 용서를 자꾸 행함으로써 필요할 때 쉽게 할 수 있도록 우리는 의식적인 습관을 만들어 가야 한다. 카타리나박사는 이 생각으로 막대한 유익을 얻었다.

2. 웃음클럽의 역할-국민운동으로 확산

인도에서 웃음클럽의 역할로 국민건강운동이 즉 사회운동으로
확산되었다. 대게 절망으로 고통 받는 사람들은 고혈압이나 심장
병·암 같은 질병에 걸리기 쉽다. 절망감은 또한 면역체계에 불리
하게 영향을 미친다. 절망의 원인인자는 사회적 고립과 가족가치
체계의 감소이다. 이것은 서부유럽국가에서 더욱 빈번하다.

그러나 지금은 인도 동부에도 서서히 그 영향이 미치고 있다.
웃음클럽은 많은 사람들이 짧은 시간 안에 항 우울약을 끊게하는
것을 돕고 있다. 웃음클럽은 빠른 걸음으로 굳게 단결된 사회로
나아가고 있다. 웃음치료는 사회적 상호작용에서 중요한 기술적
도구에 속한다. 그것은 생물학적 해방이거나 인식과정이며 사회심
리학적 현상이다. 그리고 그것은 의사전달을 쉽게 해준다. 모든
지방에서 웃음클럽확산은 작은 사회의 모양을 갖게 하였으며 그
안에서 회원들은 그룹에의 연합과 소속감을 경험한다. 결과론적으
로 웃음 클럽은 커다란 '웃음가족'으로 바뀌었다.

사회적 접착제

한 가지 방법 이상으로 연합은 대부분의 회원들에게 긍정적이
었다. 이 클럽들은 신체의 건강증진에 대한 책임이 있을 뿐만 아
니라 정서적 건강보호에 대해서도 책임이 있다. 하지만 더욱 중요
한 것은 조화 있는 의사소통이다. 웃음은 상식적인 언어이다. 그
것은 종교도 성별도 편견도 없다. 계급주의 색깔에 따르는 구별도
없다. 웃음은 힘 있는 감정이며 사회적 접착제이다.

미국 출신의 심리학자이며 농담가인 스티브 웰슨Steve Wilson이

뭄바이Mumbai에 있는 몇몇 웃음클럽을 방문했을 때 그는 쥬휴 비치Juhu Beach에 있는 웃음치료에 참가한 일이 있었다. 그가 소위 낯선 사람들과 웃으면서 얼마동안 시간을 보냈다. 웃음치료가 끝날 무렵 그는 그룹 안의 모든 사람을 아는 것 같았다.

그들과 낯선 친밀감이 있었다. 세계에서 온 많은 방문객들도 같은 견해였다. 그들이 사회학자이든 심리학자이든 행동주의자나 역사가이든 모두가 '사람은 사회적 동물이다'는 것을 믿었다. 우리는 우리의 행동이 사회적 가치와 기준의 결과이며, 우리 모두는 사회적 상호작용의 기반위에 살아남는다는 사실을 매우 잘 알고 있다.

그리고 어떤 종류의 사교성도 명확하게 가치지향적이라는 것은 의심할 여지가 없다. 여러 분야에서 이루어진 연구는 사회의 네트워크에 속한 사람들·친구들·친척들이 더욱 행복하고 건강하며, 스트레스에 잘 대항할 수 있고 정서적·신체적 질병에도 매우 잘 저항한다는 사실을 지지해줄 견고한 증거를 제공했다.

금전상의 문제와 상관없이 각 웃음클럽은 사람들이 회원들의 보살핌과 따뜻함을 즐길 수 있도록 밀접하게 조직된 사회가 되었다. 더욱 중요한 것은 그들이 속해 있는 경제적인 층과 관계없이 다른 사람들과 가까운 관계를 형성했다는 것이다. 아시아대륙에 속해 있는 이들은 행운아다. 아시아의 문화가 가족의 가치체계를 지지하기 때문이다. 이로 인해 서구의 영향이 서서히 희생자를 양산하고 있다. 즉 사람들은 물질화로 인해 자기중심적으로 변화되고 아울러 급속도로 변화하는 사회체계로 인해 사회적으로 점점 고립되고 있다. 심지어 우리가 연장자를 보는 견해까지도 달라진 것이다.

고독은 병이다

최근 연구에 의하면 참가자들은 웃음클럽 안에서 굳게 단결된 가족처럼 단단한 끈을 경험했다고 한다. 더구나 그 안에서 개인의 행복뿐만 아니라 슬픔까지도 나누었던 것이다. 우리는 스스로에게 스트레스를 완화시킬 때 무엇이 작용하는가를 질문해본다. 그 해답은 부부·친구·형제자매 즉 사회적 네트워크다. 현대사회에서 사회적 고립이 있다면 그곳은 점점 병들어 가고 있을 것이다.

카타리나박사는 웃음클럽 안에서 회원들의 우정과 형제애가 넘쳐서 멤버가 아닌 친척과 친구보다 훨씬 더 사람들을 편안하게 한다고 말하는 것이 자랑스럽다. 카타리나박사는 존슨 가든Johnson Garden 웃음클럽에서 온 고령자의 본보기를 인용하였다. 그는 아파서 병원에 입원해 있었다. 그의 병실은 웃음클럽회원들이 방문하면서 갖다놓은 꽃들로 가득 차 있었다. 그렇지만 그의 가족이나 친척은 아무도 병원을 방문하지 않았다.

사진접촉

카타리나박사가 결단코 잊을 수 없는 사진을 본 것은 뭄바이Mumbai에 있는 반드라 레크라멘션Bandra Reclamation웃음클럽을 방문했을 때다. 이날 웃음치료가 끝날 무렵 78세 된 할머니의 생일파티가 열렸다. 이 클럽에서는 생일을 축하하는 특별한 방법이 있다. 모든 회원들은 '태어난 아기'를 둘러싸고 그녀를 위해 "해피버스데이 투유~"의 노래를 부르면서 둥글게 그녀 주위에서 춤을 추었다.

얼마 후 그녀는 사원에서 몇 야드 떨어진 곳의 간페티드Ganpatiid 앞에 있는 의자에 앉아 있었다. 그녀는 목사님에 의해 코코넛·꽃·사탕 등을 선물로 받았다. 그런 다음에 웃음클럽회원들이 그녀의 발을 만졌다.(인도에서 존경의 표시임) 그러자 그녀는 축하를 받는 동안 눈물이 뺨을 타고 흘러내렸다. 그것은 기쁨의 눈물 외엔 아무 것도 아니었다.

필자는 이 눈물에 대해 들은 적이 있다. 더구나 그것을 실제로 경험한 사람들은 자신의 생일은 아니지만 출생의 기쁨은 체험하였을 것이다. 이것이 우리가 얘기하고 있는 웃음클럽이다. 이것이 바로 전 세계의 웃음가족이 기다리는 것이다. 웃음클럽은 여러 가지 방법으로 우리의 전인적 웰빙건강을 보호하기 위하여 보호막을 제공한다. 이와 같은 웰빙전서 때문에 우리는 질병에 대한 저항을 막아주는 신체적 소리체계를 가질 수가 있다.

웃음클럽회원들은 어떻게 사회화가 되는가?

사회화의 과정은 회원이 웃음클럽에 가입한 날로부터 시작한다. 대부분의 웃음치료는 공립 공원 또는 해변이나 사람들이 아침산책을 하는 운동장에서 개최된다. 처음 조사에서 함께 웃는 사람들끼리 아침산책에 오는 것을 알았다. 하지만 이들 모두가 서로 모르는 사람들이란 것을 발견했다. 그들이 함께 웃기 시작했을 때 점점 더 가까워진 것이다. 웃음은 힘찬 능동적 감정으로 우리의 몸 주위에 전자기장을 변화시키면서 자극적인 기운을 준다. 그룹 안에서 웃음에 의해 억압감이 깨어지면서 더 많이 웃게 되는데, 웃을수록 행복한 사회화가 된다.

축하

웃음클럽은 그들 자신의 스타일로서 사회의 모든 분야가 들어 있는 다양한 축제를 열기 시작했다. 이것은 회원들 사이에 공동의 조화를 가져오게 했다. 이처럼 웃음클럽회원들은 최소한 두 달에 한 번은 만나게 된다. 그들은 노래하고 춤추며 빈부의 구별 없이 함께 먹는다.

즐거운 게임

4년이 채 되지 않은 기간에 가입된 2만 5천 명 이상의 회원들과 웃음클럽은 대중운동으로 인식되어 왔다. 회원가입비가 없다고 할지라도 때때로 세미나·건강워크숍·요가·치료캠프를 조직했던 것이다. 많은 동료들이 대중 마일리지를 얻기 위해서 이 행사를 도우러 왔다. 즐거운 게임이 정기적으로 만들어졌고, 그곳에서 회원들은 서로가 건강한 경쟁으로 가득 찬 기쁨을 나누었다.

산책과 소풍

큰 그룹 안에서 산책과 소풍은 그 자체로 즐거움을 갖는다. 참가자들 모두가 웃음클럽회원이라면 더더욱 그렇다. 대부분의 클럽들은 산책이나 소풍여행을 설계하고 함께 행복을 느낀다. 그들은 노래하고 춤추고 즐거운 게임을 한다. 사람들은 그룹소풍이 가족소풍보다 훨씬 더 재미있다는 것을 알고 있다. 이밖에 또 다른 장점은 대량의 할인혜택을 얻을 수 있다는 것이다. 웃음클럽을 통한 사회화의 범위는 소풍 참여의 빈도와 그 범위에 의해 측정되어진다. 많은 그룹들이 1년에 여러 번 3~4일 동안 여행을 계획한다. 적어도 두 달에 한번쯤은 당일치기 소풍이 있다.

학습을 겸한 휴일

새로운 모델소풍이 등장하고 요가학습·치료·지압·선택적 치료시스템 등과 같은 건강 활동을 추가함으로써 더 나은 가치의 휴일을 만들려고 하고 있다. 그것은 75%가 재미있고 25%는 학습이다. 따라서 우리는 더 넓어진 네트워크를 위한 새로운 프로젝트를 소개하고 있다.

클럽 내의 프로그램 교환

사회화는 특별한 웃음클럽회원들 사이에서만 제한받지 않는다. 기념일 축하 때에는 초대장이 다른 클럽으로 보내진다. 다른 클럽의 대표자들은 행사기간 동안에 초대받는 영광을 누린다. 이에 따라 어떤 클럽에서는 함께 소풍을 가기도 한다. 이것은 여러 클럽의 회원들 사이의 관계를 좀 더 강화하는 것이다.

이런 아이디어가 많이 퍼졌을 때, 웃음클럽회원들이(일반적으로 10~20명) 다른 도시를 방문하면서 각자의 프로그램을 교환하기 시작했다. 주최한 클럽은 그들에게 자발적으로 민박을 제공할 것을 결정한다. 방문 팀은 여행준비를 위해 돈을 지불해야만 한다. 식사제공과 하숙관광이 주최한 클럽에 의해 보살핌을 받는다. 이것은 다른 장소를 방문할 수 있는 좋은 기회로 세계에서 모여든 웃음클럽회원들은 다른 문화를 체험하고 이해하게 된다. 이 준비는 전적으로 상호관계에서 이뤄진다.

또한 우리가 전 세계에 웃음클럽을 설립하면서 가장 경제적이고 재미있는 방법으로 다른 나라를 방문하는 기회가 주어질 것이다. 하지만 이 프로젝트는 아직까지 실험단계에 있다. 몇몇 클럽이 이미 용기를 가지고 서로 방문을 주고받았다. 카타리나박사는

인도인 자체가 붙임성이 있기 때문에 이 프로젝트가 틀림없이 성
공할 수 있다고 확신하였다.

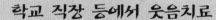

제9장

학교 직장 등에서 웃음치료

1. 직장에서의 웃음치료

인도 전역에 있는 웃음클럽의 인기가 나날이 치솟고 있으며, 세계에서 웃음클럽을 방문한 많은 사람들이 보여준 관심에서 단 한 가지는 분명했다. 이 클럽들은 웃음치료에 대하여 긍정적인 반응을 보이고 있다. 현재까지 많은 사람들이 웃음으로 건강을 회복하고 있으며, 그 효과가 입증되면서 웃음클럽에 가입하기를 원하는 사람들이 점점 많아지고 있다.

그렇지만 시간적인 제약으로 원하는 모든 사람들이 웃음치료에 참여 하지는 못하고 있다. 대부분의 웃음클럽의 시작 시간은 오전 6:00~7:30분 사이다. 장소는 사람들이 아침 산책을 하는 공원에서 개최된다. 그렇지만 이 시간대에는 직장을 가지고 있는 사무직 또는 근로자들은 아침 웃음치료에 참석하기가 어렵다. 왜냐하면 그들은 일찍 사무실에 도착해야 하기 때문이다. 그리고 상당수의 여성들 역시 아이들을 학교에 보내고 남편을 사무실에 보내야 하기 때문에 참가할 수가 없다.

이에 카타리나박사는 근로자들이 그들의 일을 시작하기 전 매일아침 사무실에서 규칙적인 운동을 실천하고 있는 일본에 있는 몇몇 동료로부터 직장에서의 웃음치료에 대한 정보를 제공 받았다. 하지만 우리는 일반인들에게 먼저 웃음치료를 소개하는 것이 매우 귀중하고 가치 있는 일이라고 믿는다. 그것은 일반 대중들에게서 효과성을 입증받은 연후에 직장에서의 웃음치료를 적용하는 것이 좋다. 그리고 직장에서의 웃음치료에서 기대하고자 하는 것은 인간관계를 증진시켜주고, 보다 능동적인 안목으로 웃음치료적 사랑의 실천을 통하여 인화단결을 꾀하고 상호간에 자신감의 결핍을 보충시켜줄 것이기 때문이다.

웃음치료 규칙의 무질서에 대한 두려움

처음에는 많은 사람들이 관심을 보인다. 그러나 곧바로 실천에 옮기지는 못한다. 그것은 새로 시작되었다는 것과 너무 재미있다는 컨셉 때문에 망설임과 주저함 때문이었다. 아마 그들은 이것이 비웃음을 받을 수도 있고 웃음치료 규칙의 무질서에 대한 두려움의 원인이 있다. 카타리나박사는 수많은 회사와 관공서 및 크고 작은 공장들에게 편지를 썼다. 그렇지만 편지를 받아본 대부분의 사장들은 근로자들이 웃음치료를 제대로 실천하지 못할 것이라고 생각했다. 하지만 그들 중 많은 사람들이 입증된 진실을 기다리고 있었다.

그래서 카타리나박사는 수많은 사무실과 공장에서 세미나와 설명회를 계속했다. 하지만 몇몇 경영인들에게서 저항감이 있음을 발견했다. 만일 그들이 근로자들과 함께 웃는다면 근로자들이 자신들을 존경하지 않거나 위계질서가 무너질지도 모른다는 두려움이 있었다. 보편적으로 그들은 직접 웃음치료에 참석하지 않고 대신 매니저를 보내는데, 그들은 사무실 밖으로 나오거나 업무 이외의 일을 하기 싫어하는 점도 있었다. 다행히도 카타리나박사가 뭄바이Mumbai에 있는 수많은 공장과 사무실에서 이 프로그램을 성공적으로 이행했을 때, 비로소 그들은 자신들이 가졌던 공포(두려움)가 잘못되었다는 것을 알았다. 전 세계의 수많은 나라에서 웃음치료의 웃음지도자들이 회사나 조직단체에서 웃음치료를 공개하고 있다.

웃음을 통한 풍요로움

오늘날 세계적 추세로 산업체들은 경제상황이 최악의 상태에 직면하고 있다. 과거보다 소득이 낮아진 근로자들은 높은 물가고에 시달리면서 무거운 압박을 받고 있다. 사람들은 치열한 생존경쟁에 직면하여 정신적 압박을 받고 있다. 따라서 기업이나 사회구성원 모두가 스트레스로 가득찬 생활을 하고 있다. 그들은 대부분의 시간을 직장에서 보내는데, 많은 양의 스트레스가 직장내에 있다는 것을 깨닫게 되는 것이 매우 중요하다. 고혈압·심장병·위궤양·불면증·우울증·알레르기 등과 같은 대부분 질병은 스트레스와 깊은 관련이 있다. 이것을 해소하지 못하면 건강을 잃어 결근과 부진한 성과 및 과로 등을 경험하게 될 것이다.

일반 주택가에서 웃음치료의 장점

- 웃음치료는 몸 안에서 산소를 증가시키고 뇌세포로부터 엔도르핀을 촉진시킨다. 매일 웃음운동은 온종일 전인적 웰빙감각과 신선함을 증진시킬 것이다. 이에 참가자들은 얼굴에 미소를 띠고 살아감을 배울 것이다.

- 억압감을 감소시키고 참가자들 사이에서 자신감을 증가시키면서 리더십의 원천을 성숙시키게 됨이다. 능동적인 관심으로 하루를 시작하는 것은 인간관계를 증진시키게 된다. 사장과

부하들은 서로 서먹서먹한 관계를 개선할 수 있기에 보다 향상된 좋은 관계에서 근무를 할 수 있어 업무 능률을 높이는 데 공헌할 것이다.

• 심호흡과 목·어깨 스트레칭운동은 스트레스와 의자 근무생활스타일에서 나타나는 경직과 통증을 제거해줄 것이다.

• 고혈압·심장병·과민성 불면증·걱정·우울증·알레르기 장애·천식·기관지염·긴장성 편두통 등과 같은 많은 질병을 억제해 줄 것이다. 관절염과 목의 척추염으로 나타나는 통증 역시 완화시켜줄 것이다.

• 웃음치료는 그 즉시 긴장완화를 증진시키는 가장 쉬운 치료 중의 하나다. 그것은 우리의 마음을 육체적 세계로부터 분리시킨다. 우리가 웃는 동안 우리를 억압하고 있는 모든 생각을 떨쳐버릴 수가 있다. 그러나 다른 형태의 병원치료에서는 불필요한 근심과 두려운 생각을 떨쳐버리기 위해 상당한 집중력이 요구된다.

• 모든 웃음클럽회원들은 그룹의 노력으로 일체감을 갖기 위해 노력하고 있다. 또 우리를 웃지 못하게 하는 죄의식·화·공포·질투·부정적인 사고체계·부정적인 정서·부정적인 행동 등과 같은 요소를 제거하기 위해 애쓰고 있다. 그들은 칭찬하기·용서·인간관계의 이해 같은 현명한 생활의 방법과 수단을 증진시킴으로써 진정한 웃음정신을 고취시켜 나갈 것이다.

• 웃음세미나를 개최함으로써 유머감각을 드높이고 회원들에게 실질적인 웃음치료를 실시하고 있다.

- 건강택견식 웃음의 실천을 통하여 남녀노소 지위고하를 막론하고 누구나 행복과 웃음은 마음의 상태에 달려 있기에, 생활 수준의 높고 낮음과 상관없이 무조건 웃음치료를 시작하면 동일한 효과가 있다. 예를 들면 우리가 행복하고 마음의 적극적인 기분을 유지, 증진시키면 훨씬 더 좋은 방법으로 우리의 문제를 해결하였을 것이다. 우리가 바라는 것은 웃음운동이 강점을 만들어 가면서 발견케 됨을 알고 웃음의 철학을 사람들이 믿어주는 것이다. 만일 당신이 행복한 사람처럼 행동한다면, 아침에 우리의 마음을 움직이는 첫 번째가 바로 실현된 것이다.

- 그룹 안에서의 실천은 혼자 똑같은 것을 하려는 것과 비교해 보면 더 쉬워진다. 우리는 함께 웃고 스트레칭 운동을 하는 것뿐만 아니라 모두 함께 현명한 생활의 방법과 수단을 이해하기 위해 배우고 있다.

회사 안에 '웃음 방'에 대한 꿈

카타리나박사가 덴마크 코펜하겐에서 세미나를 하고 있을 때 '흡연 방'으로 불리는 장소를 보았다. 그 순간 카타리나박사의 뇌리를 스쳐가는 어떤 아이디어가 떠올랐다. 즉 회사 안에 '흡연 방' 대신 '웃음 방'을 설치하여 직원들이 그곳에 모여 10~15분 동안 함께 웃고 긴장을 완화할 수 있도록 하는 것이었다. 하지만 이것은 내 마음속에 지니고 있는 꿈으로 언젠가는 실현될 것이라고 확신했다. 작업장 안에서의 웃음은 매일 혹은 적어도 일주일에 5일씩 웃음치료를 할 수 있는 유일한 방법이며 절호의 기회이다. 서부국가에 있는 사회적 웃음클럽은 1주일에 한 번씩 웃는데 그것은 충분하지가 않다. 웃음치료의 구체적인 효과를 빨리 거둬들이기 위해선 매일 웃는 것이 필요하다. 직장 안에 웃음 방을 설치하는 장점은 웃음치료를 위해 특별하게 사람을 초청할 필요가 없기 때문이다. 사람들은 이미 직장 안에 있는 '웃음 방'에 있었고 아울러 웃음활동을 위해 요구되는 참석자의 숫자를 쉽게 채울 수가 있었다.

2. 학교에서 학생들 사이의 웃음활동

웃음클럽을 운영하면서 카타리나박사를 당황스럽게 만들었던 것은 "나이가 어느 정도 되는 고령자들이 웃음활동을 위해 참석하는가?"라는 질문을 받았을 때다. 그는 웃음치료에 참석하는 사람들이 대개 "40대 정도의 시민들과 은퇴한 사람들입니다"라고 했다. 이렇게 답변을 해준 그는 스스로 자문해 보았다. '웃음클럽은 오직 아무 일도 하지 않는 나이든 사람들만을 위한 곳인지?' '왜 어린이들은 웃음클럽을 위해 나올 수 없는지?'였다.

학생들도 방학 동안 웃음활동에 참여했지만 규칙적으로 나올 수는 없는 것이 단점이었다. 왜냐하면 많은 웃음활동들이 6:00～7:00 사이의 이른 아침에 시작되기 때문이었다. 이때 아이들은 등교를 위해 버스를 타기 위해 서둘고 있는 시간이다. 학교수업이 아침 일찍 시작하기 때문에 많은 어린이들이 웃음활동의 장점들을 알지 못하고 있다. 오직 그들은 웃음활동이 질병으로 고통스러워하는 사람들에게 더 필요하다고 생각한다. 따라서 그들은 힘든 조깅・수영・체조・사이클・에어로빅 연습에 더 관심이 있다.

요즈음엔 수많은 중년여성들이 보다 더 유익한 웃음을 찾기 위해 모여들기 시작했다. 많은 웃음클럽에 참가하고 있는 사람들 중에 학교 교사들도 있다. 그들은 학교에서 자신들이 실험하고 있는 작은 모임의 아이들을 데리고 있다. 하지만 교사들 중에 일치단결된 계획을 제안하는 사람은 없다. 웃는 운동의 방법에 대한 이해는 그들의 수업 동안 야기될지도 모르는 폐단에 대한 공포가 있을 수 있다. 따라서 그것이 정열적인 건강택견식 같은 것이거나 또는 계획되어 적당한 매너를 구축한 다음 다른 교사들로부터 양해를 구한다면 당연히 좋은 결과를 가져올 수가 있을 것이다.

첫 번째 계획

어느 날 카타리나박사는 마하라슈트라Maharashtra에 있는 진보적 영어고등학교의 매두휴카 파라샴Madhukar Parasham이란 교장선생님으로부터 연락을 받았다. 연락의 내용은 학생들을 위해 요가웃음을 시작해달라는 것이었다. 이에 덧붙여 "그는 우리학생들이 자신들의 교실로 들어갈 때 미소 짓는 모습을 보고 싶습니다"라고 했다. 그는 신문들을 통해 뭄바이Mumbai의 웃음클럽에 대해 읽었던 것이었다.

교장선생님은 아침기도 후에 자신이 소개하는 약간의 농담으로 학생들을 웃도록 하는 데에 매우 열중해 있었다. 그는 카타리나박사와 계속해서 전화통화를 했고, 그 뒤에도 자신의 학교에 가능한 빨리 방문해 주기를 요청하는 전보를 두 번이나 더 보내왔다.

1996년 10월21일, 4~15살에 이르는 300명의 소년들과 소녀들 외에 50명의 학부모와 25명의 교사가 첫 번째 활동의 시작을 기다리고 있었다. 그들은 무슨 일이 일어나게 될 것인지를 긴장하면서 기다리고 있었다. 카타리나박사는 아이들을 웃게 만드는 것을 좋아했다. 왜냐하면 그들을 킬킬거리게 한다거나 싱긋싱긋 웃도록 하는 것이 쉽기 때문이다.

웃음을 증명하는 동안 참석자들은 웃음이 폭발했고, 때때로 웃음을 멈추기가 무척 힘이 들었다. 카타리나박사는 다음 종류의 웃음을 보여주기 전에 교장선생님과 교사들에게 그들이 조용하게 하도록 요청했다.

카타리나박사는 지난 4년간 어른들과의 경험에서 "어서 웃으세요! 웃어요!"라고 말했을 때 웃는 것이 무척 어렵다는 것을 알고 있다. 또한 웃음치료를 위해 언제 어느 학교에 가든지 아이들이 웃고자 함을 막기가 어렵다는 것도 잘 알고 있다.

매우 중요한 특징의 하나는 6살 이하의 어린이들은 웃음을 억제하지 못한다. 그리고 이들은 까꿍, 까르르하며 웃는다. 더구나 자신들보다 나이가 많은 선배 학우들보다 더 스릴 있게 웃는다. 선생님들 역시 활동에 즐거워했지만 그들은 조금 억압되어 있었다. 지도교사와 체육교사는 매일 학교에서 드리는 아침기도 후 5~10분정도 웃음치료를 계속하기 위해 다양한 웃음치료 실천기술을 배우기를 원했다. 아이들은 크게 기뻐했고 매일 웃는 것을 열심히 노력하면서 천진난만하게 실천하게 될 것이다.

다음날 우리는 마하라슈트라Maharashtra에서 떠났고 학교에서의 웃음활동에 대한 보고를 기록하며 발전시켜나갈 수 있음을 확신하였다. 많은 아이들이 카타리나박사에게 다시 와달라는 편지를 보내왔다. 이런 편지는 매일 웃는 연습을 했던 학교에서부터 온 것이었다.

그러나 카타리나박사의 이런 즐거움도 오래가지 못했다. 1년 뒤 어떤 산업공단에서 개최되는 스트레스관리워크숍을 위해 마하라슈트라Maharashtra를 방문했을 때였다. 카타리나박사는 파라샴

Parasham교장선생님이 몇 달 전에 심장발작을 일으켜 사망하는 바람에 웃음치료가 중단되었다는 것을 알게 되었다. 결국 학교의 다음 후임자는 웃음치료를 다시 시작하는 방안의 그 어떤 것도 제시하지 않았다.

이에 따라 카타리나박사는 다른 도시의 25개 이상 학교에게 웃음에 대한 증명을 보여야만 했다. 이 발상이 그 가치를 인정받긴 했지만 그것이 실행 되어지지는 못했다. 아마도 그들은 증명할만한 증명서를 기다리고 있었던 것이다. 아마도 그들은 아이들에게 야기될 폐단들에 대해 겁을 먹었던 것 같았다. 그럭저럭하는 사이에 많은 교사들은 학급에서 웃음치료를 작은 방법으로 시도하고 있었고, 그것이 긍정적인 분위기를 조성하는데 매우 유용함을 알게 되었다.

왜 오늘날 학생들에게 웃음이 더 필요한 것인가?

1. 아이들이 하고 싶은 것에 대해 말할 때, 너무 많은 현대과학 속에서 공부에 대한 스트레스가 그들의 웃음을 빼앗아가고 있다. 그것은 너무나 많은 정보로 몰락하고 부정적 사고로 가득해졌다. 우리가 가르쳤던 10번째 학급과목들, 뒤떨어지는 아이들은 5번째 학급에서 억지로 공부하게 하고 있다. 경쟁은 요즈음 매우 격렬해지고 있고, 그들이 놀 수 있는 시간을 줄여서 이와 같은 경쟁레이스에 있도록 하며, 보충자습에 참석해야만 하고 있다. 그래서 그들은 더 많은 스트레스에 시달리고 있다. 더욱더 아이들은 자살을 행하고 있다. 그것은 그들이 치열한 경쟁에서 살아남을 수 없기 때문이다. 매일의 웃음치료는 스트레스 정도를 감소하는데 도움을 준다.

2. 오늘날의 아이들은 정신적 즐거움과 놀이와 웃음을 너무 어린 나이에 포기해버린다. 우리가 1학급에서 10학급의 어린 아이들을 합쳐서 웃음으로 치료해보았을 때 이것이 명백하게 들어났다. 3번째, 4번째 학급 이하의 아이들과 즐거운 시간을 보냈을 때 그 상급생들은 좀더 제한적이었다. 매일의 웃음은 그들이 정신적 즐거움과 쾌활함을 계속 유지할 수 있도록 도와줄 것이다.

3. 오늘날 아이들은 이와 같은 경쟁세계에서 살아남아야 하는 도전들을 직면해야만 한다. 만약 그들이 그들의 감정을 효과적으로 조정할 수 있고, 방법들을 배울 수 있고, 현명한 생활을 통한 웃음치료의 방법을 가르쳐 준다면 그들은 보다 행복한 삶을 살 수가 있을 것이다.

학생들의 웃음치료의 유익

1. 규칙적인 웃음치료는 그들의 정신적 기능과 학교성적을 개선하기 위한 산소공급을 증가시킬 수 있다.

2. 학교 생활을 하는 동안 스트레스를 줄일 수가 있다. 사실 학교 공부를 위하여 교실로 들어가기 전에 걱정을 감소시키기 위해 수업시작 전에 2~3분 정도 웃도록 해야 한다.

3. 웃음치료는 체력을 증가시킬 수 있고 호흡능력이 스포츠활동을 수용할 수 있도록 도와준다. 그것은 스포츠행사의 경쟁에 앞서 매우 편안하게 하여 줄 것이다.

4. 기분전환의 정도를 증가시켜 줄 수도 있고 신경과민을 줄일 수 있으며 공포단계도 줄일 수 있다. 또한 아이들이 더 외

향적이고 자신감을 발전시킬 수 있도록 도와줄 수 있다.

5. 기침·감기·편도선염·흉부(폐)전염병으로부터 공격을 받 았을 때, 그것은 보통전염병을 막는 좋은 면역체계를 구축 하는데 도움을 줄 것이다.

6. 만약 건강택견식 깊은 호흡은 두 가지 종류의 웃음사이에서 연습되는데, 이것은 정신적 안정을 이루는데 도움이 될 것 이다. 만약 쾌활함이 생활의 한부분이 된다면, 그들이 비록 어려운 처지에 놓여있다고는 하지만 긍정적인 태도를 갖게 될 것이다. 웃음은 그들의 창조적인 능력들을 강화시키는 도움을 줄 것이다.

제10장

사회복지 실천의 웃음치료

1. 장애인을 위한 웃음활동, 아름다운 경험

  초창기 2년 동안 매주 방송·신문·잡지등을 통해 웃음치료에
관한 기사들이 나왔다. 이중에서 방송매체 사람들에게 웃음치료의
발상은 매혹적이었다. 1997년 10월 인도의 카타리나박사는 디너
쉬 사리아_{Dinesh Saryia}씨로부터 한통의 전화를 받았다. 뭄바이 다달
Mumbai Dadar에 있는 맹인협회로 와달라는 요청이었다. 이곳에 와
서 12살 이하 60~80명의 어린소녀들을 위해 웃는 기술을 보여
달라는 것이었다. "우리는 당신의 웃음클럽에 관해 많이 들어왔습
니다. 그런데 앞을 못 보는 사람들은 왜 웃지를 못합니까?"라고
물었다.

  디너쉬는 자신의 가슴속에 담아온 꿈을 25살 무렵에 접어야만
했다. 그것은 점차적으로 눈이 보이지 않는 피그멘토사라는 망막
염이라는 질병 때문이었다. 그는 카타리나박사 사무실에서 만나고
자 하면서 자신의 열망을 표현했고 더불어 세밀한 노력까지 기울
였다.

  카타리나박사는 약간 머뭇거리면서 그러겠다고 했다. 머뭇거린
이유는 카타리나박사가 어떻게 앞을 보지 못하는 장님들을 웃길
수 있을지가 의심스러웠기 때문이었다. 통상적으로 그룹에서는 서

로의 눈을 맞춤으로써 웃음을 자극하는 것이었다. 이것은 우리가 웃음을 진정한 미소로 변화시키기 위해서 얼마나 강압적이었는가를 잘 알 수가 있었다.

이틀 뒤 디너쉬가 또 다른 맹인동료와 함께 카타리나박사의 사무실로 찾아왔다. 그들은 거의 30분 가까이 카타리나박사와 함께 있었는데 그는 이들로부터 매우 독특한 점을 발견했다. 그것은 그들이 이야기하는 동안에도 항상 미소를 지었던 것이다. 보편적으로 개인의 경우라면 매우 드문 현상이다. 순간 카타리나박사는 대학시절 어떤 맹인 집을 방문했던 기억이 뇌리에 스쳐지나갔다. 그때 그는 대부분의 맹인들이 무슨 이유인지는 모르겠지만, 그들이 말할 때 그들의 얼굴에 짜 넣은 듯한 미소를 관찰했었다. 또한 맹인들은 음악과 다른 예술들을 그리는 기술에 있어서 대단한 재능이 있다는 사실도 알았었다.

지방열차를 타고 4개의 랑호로지스틱langhologistic을 따라 지나왔다. 그리고 30분 만에 협회가 서있는 장소로 데려다 주었다. 카타리나박사는 협회연례지도자의 날 행사와 같은 따뜻한 환대를 받았다. 카타리나박사가 맹인학생들을 돕기 위해 참가한 많은 비장애인의 젊은 봉사자들이 있는 곳에서였다. 봉사자들은 남은 시간을 정해 이곳에서 1년 동안 맹인학생들을 위해 책을 읽어주었다.

개회식 뒤에 그는 30~40명의 맹인소녀그룹에게 웃는 연습의 재미를 경험해보라고 요청했다. 처음에 그 어린소녀들은 주저하고 그들끼리 킬킬거리며 "우리가 어떻게 그처럼 웃을 수 있겠어요?"라고 말했다. 동시에 그들은 어떤 이유도 없이 그룹을 만들어 웃는다는 생각에 재미있어 했다. 설득한지 10분 후에 그들은 어른들 그룹에 끼어서 참여하게 되었다. 지금도 카타리나박사의 생각으로는 당시 그들을 웃게 만들 수 있었다는 것이 믿겨지지 않았다.

웃음소리는 전염성이 있다

초기웃음엔 다른 사람들을 바라보는 것이 필수다. 눈 맞춤은 꾸밈없는 미소를 이끌어내는 중요한 요소이기 때문이다. 그러나 카타리나박사는 독특한 웃음활동을 장애인들에게 적용시키며 잘못된 점을 알았다.

처음 카타리나박사는 웃음이 내는 소리에 영향력이 있다고 깨달았다. 활동이 웃음의 질이 개선되도록 나아가는 것처럼 말이다. 작은 소녀들은 쉼 없이 웃었다. 그리고 그들을 멈추게 하기가 정말로 어려웠다. 더구나 마음에서 우러나듯 웃는 것은 마치 그들이 이런 선천적인 선물에 굶주렸던 것 같았다. 그런 만큼 두 소녀들의 볼 위로 눈물이 흘러내렸다.

카타리나박사가 놀랐던 것은 주저하는 것처럼 보였던 어린이들이 어른들이나 활동에 참여한 성숙한 사람들보다 훨씬 더 울려 퍼져나갈 정도로 크게 웃었다는 것이다. 결국 조용하게 보였던 소녀들이 갑자기 수다스러워지고 카타리나박사에게 "아저씨, 언제 다시 오셔서 우리를 웃게 해주실 수 있나요?"라고 물었다. 카타리나박사는 즉시 다시 오겠다고 대답했다. 그러나 그곳에선 더 이상 그를 초청하지 않았다. 카타리나박사는 교장선생님에게 맹인협회에서 매일 웃음활동을 실행할 수 있도록 허가를 요청했다. 그는 직원을 훈련시킬 수 있도록 웃음클럽의 몇몇 선임회원을 보내줄 것을 계획하였다. 그렇지만 불행하게도 그 일은 결국 성사되지 못했으며, 그곳으로부터 더 이상의 초청을 받지 못했다. 그 작은 소녀들이 여전히 웃음치료를 기대하며 기다리고 있을 것인데 아쉬움을 남기게 되었다.

　이것은 특별한 경험으로 기억되었다. 따라서 카타리나박사는 전세계에 산재해 있는 맹인들에게라도 웃음치료의 효과를 통하여 그들의 얼굴위로 웃음을 지을 수 있도록 미소를 주고 싶다. 그것은 그들의 빛을 빼앗겼던 삶에 대한 신선한 한줄기 희망을 줄 것이다. 사회봉사 즉 사회활동은 우리에게 유익을 주며, 또한 귀중한 일이기 때문에 누구에게든지 얼마만큼의 시간을 할애하도록 권하고 싶다. 우리가 이 계획을 실행코자 할 땐 조직과 기금이 필요하다. 필자는 사회 단체 지도자들과 자선 사업가들, 그리고 사회복지사들이 이와 같은 복지사업에 뜻을 함께 하기를 기대해 본다.

2. 웃음클럽의 　'우먼파워

　카타리나박사는 여성들과 함께 모임을 가지는 것은 건강증진에 도움을 주며 모임에 활력을 제공해 준다고 강조 했다. 남성은 다른 많은 부분에서 여성보다 더 우월하다고 생각해왔다. 그러나 건강과 스트레스 관리 면에서 볼 때 여성은 상대적으로 남성보다 앞서 있음이 분명하다. 여성은 항상 자신들 가족의 건강에 관하여 더 많은 관심을 가지고 살아간다. 어떤 일이든지 건강에 도움이 되는 일이라면 무엇이든 간에 관심을 갖는다. 웃음클럽의 독특한 특징 중 하나는 여성들의 적극적인 참여다. 인도와 같은 보수적인 나라에서 여성들은 공공장소에 나와서 아무 이유도 없이 크게 웃어야 할 때 많은 용기가 필요하다.

카타리나박사가 뭄바이Mumbai에서 첫 웃음클럽을 시작했을 때 단 두 명의 여성밖에 없었다. 대부분의 사람들은 정확히 어떻게 웃어야 할지, 이러한 웃긴 행위들이 유용할 것인지에 대해 확신할 수가 없었다. 초기에 많은 여성들은 관망하는 자세로 거리를 둔 상태에서 재미있어 했지만, 그들은 웃음클럽에 참여하는데 용기가 없었다. 카타리나 부부는 더 많은 여성들이 참여하기를 기대하고 있었다. 그들은 서서히 어느 정도의 시간이 지나자 농담 없이 웃는 법을 배우고, 또 호흡에 관하여 훈련하면서 요가를 기본으로 한 스트레칭 운동을 배움으로써 더욱더 많은 여성들이 참여하기 시작했다. 대부분의 참가자들은 40~50대 여성이었는데, 젊은 여성들은 아이들을 학교에 보내고, 남편들을 회사로 보낸 후에야 참여했다. 그러나 방학기간 동안에 그들은 아이들을 데리고 와서 재미있게 참여했다. 그들은 아침시간을 이용할 수 없다는 것에 대해 무척 유감스럽게 생각했다.

주부들이 주방에서 열심히 일한 후 집안청소 및 설거지 등을 하는 그들을 위해 우리 웃음클럽 멤버들은 우리의 감정을 억누르는 것에서부터 돌파구를 줄 수 있는 새로운 규범을 준비했다. 카타리나박사는 더욱더 많은 여성들이 우리의 행동에 확실성을 제공하도록 하는 계획에 대해 승인해야만 했다. 만약 여성들이 웃음치료를 하면서 매우 좋은 무엇인가를 배우고 있다고 한다면 그들은 신뢰를 가지고 열심히 참여할 것이다. 하지만 반대의 경우라면 그들은 중도에서 웃음치료를 중단하게 될 것이다.

보다 헌신적인

카타리나박사의 경험으로 비춰보면 아무 이유 없이 웃게 하는 것은 남성들보다 여성들이 좀더 쉽다. 불합리하고 어리석음은 여성에게는 효과가 있다. 심지어 웃음의 전염성은 남성들보다 낮다. 나는 이러한 이유에 여성심리를 이해하고자 노력했다. 아마 그 이유는 남성보다 덜 논리 지향적이기 때문일 것이다. 그들은 더 헌신적으로 어떤일을 수행함에 있어서 최선을 다한다. 그러한 이유로 많은 여성들은 정신적인 대화들과 종교적 행동들을 찾는다.

보다 재미를 좋아하는

여성들이 보다 더 재미를 좋아하기 때문에 아이들을 데리고 왔을 때 아이들과 오랜 친밀관계를 맺을 수가 있다. 모든 재미있는 활동들은 다양한 기능들을 행동하는 동안 여성들에 의해 능동적으로 웃음클럽에서 실행되었다. 재미있는 게임을 하는 동안에 그들은 더 정열적으로 웃는다. 그렇다고 그것은 그들이 무조건 정열의 시간을 보내는 무의미한 행동처럼 보여지지 않는다. 최근에 우리는 "영화 보러가기chalo cinema"라는 새로운 계획에 착수했다. 왜냐하면 웃음클럽에서 극장을 가는 것은 그 나름대로의 매력이 있으며 특히 웃기는 코미디프로는 의미가 있다. 우리는 모든 클럽회원들에게 영화·드라마·서커스를 한 달에 한 번씩 보러가기를 권유했다. 이것은 우리가 웃고자 할때 많은 도움이 된다. 이 계획은 성공적으로 정착했으며 여성들은 보다 더 열성적인 모습으로 바뀌었다.

오직 여성만의 클럽

처음 1년 동안 웃음클럽 회원 중 30~40%가 여성들이었다. 그 후부터 남성들이 그만두는 경향이 많았다. 그것은 그들이 다른 업무를 수행해야했기 때문이었다. 이와 반대로 여성 참여자들은 점점 증가하기 시작했다. 다른 웃음 클럽들에서도 여성은 남성들에 비해 수적으로 우세했다. 그들은 더 전념하는 듯했고 그들의 감소율 또한 더욱 낮아졌다. 어떤 곳은 100%가 여성만으로 구성된 클럽도 있다.

카타리나박사는 뭄바이Mumbai 교외에 위치한 '여성전용클럽'이 매우 튼튼하게 운영되고 있다는 정보를 듣고 즐거움을 감추지 못했다. 그곳에서는 6시부터 매일 저녁 30분 동안 웃는다고 한다. 놀랍게도 60~70명이나 되는 여성들이 한 건물에 모여 크게 웃는다는 것이었다. 보편적으로 우리는 건물 안에 모여 웃음클럽을 시작하도록 제안하지는 않는다. 왜냐하면 만약 한 사람이라도 소음문제에 대해 불평불만을 늘어놓는다면 그 클럽은 문제들에 봉착하게 될 것이기 때문이다.

카타리나박사는 믿을만한 웃음클럽의 리더에게 물어보았는데, 그곳에선 불평불만을 늘어놓을 기회가 없다는 것이었다. 즉 모든 회원들이 집에서 나와 웃음활동에 참여한다는 것이다. 한마디로 꾸준히 참여하면 건강이 보이게 된다. 카타리나박사는 여러 웃음클럽에서 놀라운 열성을 보게 되었다. 웃음클럽의 리더들은 대개 일하는 여성들이었다. 그들은 집에서 나와 저녁 5시30분에 클럽에 도착해 6시부터 너털웃음을 시작한다. 필자의 희망은 모든 사람들이 거짓웃음이든지 진짜 웃음이든지 그냥 웃는 좋은 세상을 만들어 가는데 있다.

키티Kitty웃음

여성들은 집안일을 해야 하기 때문에 아침웃음클럽에 참여하기 어렵다. 카타리나박사에게 저녁웃음클럽을 시작하도록 요구했다.

새로운 웃음 세상을 만들어 가기 위해서 키티(Kitty;새끼고양이) 웃음이라는 새로운 컨셉을 가지고 시작했다. 그것은 매우 성공적이었다. 왜냐하면 웃음치료연습에 더하여 우리가 웃음건강택견을 할 수 있기 때문이다. 재미있는 동작들과 기본기술도 따라 했다. 키티Kitty웃음에서 가장 중요한 것은 회원들끼리 토론하고 그들 자신들의 생활에 대한 이야기를 나누는 일이다. 이런 것들은 공원에서 개최되는 웃음치료에서는 결코 절대 가능하지 않다. 뭄바이 Mumbai에서 키티Kitty웃음컨셉은 매우 유명해졌고, 이에 따라 저녁 웃음클럽들을 더 많이 오픈할 것을 요청받게 되었다.우리는 계속적인 웃음치료 동작을 연구해 나갈 것이다.

인간관계의 회복을 위한 '용서'에 관한 연구

I. 들어가는 말

21세기 다원화된 현대사회에서의 인간관계는 단순한 정적인 면과 인간적 열정만으로 순기능적으로 발전될 수 있는 것은 아니다. 인간의 역사가 인류의 시작과 함께 한 것이라고 할 때 사회가 점차 구조적으로 발전하면서부터 인간관계의 중요성이 인식되었다고 할 것이다.

역사적으로 보면, 인간관계란 농업사회와 산업사회, 정보화사회를 거치면서 서서히 기능화 되었다고 할 수 있는데, 인간의 사회적 구조가 정적인 구조에서 기능적 구조로 전환되면서부터 각기 다른 사회적 특성이 나타나게 되어 점차 사회적 구조 속에서의 인간의 역할이 여러 측면에서 중요하게 되었다.

왜냐하면, 인간은 사회적 구조 속에서 생활의 중심을 세워 나가고 있기 때문이다. 인간이 역사속의 산물 중에서 가장 소중한 존재라고 한다면, 인간은 그 역사를 만들어 나가는 주체 혹은 객체적 요소가 될 수 있다. 따라서 인간 그 자체를 이해하기 위해서는 역사적, 철학적, 사회적, 생물학적, 교육학적 제 요소들을 파악하고 사회적 구조 속에서의 인간을 이해하는 것이 필요 하다고 본다. 어떤 관점에서 바라보는 가의 인간관, 인간학, 더욱이 사회 속에 존재하는 인간은 다양한 사회적 환경에 속하기 때문에 인간의 존재성과 함께 외연성을 이해할 필요가 있다.

1. 환경속의 인간

사실, 인간은 누구이며 무엇인가? 인간은 어디서 왔으며, 어디로 가는가? 인간은 어떤 가치관을 가지고 살아가면서 무엇을 배우고 무엇을 잃어 버려야 하는 가?

그리고 무엇을 기다리며, 무엇이 인간을 기다리고 있는가? 인간이 다른 피조물과 구별되는 것은 자기 자신에 대해서 인간이 누구냐고 질문하는 존재이며 웃을 수 있다는 사실이다. 이에 대해 희랍의 현인 탈레스는 〈인간이 아는 것은 모르는 것뿐이다〉라고 표현하기도 했는데 실상, 그 말의 의미를 살펴보면 옳은 측면도 있다.

역사적으로 히틀러의 전범자 재판정에 비누 한 상자가 증거물로 제시되었다고 한다. 그 비누 상자에는 〈순 유대인의 지방으로 만든 비누〉라는 상표가 붙어 있었다. 만약 사람들이 이 비누 앞에서 〈인간이 무엇이냐〉하고 질문한다면 무엇이라 답할 수 있을까? 이 상황 속에서 과연 인간이 어떠한 존재라고 설명 할 수 있을 까? 더욱이 일본인들의 생체 실험에 사용된 〈마루타〉 앞에서 인간이 과연 무엇인가를 물어 보면서 그것을 우리가 답해야 한다면 황당함을 느끼게 될 것이다.

성경에 등장하는 모세는 다음과 같은 물음을 한 적이 있다. 〈내가 누구이며, 당신은 누구이십니까?(출 3:11)〉하며 신神을 향하여 물어 보았는데, 인간의 존재성을 근거로 하는 적절한 질문이었다고 본다.

본 논고에서는 이러한 인간이해를 바탕으로 현대사회의 다양한 문제를 해결하기 위한 인간관계는 무엇인지를 살펴보고, 그 중심에 회복이라는 논지를 가함으로 인간관계의 회복을 위한 용서에 대해 고찰함으로써 인간관계 회복의 새 틀을 마련코자 한다.

Ⅱ. 인간관계의 이론적 배경

1. 인간이란 무엇인가?

인간관계 증진을 위한 용서, 누가 용서를 하여야 하며 누가 용서 하여야 하는가? 불완전하면서도 완전한 것처럼 살아가는 우리들. 이성보다는 감성에 중심이 이동되어 "죄성"으로 낙인 된 사람들에게 소망과 새 사람으로 거듭나는 인간 삶의 과정을 찾아 나서면서 우리의 역할을 강조해본다. 이때 인간관계의 중요성을 인식하고 인간관계의 잘못으로 인해서 갈등을 겪으면서 살아간다. 이 때 용서를 통하여 회복되는 인간관계가 창조적이면서 생산적인 삶을 영위 하도록 하기 위한 효과성을 강조하면서 인간이해를 필요로 하고 있다.[1]

원자의 주기율표가 있는데, 이것은 물질을 구성하고 있는 원자들을 번호 순으로 배열해 놓았다. 우주에 존재하는 대부분의 물질은 이 원자 주기율표에 나와 있는 100여 가지의 기본 원자들로 구성되어있다. 생물, 무생물. 혹은 동물과 식물들도 모두 이 주기율표에 나와 있는 기본 원자들로 구성되어있다는 사실을 모르는 사람은 별로 없다. 다만 다른 것은 어떤 원자와 어떤 원자로 구성되어 있느냐 하는 차이일 뿐이다.[2]

---

1) 장도곤, "인간의 구성요소의 이해와 인격함양을 위한 화경조성", 영락교회 상담원 연수 교육. 2004. p. 1.
2) www.nucl-a.inha.ac.kr

철과 알미늄과 플라스틱으로 만들어진 각종 구조물이, 어떤 구조로 어떻게 만들어 졌느냐에 따라 자동차가 되며 비행기도 되고 선박도 된다. 이와 같이 동일한 재료를 사용하여도 그 구조가 어떻게 구성 되었느냐에 따라 배도 되고 비행기도 되듯이 어떤 원자와 어떤 원자가 어떻게 구성되었느냐에 따라 생물이 되고 무생물이 되고, 동물이 되고 식물이 되느냐가 결정된다.

동물과 식물은 물론 인간을 비롯한 모든 생명체를 구성하는 기본적 요소는 단백질로 구성 되어 있다. 단백질은 20여 가지의 아미노산으로 구성되어 있고 이들 아미노산의 기본 원료는 탄소, 산소, 수소 등의 원자들로 구성되어 있다. 다만 다른 것은 유전자가 어떤 구조로 프로그램화 되어 있느냐 하는 차이일 뿐 본질은 하나라고 할 수 있다.[3]

우리가 살아가고 있는 사회는 여러 가지 문제로 인해 갈등을 일으키고 있다. 사랑을 속삭이면서 갈등하고, 끊임없이 평화를 외치면서 전쟁을 일으킨다. 수십억 수백억의 큰돈을 숨겨 놓고 사는 사람이 있는가 하면, 생활이 어려워 자살하는 사람도 있다. 삶과 죽음, 사랑과 갈등, 소용돌이치는 경제, 이러한 세상의 모든 문제들을 이해하려면 우선 인간의 본질과 실체를 알아야 한다. 그러나 인간의 실체를 이해하며 안다고 하는 것은 그렇게 간단하지 않다.

보편적으로 사람들은 "세상만사는 마음먹기에 달렸다."고 말한다. 그렇다면 '정신이다. 마음이다. 영혼이다. 사랑이다' 하는 것은 무엇인가 하는 질문이 가능하다. 종교적인 관점에서 보자면, 인간이 죽으면 육체는 흙이 되고 영혼은 또 다른 세상으로 떠나게 되어있다. 그렇다면, 인간의 육체와 영혼은 존재하는 것이 된다.

우리가 살아가고 있는 사회는 여러 가지 문제로 인해 갈등을

---

3) http://cont1.edunet4u.net/cobac2/period/period.html

일으키고 있다. 사랑을 속삭이면서 갈등하고, 끊임없이 평화를 외치면서 전쟁을 일으킨다. 수십억 수백억의 큰돈을 숨겨 놓고 사는 사람이 있는가 하면 생활이 어려워 자살하는 사람도 있다. 삶과 죽음, 사랑과 갈등, 소용돌이치는 경제, 이러한 세상의 모든 문제들을 이해하려면 우선 인간의 본질과 실체를 알아야 한다. 인간의 실체를 이해하며 안다고 하는 것은 그렇게 간단치가 않다. 짧은 몇 마디 언어로 이러한 인간의 실체를 논한다는 것은 어처구니 없는 행위가 될 수 있다.

그러나 방법은 있을 수 있다. 사람이 가장 위급한 상황에서 누구를 찾는가 하는 점이다. 여기에서 그 해답의 실마리를 얻을 수 있다. 그렇다면 인간은 무엇에 기초한, 다시 말해서 인간이 무엇에 의한 존재가치인가를 알 수 있게 되는 것이다.

2. 인간관계의 개념

인간관계란 말은 인간과 인간 사이에 존재하는 것이며, 그것은 다른 사람과의 화합을 원만하게 할 수 있을까 하는 것을 의미한다. 다른 사람과의 좋은 형태를 유지하기 위한 모든 내용을 인간관계라고 할 수 있는데 이것은 소극적인 의미인 것이고 좀더 적극적인 방법은 일정한 집단 내에서 진실한 휴머니즘Humanism에 기초를 두고 집단의 협동관계를 구축하는 방법, 기술, 관점이라고 할 수 있다. 이것은 오직 현실의 인간상호 관계만을 국한 시켜서 말하는 것이 아니고 인간의 짐을 올바르고 휴머니스틱Humanistic하게 취급하는 과학이고 그 위에 목표지향적인 협조관계와 협동체계를 확

립하는 것이라고 말할 수 도 있다.4)

　현대사회에서는 인간관계문제가 크게 좌우되고 있는데 이는 사회전역에서 특정집단의 목표 달성을 위한 협동과 능률증진을 위한 생산 및 직업상의 만족 등의 근본 목적을 어떻게 해결하며 그것이 어떠한 목표지향적인 협동체계를 확립하느냐 하는 목적 때문에 대단히 중요시 되고 있다. 그렇다면 여기서 우리가 다루고자 하는 핵심적인 테마를 인간관계라고 할 때, 협동과 경쟁이라고 하는 양면적 관계가 존재한다. 이때 협동과 경쟁 어느 면에서 용서와 회복의 문제를 고찰 하느냐 함은 매우 중요한 해결의 이슈이다.

　왜냐하면 인간은 인간으로서의 동질성과 개인으로서의 차별성을 동시에 지니고 있기 때문인데, 평등은 동질성을 추구하는 것이며 자유는 차별성을 추구하는 것으로 볼 수 있다. 그리고 인권人權은 양자간의 균형과 조화를 요청하고 있다.

　다음은 인간관계의 회복이라는 과정에서 관계의 회복을 위한〈용서〉에 대한 관계론의 기틀을 다지고자 하였기에 용서와 관용에 대하여 비교하지 아니 할 수 없다. 일반적으로 죄를 용서하라. 일흔 번씩 일곱 번이라도 용서하라 하셨던 예수님은 무한한 용서를 구원받은 인간일지라도 이 세상에서는 완전한 자가 없다고 하였기에 '죄인 아닌 의인, 의인 아닌 죄인'이라는 말이 있게 된다. 예수의 공로로(엡1:4-7), 성령에 의해(고전12:3), 오직 믿음으로 의롭다함을 받았을 뿐이다(엡2:8-9, 갈2:16-).

　따라서 그렇다면 회개하기만 하면 모든 죄가 용서받을 수 있는가? 용서 받을 수 있다. 그러나 인간이 인간을 용서하는 문제는 별도의 과제이다. '사람이 사람을 용서한다' 이것은 결코 쉬운 일

4) 김현호, 《인간관계론》, 문학마을사, 2004, pp. 15-20.

이 아니다. 성경에서는 모든 죄를 용서 받을 수 있되 배도하는 죄와 성령 훼방 죄는 용서 받을 수 없다고 하였다. 여기서 배도의 죄는 진리를 아는 자나 백성들이 불신하거나 진리에서 떠나는 것으로 하늘에서 최초의 배도 자는 "사단"이라고 할 수 있다. 그 후 왕들이 배도했고, 이스라엘이 배도했다. 예수님 당시는 유대교회가 배도했다.

또한 성령 훼방 죄는 성령의 역사를 고의적으로 거절하는 행위를 의미한다.

성령의 세미한 음성을 듣지 않고 하나님과의 교통하심을 스스로 끊는 것을 말하는데 그럴 경우 하나님도 더 이상 그 사람을 위해 할 수 있는 방법이 없다고 단언 할 수 있다. 그러므로 내가 너희에게 이르노니 사람의 모든 죄와 훼방은 사하심을 얻되 성령을 훼방하는 것은 사하심을 얻지 못하겠고(히4:7)라고 하였다.

인간은 인간관계 속에서 태어나서, 인간관계 속에서 살다가 죽는다. 우리는 복잡한 인간관계를 형성 하면서 살아가고 있고 효과적인 인간관계가 유지되지 못할 때 개인 차원에서는 좌절, 소외, 부적응 등의 문제가 야기된다. 또 인간관계는 다른 사람들과 함께 그리고 그들을 통하여 효과적으로 일을 할 수 있는 능력이나 기술로 정의되기도 한다. 인간관계는 다른 사람들의 재능과 능력은 물론이고, 그들의 욕구와 약점을 이해하고 수용하는 것을 포함하기도 한다. 조직 생활을 하는 모든 사람들에게 있어서 인간관계는 개인의 발달과 성장을 촉진시킬 뿐만 아니라 조직 구성원의 목표를 달성하기 위해서 구성원들이 어떻든 일을 효과적으로 함께 하는가를 이해시킨다.

우리는 원하든 원하지 않든, 좋아하든 싫어하든 일상생활 속에서 어쩔 수 없이 맺어지는 이러한 관계에서 완전히 벗어날 수 없다. 건강한 생활을 하는 사람이라면 어느 누구도 이러한 인간관계를 떠나 자유로울 수 없다.

그러나 인간관계에 대하여 정의해 보라고 한다면, 인간관계라는 말을 한마디로 정의하기란 쉬운 일이 아니다. 즉, 인간관계는 천태만상의 관계적인 형태로 우리의 사회에 존재하고 있기 때문이다. 인간관계는 자신이 처한 위치에서 예를 다하며 겸손함을 통해 타인을 기쁜 마음을 갖게 하며 서로가 섬기는 자세를 갖는 것을 말한다. 공자의 말에 따르면 "집에 들어가면 부모에게 효도하고, 밖에 나오면 모든 일에 근면함에 힘쓰고, 남에게 믿음을 주며, 모든 사람을 널리 사랑하되 특히 어진 사람을 가까이하고, 그러고도 남음이 있으면 글을 배워라"고함이 바로 인간관계라고 한다면 적절한 접근이 될 것이다.

이러한 측면에서 볼 때 인간관계는 태어나면서 죽을 때까지 인간들의 삶을 영위 하는데 관련되는 모든 문제들을 해결하고 살아가는 인생의 과정 중에 효와 근면함과 신뢰이며 대중을 사랑하며 어진 사람으로서 여유로운 마음을 가졌을 때 인간관계가 이루어진다는 것을 알 수 있다. 또한 나라마다 지역마다 차이는 있는데 환경과 전통 문화의 규범에 따라 순리적이고, 지속적인 인간다운 삶을 영위하기 위한 우리의 삶의 과정인 만큼, 인간관계 형태는 우리의 삶 속에 일어나는 모든 현상이기 때문에 한 마디로 표현하기는 어려운 문제다.

그러나 인간관계를 좀 더 자세히 살펴보면 부모와의 관계, 지역 주민과의 관계, 친구와의 관계, 남녀간의 관계, 종교적으로 신도간의 관계 등 헤아릴 수 없는 인간관계들을 가지고 있다. 인간관계는 실제적인 삶 속에 행복을 창출하고 실천하는 것이다. 만일, 자기는 변변찮은 대접을 하고 다른 사람에게는 좋은 것을 요구한다면 분명 이는 정상적인 사회적 관계가 이루어질 수 없다고 할 때 인간관계를 위해서는 진정한 마음으로 상대방에 대한 고마움을 결코 잊지 않아야 하며, 잘못이 있다 하더라도 용서할 수 있는 마음이 좋은 인간관계를 유지할 수 있다.

3. 인간관계론의 태동 배경5)

18세기의 산업혁명의 영향은 공업의 경영 형태를 매뉴팩처에서 기계적 공업으로 전환시키면서 수공업이나 가내공업을 붕괴시키고 자본, 임금, 노동 관계를 형성하였다.

미국에서는 독립전쟁 말기부터 노동운동은 시작되었는데 1886년에는 발티모어Baltimore의 총 노동자 대회National Labour Union에서 8시간 노동제 획득에 이르기까지 꾸준한 투쟁이 이어졌다. 또한 미국 노동총연맹American Federation of Labour이 형성되면서 미국의 전 지역은 생산에 따른 노동력의 부족이 가중되었다. 이러한 현상은 급기야는 전 세계로부터 이민을 받아들이게 되는 계기를 맞는다. 미국의 이민정책은 일거리를 찾던 구라파의 국가들에게나 소수민족들이 일거리를 찾는 데에는 좋은 기회였다.

그러나 유럽 및 아시아 등지에서 밀려 들어오는 무수한 노동력은 새로운 노동시장을 형성하면서 미국의 노동시장은 다시 한 번 경영자들에 유리하게 작용하였다. 노동 동맹은 임금 수준을 지키려 노력하였고 경영자들은 적은 노동에 따라 임금으로 압박을 가하려했다. 이러한 가운데 노동자들의 파업이나 조직적인 태업으로

---

5) 김종재, 《인간관계론》, 박영사, 2004. pp. 1-40

감량 생산을 유도하면서 노동 사용자와 대항을 하였다. 이러한 가운데 프레드릭 테일러Frederick W. Taylor는 노동자의 태업을 해결하려고 여러 가지 궁리를 하게 되었다. 이와 같은 사회의 문제들을 해소하고 좀 더 많은 생산을 창출하기 위해 여러 학자들의 연구가 진행되었다. 그 중에 테일러의 과학적 관리 이론이 당시에 새로운 노동 방향을 제시하는 계기를 마련하였다.6)

20세기 초 테일러의 과학적 관리(노동자의 노동 의욕을 높이고 능률을 증진 시키기 위해 합리적이고 과학적인 방법)을 채용한 기업관리방식이다. 이것을 테일러F.W.Taylor의 창안으로 이 때 당시의 산업계에서 볼 수 있었던 노동자의 조직적 투쟁과 태업을 방지하기 위하여 창안되었다. 당시에 노동 능률을 자극하기 위하여 단순 성과급제를 채용하고 노동자가 능률을 올려 수입을 많이 올리면 기업가 측은 의도적으로 임금을 절하하는 인센티브제도를 감행했다. 이로 인하여 미국의 생산 업체에서는 파업과 태업이 심했다. 이는 노동 환경의 열악한 가운데 노동자들이 노동력 착취는 인간성의 상실을 가져왔다. 이러한 고통은 노동자들에게는 많은 심리적 갈등으로 대두되었다. 이러한 가운데 테일러는 노동자의 고임금 요구와 기업가의 저임금 정책에 모순성을 지켜보며 이를 해결하려는 의지로서 과학적 관리이론을 제창했다.

---

6) 류석영, 《행정학원론》, 계명사, 1989, pp. 100-120.

4. 인간관계론의 실천적 적용 : 의사소통과 인간관계[7]

1) 의사소통의 의의와 기능

송신자의 의사, 아이디어, 정보, 태도, 감정 등이 수신자에게 전달되는 것이다 그것은 반드시 이해되어져야 한다. 다시 말해서, 의미의 전달과 이해를 포함해야 한다.

2) 의사소통의 기능

주요한 4가지의 기능은 통제 / 동기부여 / 감정표현 / 정보제공이다.

① 통제는 의사소통을 통해서 집단 구성원들의 활동을 통합하고 조정함을 의미한다.

② 동기부여는 의사소통을 통해 성과를 높이기 위해 무엇이 있어야 하는가를 분명히 해줌을 의미한다. 구성원을 자극, 격려하여 목표달성에 몰입하도록 유도한다.

③ 감정표현은 의사소통을 통해 구성원들의 욕구불만과 만족감이 표출됨을 의미한다.

④ 정보제공은 의사소통을 통해 구성원들이 의사결정과정에 참여하고 정보와 자료를 교환함을 의미한다.

---

7) 김윤섭, 《지식사회의 정신적 인프라》, 학문사, pp.50-50; 김현호, 《인간관계론》, 문학마을사, 2004, pp. 20-50

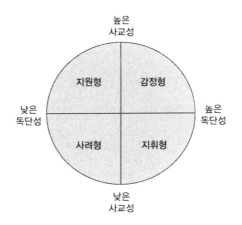

높은
사교성

지원형 감정형

낮은   높은
독단성   독단성

사려형 지휘형

낮은
사교성

3) 의사소통의 과정

의사소통은 하나의 흐름 또는 과정으로 규정되며, 의사소통의 문제는 이 흐름 속에 장애물이 있거나 굴절이 생겼을 때 발생하게 된다.

4) 조직 내 의사소통의 유형

의사소통이 이루어지는 방식에 따라 여러 가지로 나누어진다.

(1) 언어적. 비언어적 의사소통

언어적 의사소통은 언어를 매체로 하여 메시지가 전달되는 것으로서 다시 구두의사소통과 문서의사소통으로 구분된다. 비언어적 의사소통은 언어를 사용하지 않으면서도 메시지를 전달하는 의사소통이다. 신체적 언어를 통한 의사소통은 언어를 통한 의사소통보다 전달이 더 정확하고 밀도가 높을 수 있다.

⑵ 일방적. 쌍방적 의사소통

송신자와 수신자 간에 피드백의 교환을 가능하게 하기 때문에 시간이 조금 걸리는 문제는 있겠지만 의사소통의 효과를 높이는데 기여하게 된다.

5) 공식적 · 비공식적 의사소통

공식적 의사소통은 조직 내의 공시적 통로와 절차에 따라 공식적으로 의사 정보가 전달된다. 비공식적 의사소통은 조직을 통하여 자생적으로 이루어지는 의사소통이다. 공식적 의사소통은 송신자의 감정이나 의도를 충분히 전달할 수 없는 제한점을 가지며, 사태의 변화에 신속하게 대응할 수 있는 융통성이 부족하다.

반면에 비공식적 의사소통은 공식적 의사소통의 결함을 보완해 주는 기능을 수행하면서 동시에 허위 또는 왜곡된 정보를 유통시키기도 한다.

6) 하향적 · 상향적 · 수평적 의사소통

하향적 의사소통은 상의 하달식 의사소통이다. 명령, 지시, 규칙 업무 정보의 전달이 포함된다. 상향적 의사소통은 부하가 상사에게 메시지를 전달하는 하의 상달식 의사소통이다. 보고 의견조사 제안 제도 등이 포함된다. 수평적 의사소통은 조직 내에서 계층에 있는 개인 또는 부서 간에 이루어지는 상호 작용적인 의사소통이다. 이것에는 회람, 통지, 회의 등이 포함된다.

7) 의사소통망의 형태

⑴ 쇠사슬형

공식적인 명령계통에 따라 의사소통이 상위계층에서 하위계층으로만 흐르는 경우이다. 구성원들 간의 엄격한 계층관계가 존재하며, 상위의 중심인물이 정보를 종합하고 문제를 해결함으로써 의사소통의 속도는 빠르나 집단의 만족도는 낮다.

⑵ 수레바퀴형

구성원들 간의 중심인물에 있어 모든 정보가 그에게 집중되는 의사소통망이다. 중심인물이 신속하게 정보를 획득할 수 있고 문제해결을 위한 상황도 정확하게 판단할 수 있으며 문제에서도 신속하게 대응할 수 있다. 집단의 만족도가 떨어진다.

⑶ 원형

원형은 계층관계가 형성되어 있지 않고, 중심인물도 없는 상황에서 나타날 수 있는 의사소통 망이다. 권한이 어느 한쪽에 집중되어 있지 않아서 문제해결이 느린 편이지만, 구성원들의 만족도는 없다.

⑷ 상호연결형

상호연결형은 그레이프바인과 같은 비공식적인 의사소통에서 형성되는 의사소통망이다. 참여를 통한 창의적으로 문제를 해결하고자 할 때 효과적이다. 그러나 만족도는 높다.

8) 의사소통의 장애요인과 개선

(1) 의사소통의 장애요인

① 준거체제의 상이성 : 송신자와 수신자 사이에 상이한 가치
   체재가 존재함으로써 의사소통상에 장애를 일으킨다.

② 언어상의 문제 : 사용하는 언어의 의미를 같은 뜻으로 받
   아들이지 못할 때, 의사소통에 장애가 일어난다.

③ 선택적 지각 : 의사소통의 장애요인으로 작용한다. 나이를
   먹을수록 사고가 굳어지고 세계를 좁게 보는 경향도 선택
   적 지각에 기인하는 것으로 볼 수 있다.

④ 여과 : 메시지가 몇 사람을 거치면서 전달되는 과정에서
   일어나는 여과작용이다. 정보가 누락되거나 왜곡되기 마
   련이다.

⑤ 수용거부 : 수신자가 송신자의 메시지를 수용하려 하지 않
   을 때 의사소통이 원활하게 이루어지기 어렵다. 선입견이
   나 편견 때문에 발생하기도 한다. 수신자의 고착된 관점
   에 따라 메시지가 해독되기 때문에 그것이 내포하고 있는
   의도가 희석된다.

(2) 의사소통의 개선

① 감정이입적 의사소통이 필요하다.
② 적절한 언어를 사용해야한다.
③ 피드백을 이용해야한다.
④ 송신자의 말을 주의 깊게 경청해야 한다.

9) 의사소통의 주요 기법

① 감정형 : 높은 독단성과 사교성을 가지며, 열정적이고 솔직 담백하게 의사소통을 하는 유형이다.

② 지휘형 : 독단성과 낮은 사교성을 가지며, 솔직하고 엄격하 며 독단적이고 단호하다. 지휘형의 사람은 진지한 태도를 나타내는데, 이로 인하여 사무적이고 재미없는 인상을 주기 도 한다.

③ 사려형 : 낮은 독단성과 사교성을 가지며, 조용하고 혼자 있 기를 좋아하며 의사결정을 쉽게 하지 않는다. 그리고 격식 을 차리고 신중한 태도로 의견을 제시하면, 서두르지 않고 계산된 의견을 개진하며 감정통제를 잘 한다.

④ 온정형 : 낮은 독단성과 사교성을 가지며 민감하고 참을성이 있다. 특히 경청자가 되어주고 친절하게 설득하며 온정을 표시한다. 사려 깊고 신중하게 의사결정을 하며 의사표현을 잘 한다.

III. 용서에 대한 인간관계론적 접근

1. 용서의 정의

용서는 보편적 의미로 잘못이나 죄를 꾸짖거나 벌하지 않고 끝내는 것으로 어떠한 잘못에 대해 용서를 빌다라고 한다든지 어떠한 잘못을 용서하는 것을 가리킨다. 이를 보다 구체적으로 살펴보면 다음과 같다.

- 피해자가 가해자에 대한 원한의 감정을 제거 혹은 극복하는 것이다. 인간은 억울한 일을 당할 때 원한의 감정을 갖는다. 원한은 불의에 압도되지 않고 자신을 지키려는 도덕적 감정이다. 그러나 그것은 고통스러운 감정으로서 과거와 가해자에게 포로가 되게 한다. 용서는 상처를 입은 사람이 상처를 준 사람에게 당연히 가질 수 있는 원한, 부정적 평가, 그리고 냉담한 태도를 기꺼이 버리고, 대신 그에게 동정심, 너그러움, 심지어 사랑을 베푸는 것이다.

- 용서는 피해자가 자신의 원한의 감정만 극복하는 것이 아니라, 가해자에 대한 보복을 포기하는 것이다. 보복은 법이 정한 범위를 벗어난 처벌을 요구하고, 또 다른 보복을 불러일으킴으로 폭력을 증대시킨다.

  결국, 용서는 잘못을 당한 사람이 원한을 포기하고, 반복적인 분노의 물결에서 벗어나, 잘못을 저지른 사람을 사랑하고, 재결합한다. 그리고 심지어 화해의 원 안으로 받아들이는 것을 의미한다. 또 용서하는 사람은 고통, 악의, 그리고 희생에 사로잡힘에서 오는 자기 파괴적 영향을 피할 수 있다. 따라서 용서의 행위는 가해자와 피해자를 다시 연결시키며 관계를 형성케 하고 새롭게 해 줄 수 있다. 성경의 인물 요셉은 형들에 대한 원한과 보복을 극복하고, 두려워하는 형들에게 두려워하지 말라고 했으며, 하나님께서 오히려 선으로 바꾸셨다고 했다. 요셉은 원한과 보복을 승화했을 뿐만이 아니라 그들에게 호의를 베풀었다.

2. 용서의 요소

상대방의 잘못을 더 이상 생각하지 않는다는 것을 용서라고 한다면, 용서하기 위한 것에는 다음의 세 가지 사항이 요구된다.

① 용서에 대한 감정적 요소 : 가해자에 대한 분노, 복수심, 그리고 원한과 같은 부정적 감정들이 감소 혹은 극복되고, 대신 동정심이나 사랑과 같은 긍정적 감정이 증대되는 것이 포함된다.
② 용서에 대한 인지적 요소 : 가해자에 대한 공감적 이해를 통하여 가해자를 다르게 새롭게 봄으로 가해자에 대한 부정적 판단을 중지하고 대신 긍정적 판단을 내리는 것을 포함한다.
③ 용서의 행동적 요소 : 복수와 같은 부정적 행동이 아니라 도와주고 싶고 화해를 이루고 싶어하는 것과 긍정적 행동이

포함된다.

이와 같이 용서는 피해자의 가해자에 대한 태도의 변화를 의미하는 것으로 용서를 통해 피해자의 가해자에 대한 부정적 감정, 부정적 판단 그리고 부정적 행동이 사라지고, 대신 가해자에 대한 긍정적 감정, 긍정적 판단, 그리고 긍정적 행동이 새롭게 나타난다.

3. 용서의 형태

용서의 형태는 여러 가지가 있으나 다음의 세 가지 정도로 요약해 볼 수 있다.

1) 일방적 용서

가해자와 상호작용이 없이 피해자의 개인적 결단으로 이루어지는 용서이다. 주로 피해자의 부정적 감정을 해소하는데 초점이 맞추어진다.

2) 양방적 용서

가해자의 참회, 피해자와 가해자와의 상호작용에 초점을 맞춘다. 바로 이 과정에서 용서의 정당성을 중요하게 여긴다.

3) 상호용서

상해가 일회적 사건이 아니라 연속적으로 일어나는 경우에는 보복과 피해가 반복되면서 피해자와 가해자의 구분이 없어진다.

4. 용서의 과정

심리치료는 원한과 복수심의 제거 없이는 진정한 치료가 일어나지 않는다. 심리치료는 부당하게 당한 상해로 생긴 분노, 복수심, 혹은 원한과 같은 부정적 감정들을 해소하고 극복하는데 초점을 두어야 한다.

1) 피해자의 원한극복의 관점Robert D. Enrigh

- 1단계 : 발견하기 – 상처가 피해자의 삶에 준 영향에 대한 통찰을 얻는 것이다. 분노의 본성과 깊이를 발견하기 전까지는 용서는 시작될 수 없다.

- 2단계 : 결정하기 – 피해자가 가해자에게 어떤 복수도 하지 않겠다는 결단을 중요하게 여긴다.

- 3단계 : 실행하기 – 피해자가 분노와 복수심을 갖는 대신 용서하기로 결심하면 가해자를 다른 눈으로 볼 수 있게 된다. 부정적 감정들을 건설적으로 다스릴 수 있는 능력이다.

- 4단계 : 발견과 해방 – 용서의 과정은 용서하는 사람의 변화과정이다. 보다 넓은 관점에서 자신의 분노와 대면하고 공감과 동정심을 가지고 가해자를 보기 시작한다. 새로운 의미를 발견하는 경험이다.

2) 가해자에 대한 공감을 강조하는 관점Everett L. Worthibgton

- 1단계 : 상처를 회상－상처를 회상하는 것은 고통스럽기 때문에 지지적인 분위기에서 이루어져야 한다.

- 2단계 : 가해자에게 공감하는 단계－인지적 이해와 정서적 동일시 그리고 가장 높은 수준에서의 공감은 동정심이다.

- 3단계 : 이타적인 선물 용서주기－진정한 용서가 일어나려면 피해자가 겸손과 감사의 태도를 가지고 가해자에게 이타적 선물로 용서를 제공해야 한다. 이 때 가해자는 부정적 감정이 감소되고 축복의 감정경험.

- 4단계 : 공개적으로 용서에 헌신하기－용서의 단계를 올라감에 따라 피해자에게 용서하고 싶은 마음과 용서할 수 있는 능력이 생긴다. 공개적으로 선언하고 실천하는 것이 필요하다.

- 5단계 : 용서를 지속하기－상처가 다시 기억난다는 것은 용서를 안했다는 것을 의미하는 것이 아니다. 부정적인 감정은 일시적이다.

3) 피해자의 신념체계 재형성 강조 관점Beverly Flannigan

학대나 배우자의 부정처럼 신뢰하고 친밀한 관계에서 생긴 상처는 피해자가 가지고 있던 자신과 세상과 삶에 대한 기본 전제들을 흔들어 놓음으로 내적 통합성이 무너지고 자신을 조절하기 힘든 상태가 되게 한다.

(1) 상처가 흔들어 놓는 신념체계

① 상처는 피해자가 그의 삶에서 예측할 수 있었던 다른 사람의 행동에 대한 전제를 흔들어 놓는다.
② 상처는 피해자 자신의 신념들, 즉 자신의 판단력, 신앙, 재능, 그리고 가치에 대하여 의심하게 된다.
③ 상처는 더 넓은 의미의 신념체계들, 공정성, 논리와 질서, 예측성, 선, 하나님과 인간에 대한 관념들에 손상을 입힌다.

(2) 용서에 이르는 지점

① 상처에 이름 주기 : 상처로 인해 달라진 것들이 무엇인지를 살피는 단계이다.
② 내 상처 주장하기 : 상처를 자신의 것으로 받아들이는 것이 용서에 이르는 것이다.
③ 가해자 비난하기 : 가해자가 분명해야 피해자의 자기 비난은 가해자에 대한 비난으로 바뀐다.
④ 힘의 균형 맞추기 : 상처를 이겨내고 용서를 실천하기 위해 상실된 힘을 다시 북돋우고 필요한 자원을 모으는 것이다.
⑤ 용서의 선택하기 : 용서는 삶의 전환점으로서 이제까지는 용서할 수 없는 상처에 얽매인 삶이었으나 용서를 선택한다는 것은 자유와 해방을 얻는 삶이다.
⑥ 새로운 자아의 탄생 : 피해자는 용서의 여정 동안 상처로 흔들렸던 신념체계들이 다시 혹은 새롭게 형성되는 경험을 한다.

(3) 용서가 이루어졌는지를 알 수 있는 4가지 방법

① 더 이상 복수심이나 증오심이 생기지 않을 때

② 가해자에 대해 중립적으로 느낄 때

③ 가해자에 대해 신뢰감이 회복되었을 때

④ 가해자들과 화해하였을 때

용서의 정도는 사람에 따라, 기본 신념체계의 손상의 정도에 따라 다르다.

위 4가지 현상 중에 한 가지 이상의 현상이 나타나면 용서가 이루어진 것으로 본다

5. 용서에서 제기되는 문제

1) 용서와 원한의 감정, 존중의 태도

원한은 자기를 도덕적 존재로 존중하는 것이며, 동시에 가해자를 도덕적 행위자로 존중하는 태도로 본다. 가해자의 잘못을 묵인하지 않는 것이 그를 도덕적 인간으로 존중하는 것이다.

2) 성급한 용서를 경계하자.

가해자와의 관계회복만을 목적으로 그에게 원한을 갖는 대신 쉽게 용서하면, 피해자는 학대를 계속 받으면서도 잠자코 있어야 한다. 성급한 용서는 자신 뿐 아니라 다른 사람에 대한 존중감의 결핍의 표시라고 본다.

3) 가해자의 변화와 용서

참회는 가해자의 잘못된 행동에 대한 마음의 변화(메타노이아)이다. 참회는 용서의 도덕적 근거가 되며, 가해자의 영적인 갈등에서 나오는 것으로 성격의 변화와 도덕적 재생을 가져다 줄 수 있다.

4) 여성의 원한과 용서

용서를 여성들의 미덕으로 강조하는 문화와 관계유지를 목적으로 희생적으로 빨리 용서하려는 특성 때문에 여성은 지속적으로 피해를 입어왔다. 강간, 근친상간, 매 맞기, 그리고 배신을 경험한 여성피해자들이 쉽게 용서하는 것보다 분노와 더불어 사는 것을 배우고, 심지어 감정을 포용하는 것이 상처에 대한 건강한 반응이라 할 수 있다.

5) 기억하고 치료하기

기억하기는 치료와 해방, 그리고 용서와 화해를 가능하게 하는 요소이다. 과거를 기억해야 아픔이 드러나고, 치료가 시작되며, 불의의 실상이 밝혀져야 정의가 추구될 수 있고, 용서와 화해가 시도 될 수 있다. 기억하기는 망각과 억압에 대한 저항이다.

6) 처벌중심의 정의

처벌중심의 정의는 피해자를 고려하는 정의가 아니라 가해자를 가려내고 처벌하는 과정에서 피해자가 입은 상처는 회복되지 않으며, 경우에 따라 제2의 피해를 입을 수 있다. 상처 입은 사회의 치료를 위해서는 처벌중심의 정의 보다 피해자 중심의 정의가 필요하다.

7) 정치적 용서

정치적 용서는 적들에 대한 복수를 포기하고, 그들에 대한 공감을 높이고, 그들과 관계를 개선하는 것이다. 정치에서의 용서가 이슈가 되는 이유는 정치는 단지 힘겨루기가 아니라, 다양한 사람들, 관심들, 그리고 경쟁자들이 서로 상해하지 않고 함께 사는 것을 배우는 과정이기 때문이다.

6. 용서 상담 프로그램의 실제

용서 프로그램의 실시 방법은 용서가 촉진될 수 있도록 하기 위하여 강의식 교육은 지양하고 집단상담의 형태를 취하도록 한다.

1) 용서 프로그램의 목적

용서를 통하여 대인관계 상처를 치유하고 더욱 성숙한 삶을 향상시키는 것을 목적으로 한다.

(1) 다양한 대인관계에서 개인적으로 깊고 부당한 상처 경험으로 인한 분노, 미움, 원망, 앙심과 복수심의 대상에게 하나님의 용서를 경험하게 한다.

(2) 용서경험을 통하여 부정적 감정, 사고 및 행동 등의 반응에서 벗어나 긍정적 감정, 사고와 행동반응을 갖게 함으로 건강하고 성숙한 인간관계를 회복하게 한다.

⑶ 수평적인 개인의 영적 안녕을 통하여 수직적인 영성적인 삶
을 실천하게 하여 보다 풍성한 삶을 살도록 돕는데 있다.

2) 용서 프로그램의 구성

- 1회기 : 오리엔테이션 및 자기소개
  (보내지 않은 편지 쓰기)
- 2회기 : 내면적 상처와 분노인정 및 표현하기
  (기도노트 쓰기)
- 3회기 : 하나님의 용서 체험하기
  (하나님의 용서를 구하는 기도문 쓰기)
- 4회기 : 분노의 악순환에서 벗어나기
  (용서를 희망하는 기도문 쓰기)
- 5회기 : 하나님의 관점과 다른 사람의 관점으로 보기
  (상대방의 입장에서 나에게 보내는 편지쓰기)
- 6회기 : 하나님의 입장과 상대방의 입장이 되어 느껴보기
  (상대방의 입장에서 나에게 보내는 기도문 쓰기)
- 7회기 : 치유를 넘어 영적으로 성숙하기
  (자기에게 보내는 기도문 쓰기)
- 8회기 : 마무리 단계 - 관계의 심포니
  (축복하기)

용서 집단 프로그램은 공감과 깊은 신뢰관계를 형성할 수 있
는 집단 상담 형태가 바람직하며, 용서를 통한 상처 치유나 개인
의 내적 상담 및 발달을 촉진 시킬 수 있는 용서 상담의 형태로
적합하고 효과적일 수 있다.

Ⅳ. 나가는 말

예수님은 용서하기를 "일흔 번씩 일곱 번이라도 하라"고 하시면서 몸소 실천하셨다. 인간의 역사는 인류의 시작과 함께 점점 다원화되고 구조적으로 발전하면서부터 인간관계의 역사라고 해도 과언이 아닐 것이다. 그러나 인간관계는 순기능적으로만 발전될 수 있는 것은 아니다. 인간관계의 잘못으로 인해서 갈등을 겪으면서 살아가기도 한다. 이에 용서를 통하여 인간관계가 창조적이고 생산적으로 회복될 수 있음을 다시 한 번 강조하면서 인간관계 개선의 이미지 메이킹 방법으로 결론을 맺고자 한다.

첫째, 첫 인상의 중요성이다. 초면인 사람이 있었다면 어떤 느낌을 받았으며, 그 느낌은 언제부터 시작되었는가? 처음 만남에서 단 몇 분 동안에 우리는 그 사람에 대해 어떤 이미지를 굳혔을 것이다. 이 처음 몇 분 동안에, 설사 아무 말이 오가지 않았더라도 눈으로, 얼굴로, 몸으로, 태도로 커뮤니케이션이 이루어지는 것이다. 첫인상이 중요한 것은 그것이 그 진위에 관계없이 오랫동안 영향을 미치기 때문이다.

둘째, 자신감이다. 자기 자신에 대해 어떻게 생각하고 있는가? 많은 사람들이 자신의 능력을 과소평가하는 경향이 있는데, 이들 대부분은 잠재능력을 끌어내는 데 필요한 에너지가 부족하거나, 끌어내는 일 자체를 두려워하기 때문이다. 성공할 가능성이 있다고 생각되는 일에는 위험을 감수할 수 있는 용기를 가져야 한다.

스스로 적극적인 자세를 가질 때 성공적인 자기 이미지는 물론, 다른 사람들도 나 자신을 긍정적으로 봐주기 때문이다.

셋째, 미소 짓는 습관이다. 여러 가지 표정 중 가장 호감을 주는 것은 역시 미소를 담은 표정이다. 억지웃음 즉 거짓웃음도 효과가 있으며 더욱 상냥한 미소는 좋은 인상을 준다. 따라서 가볍게 자연스러운 미소를 짓는 법을 배우는 일은 이미지 투사에 대단히 중요한 일이다. 가볍고 정다운 미소는 즉각적으로 개방적이고 친근감을 나타낸다. 그 반대로 미소가 없으면 닫혀 있고 친근하지 못한 인상을 준다. 미소를 지을 때는 상대방을 진심으로 좋아하려는 노력이 필요하다. 상대방을 우호적으로 바라보는 노력을 하면서, 자신을 스스로 생각하기에 겉과 속이 다른 두 얼굴을 가진 사람이라는 갈등 대신에, 자신의 관대함과 성숙함에 대한 자부심을 느끼게 될 것이다. 또 머지않아 그 사람이 자신의 편이 되어 있을 수도 있다.

넷째, 의미 있는 악수로 상대방을 진지하게 바라보아야 한다. 악수는 전 세계적으로 통용되는 비즈니스 바디 랭귀지Body Language로 자신이 어떻게 손을 내미느냐에 따라 비즈니스 상황은 달라질 수 있다. 마음의 문을 열고, 자신감을 갖고, 손을 힘 있게, 진지하게 쥐어라. 손을 내밀 때는 "당신을 만나서 정말 반갑습니다"하는 눈빛으로 상대방을 바라보아야 한다. 눈을 이리저리 돌리거나 제대로 쳐다보지 못하면, 뭔가 숨기고 있다는 느낌을 주어 신뢰를 받기가 힘들다.

"내가 다른 사람에게 어떻게 보일까?"하는 것은 사람들의 가장 큰 관심거리 중의 하나이다. 사람들은 항상 타인의 눈에 비치는 자신의 모습을 알아내고 그것을 향상시키는 일에 매혹되어 왔다.

누구나 갖고 있는 이미지, 그 이미지를 자신의 내부에 잠재한 여러 가지 자질들을 아름답게 조화시켜 외적으로 훌륭하게 연출하는 것은 현실적으로 훌륭한 삶의 과제이다.

〈 참고문헌 및 자료 〉

- 김민수, 홍웅선 편(1992). 《종합국어사전》. 금성출판사.
- 김열규(1986). 《한국인 우리들은 누구인가》. 자유문화사.
  _____(1987). 《한국인, 그 마음의 근원을 찾는다》. 문학사상사.
  _____(1991). 《맺히면 풀어라》. 서당.
- 김중재(2003). 《인간관계론》. 박영사.
- 김현호(2004). 《인간관계론》. 문학마을사.
- 김종재(2004). 《인간관계론》. 박영사.
- 김윤섭(2004). 《지식사회의 정신적 인프라》. 학문사.
- 류석영(1989). 《행정학원론》. 계명사.
- 이관직(1999). 《성경인물과 심리분석》. 한국목회상담연구소.
- 이희승(1994). 《국어대사전》. 민중서림.
- 장도곤(2004). "인간의 구성요소의 이해와 인격함양을 위한 화경조
  성". 영락교회 상담원 연수교육.
- 전용복(1994). 《기독교상담학》. 아멘서적.
- 정석환(2002). 《목회상담학연구》. 한국학술정보
- Adams, Jay E.,(1980). Competent to Counsel. 정정숙 역.
  《목회상담학》. 세종문화사.
- Brister, C.W.,(1964). Pastoral Care in the Church. New York:
  Harper & Row.
- Capps, Donald,(1995). Agents of Hope: a pastoral psychology.
  Minneapolis: Fortress Press.
- _____,(1986). The Promise of Counseling. 오성춘 역.
  《현대인의 절망과 희망》. 홍성사.
- _____,(1990). Basic Types of Pastoral Care and
  Counseling. 박근원 역. 《목회상담신론》. 장로교출판사.
- Collins, Gary R.,(1984). Christian Counseling. 피현희, 이혜
  련 역. 《크리스챤 카운셀링》. 두란노서원.

- _____.(1995). Wellbeing. 이종헌, 오성춘 역, 《전인건강》, 장로교출판사.
- Edinger, Edward F., 2001, The Bible and The Psyche, 이재훈 역, 《성서와 정신》, 한국심리치료 연구소.
- Egan, Gerald,(1991), The Skilled Helper, 오성춘 역, 《상담의 실제》, 장로교출판사
- Lester, Andrew D.,(1997), Hope in Pastoral Care and Counseling, 신현복 역, 《희망의 목회상담》, 한국심리치료 연구소.
- McHolland, James, ed., 1993, The Future of Pastoral counseling, Fairfax, VA.
- Ogilvie, Lloyd John, 2001, The Greatest Counselor in the World, 한재희 역, 《세상에서 가장 위대한 상담자: 성령의 상담사역》, 이레서원.
- Al-Mabuk, R. H.(1987). *The development of attributional processes with implicaitons for forgiveness research*. Unpublished doctoral preliminary exam. University of Wisconsin-Madison.
- Augsburger, D.(1970). *The freedom of forgiveness: Seventy times seven*. Chicago: Moody Press.
- Bandler, R., & Grinder, J.(1982). *Reframing: Neuro-linguistic programming and the transformation of meaning*. Moab, Utah: Real People Press.
- Bergin, A. E.(1988). Three contributions of a spiritual perspective to counseling, psychotherapy, and behavioral change. *Counseling and Values,33*, 21-31.
- Calian, C. S.(1981). Christian faith as forgiveness. *Theology Today, 37*, 439-443.
- Cotroneo, M.(1982). The role of forgiveness in family therapy. In A. J. Gurman(Ed.), *Questions and answers in the practice of*

family therapy. New York: Brunner/Maxel. 241-244.

- Cunningham, B B.(1985). The will to forgivene: A pastoral theological view of forgiving. *The Journal of Pastoral Care, 54,* 48-50.
- Downie, R. S.(1965). Forgiveness. *Philosophical Quarterly, 15,* 128-134. Droll, D. M.(1984). *Forgiveness: Theory and research.* Unpublished doctoral dissertation, University of Nevada-Reno.
- www.cont1.edunet4u.net.
- www.nucl-a.inha.ac.kr
- 국민일보, 6월 15일자
- 성경.

저자 류 종 훈

전남 구례에서 출생.
콘티넨탈대학교에서 사회복지학사 취득.
한국교육개발원 건강관리학사, 그리고 심리학 및 신학을 공부하고 명지대학원 사회복지
복지학 석사, 고려대학교 정책대학원 행정학전공 석사과정에서 공부하였다.
사회복지학 박사이며 자연치유학 명예박사로 현재 한세대학교 사회복지학과에 재직 중이
다. 한국정신건강상담협회 초대 회장을 역임하였고, 현재 한국교정복지학회 회장으로 이
세상을 살맛나는 세상으로 만들기 위하여 이 땅에 가난과 질병 그리고 범죄 없는 사회가
되도록 전인건강 운동을 펼치고 있다.
《인간행동과사회환경》《사회복지실천론》《사회복지실천기술론》《가족치료》《최신 정
신건강론》《대체의학 개론》《케어복지이론과 실제》등의 저서를 집필 및 강의하고 있다.
저자는 특히 신체적. 정신적. 사회적 전인건강에 관심을 가지고 연구하면서 우리 나라
케어복지 발전에 기여하였고, 더 나아가서는 영적건강을 포함한 웰빙건강관리 세미나에
주강사로 출강하고 있다.
또한 저자는 "품위를 갖춘 죽음"과 "폼나는 세상"을 만들기 위하여 한국웃음치유학회장으
로 활동하고 있다. 또 이 세상을 웃음천국으로 만들기 하기 위하여 웰빙건강을 주창, 웃
음천국의 행복한 세상을 만들어 가고자 심혈를 기울이고 있다.

웃음치료학의 이론과 실제

초판 1쇄 발행　2005년 12월 07일

초판 4쇄 발행　2011년 3월 15일

저　　　자　류종훈

발 행 인　이범만

발 행 처　**21세기사** (제406-00015호)

　　　　　경기도 파주시 교하읍 산남리 283-10 (413-834)

　　　　　Tel. 031-942-7861　　　Fax. 031-942-7864

　　　　　E-mail : 21cbook@naver.com

　　　　　ISBN 978-89-8468-173-3

값 15,000원